성미산
학교
에너지
교실

기후변화 대응을 위해 우리가 할 일

우리는 안부 인사를 나누듯 날씨 이야기를 합니다. 그런데 언제부터인가 그 내용이 조금씩 달라졌습니다. 지나치게 덥거나 추운 날들, 갑작스런 폭우나 폭설, 너무 짧은 봄과 가을을 걱정하기 시작했습니다. 변화는 점점 빨라졌습니다. 고개를 갸웃거리며 예측할 수 없는 날씨 탓을 하기에는 우리의 삶 또한 많이 달라졌습니다. UN의 연례보고서나 기후변화 시나리오, 공신력 있는 연구기관의 발표를 들먹이지 않아도 우리는 지구촌의 변화를 온몸으로 느끼며 살고 있습니다.

많은 이들이 지구환경의 위기라고 합니다. 문득, 미래의 주인인 아이들이 떠오릅니다. 그 아이들을 생각한다면 지금이라도 무언가를 시작해야 합니다. 우리의 후손들에게 위기에 빠진 지구환경을 물려줄 수는 없으니까요.

우리나라도 기후변화의 영향에서 벗어나지 못하고 있음은 2010년부터 기상청에서 발간하고 있는 이상기후 보고서를 보면 잘 알 수 있습니다. 한파와 폭염, 장마와 가뭄, 이상기후 발생 빈도는 점점 증가하고 있습니다. 이로 인한 경제적 피해도 갈수록 늘어나서 기후변화 대응 정책은 이제 환경 정책이 아니라 경제 정책이기도 합니다.

기후변화 대응은 한 사람 한 사람의 참여가 무엇보다도 소중합니다. 온실가스를 배출하는 화석 연료를 덜 쓰는 것, 종이 한 장을 아끼고 헌옷을 재활용하여 에너지 사용을 줄이는 것, 이런 행동들이 우리가 지금 당장 시작할 수 있는 일들입니다.

생태적 삶을 이루는 교육을 근본으로 하는 성미산학교에서 그동안 해왔던 수업을 책으로 엮었습니다. 『성미산학교 에너지교실』은 기후변화가 우리의 미래를 어떻게 바꾸어 놓을 수 있는지, 미래에 닥칠 파국을 막으려면 무엇을 해야 하는지를 알려주고 있습니다. 다양한 소재와 접근 방식으로 에너지와 기후변화에 대한 지식과 정보, 그리고 실천해볼 수 있는 여러 활동을 소개하고 있습니다.

에너지 절약은 전기 에너지 사용을 줄이는 것에만 국한되지 않습니다. 『성미산학

교 에너지교실』은 종이를 절약하고, 가까운 먹을거리를 이용하고, 도시 농부로서의 삶부터 착한 소비에 이르기까지, 구체적인 방법들을 소개합니다. 이 모든 게 기후변화 대응을 위해 우리가 알아야 하고 행동해야 할 것들입니다. 이 책을 읽다보면 때로는 재미있고 때로는 진지하게 우리의 삶과 연결되어 있는 지구를 만나게 될 것입니다.

에너지와 기후변화 문제를 다루고 있는 기존의 책들은 대부분 이론이나 정보 제공에 중점을 두고 있습니다.『성미산학교 에너지교실』은 이론과 정보는 물론이고 에너지 절약과 기후변화 대응을 위해 우리가 할 수 있는 쉽고 간편한 방법들을 알려주고 있습니다. 실제 경험을 바탕으로 단계별로 자세하게 보여주고 있어서 당장 실험해보고 싶은 생각이 들 정도입니다. 그게 이 책의 가장 큰 장점입니다. 실천의 내용도 음식과 의복과 교통 등을 폭넓게 아우르고 있습니다. 이들이 어떻게 연관되어 있는지도 친절하게 설명하고 있습니다. 이론과 실천의 정교한 조합이 돋보이는『성미산학교 에너지교실』은 기후변화에 대한 학생들의 이해를 높이는 한편, 실천하는 시민으로 성장하는데 아낌없는 도움이 될 것입니다.

의미 있는 책을 출간하는데 노고를 아끼지 않은 성미산학교 선생님들과 학생들에게 축하 인사를 드리며 이 책의 속편이 이어지길 기대합니다.

2014년 가을

박진희(동국대학교 다르마칼리지 교수)

씩씩하게 대면하고 지혜롭게 해결하기

이 책은 2008년 하반기에 시작한 성미산학교의 에너지 기후변화 수업에서 비롯되었습니다. 성미산학교 아이들과 선생님들이 학교와 마을, 나아가 지구촌 곳곳의 에너지 문제와 기후변화에 대해 고민하고 실천하는 과정이 담겨 있습니다.

각 장의 첫 대목에는 아이들과 선생님들이 수업과 프로젝트 활동을 함께하면서 발생했던 좌충우돌 에피소드가 등장합니다. 식신이, 꽈리, 꺼실이, 삼총사는 우리 주변의 에너지 문제를 고민하는가 하면 저 먼 곳 투발루에 사는 또래 친구들이 겪는 문제를 나의 문제로 생각합니다. 다양한 에너지 문제를 청소년의 시각으로 살펴보고 그 해결 방안을 찾기 위해 노력합니다. 「주제 특강」은 각 장에서 다루고 있는 주제를 소개합니다. 주제를 이해하는데 필요한 지식을 최신 자료를 바탕으로 구성했습니다. 「함께 만드는 수업」은 주제와 관련된 다양한 사례와 정보를 알려줍니다. 추가로 필요한 자료와 학습 방법을 찾는데 도움이 되는 사이트도 덧붙였습니다. 「프로젝트 과제」는 토의와 토론, 만들기 등 실제로 해볼 수 있는 구체적인 활동을 소개합니다. 쉽게 따라할 수 있도록 활동 순서를 단계적으로 설명했습니다. 「한 뼘 생각 키우기」는 스스로 학습하는데 필요한 생각거리를 간추려 놓았습니다. 토의, 토론, 활동 프로그램 등 심화학습으로 활용할 수도 있습니다. 그밖에도 곳곳에 유용한 정보와 지식들을 배치했습니다.

이 책이 나오기까지 4년여의 시간 동안 많은 분들이 격려와 지원을 아끼지 않으셨습니다. 꼼꼼한 기록으로 다양한 소재와 정보를 제공해주신 성미산학교 김명기 선생님(옆집 샘), 에피소드를 재미있는 이야기로 구성해주신 이윤미 작가님, 에너지 기후변화 관련 정보를 구성해주신 오윤정 박사님, 오류를 지적하고 조언을 아끼지 않았던 이유진 선생님과 장주영 선생님께 진심으로 감사드립니다. 기획만으로 덜컥 출판을 결정하고 끝까지 격려를 아끼지 않았던 북센스에도 고마움을 전합니다. 바쁜 시간을 쪼개 감수를 하고 추천사까지 써주신 박진희 교수님과 이수종 선생님, 생태학을 만나는 동안 세상을 더 넓고 깊게 볼 수 있도록 이끌어주신 손요환 교수님께는 특별한 고마움을 느낍니다. 함께 수업을 진행했던 성미산학교의 박복선 교장 선생님과 동료 선생님들, 그리고 학부모님들께 깊이 고개 숙여 인사를 드립니다. 성미산학교에서 저를 초대해주지 않았다면 이 책은 시작도 못했을 겁니다. 누구보다도 하나뿐인 지구별을 위해 고민하며 멋진 도전을 함께해준 아이들이 고맙습니다. 이미 성인이 된 졸업생이 대부분이지만 저에게는 여전히 곱고 예쁜 아이들입니다. 그들이 없었다면 이 책도 없었을 것입니다.

지난 몇 년 동안 성미산학교 아이들과 배움을 나누면서 하루가 다르게 쑥쑥 크는 아이들이 놀라웠습니다. 문득 아이들만 크는 게 아니라 저도, 그리고 마을도 함께 성장하고 있다는 생각을 했습니다. 아이들은 늘 희망을 꿈꿉니다. 내일이 되면 더 나아지기를, 어른이 되면 더 멋있어지기를. 그런 아이들의 희망을 위해 지금 세대와 미래 세대가 함께 정보를 나누고 문제를 풀어가야 합니다. 변화는 이미 시작되었습니다. 성미산학교의 학생들만이 아니라 많은 아이들이 기후변화를 탐구하고 적정기술을 궁금해 하며 제3세계와 지구촌의 미래를 염려합니다. 작은 노력이 모이면 큰 변화를 이룰 수 있습니다. 식신이, 꽈리, 꺼실이, 삼총사처럼 우리 청소년들이 생태적 감수성을 발휘하여 씩씩하게 문제를 대면하고 지혜롭게 해결해 가는데 이 책이 도움이 되었으면 합니다.

꼭 필요한 정보와 이야기를 알뜰살뜰 담으려고 했습니다. 하지만 미처 챙기지 못한 부분이 있을 거라 생각합니다. 잘못된 점에 대한 꾸지람은 겸허히 수용하고 차근차근 바로잡아 가도록 하겠습니다. 고맙습니다.

2014년 11월
성미산학교 깜장콩 샘
정선미

차례

추천의 말 2   지은이의 말 4
등장인물 소개 8   이렇게 보세요 9

에너지교실 ①
2070년, 지구의 날씨가 궁금해 10

★지구와 기후변화 : 지구는 점점 뜨거워지고 있다
◆우리 마을 산소 지킴이, 성미산   ▲마을지도 그리기

에너지교실 ②
태평양 섬나라 투발루에서 온 편지 26

★지구와 기후변화 : 지도에서 사라지는 땅들
◆기후 정의, 공동의 그러나 차별화된 책임   ▲모의 청소년 유엔환경개발회의

에너지교실 ③
어느 날 갑자기
전기가 사라진다면! 40
★기후변화와 에너지 : 전기는 어디에서 오는가
◆지구에게 쉬는 시간을 주자   ▲지구랑 쉬는 시간

에너지교실 ④
에너지 도둑 체포 대작전 54

★에너지 진단 : 탄소발자국 추적 대작전
◆에너지 절약 대작전   ▲우리 학교 절전소 프로젝트

에너지교실 ⑤
돌아라 씽씽
자전거 발전기 74
★기후변화와 재생가능 에너지 : 고갈되지 않는 에너지
◆지구는 닫혀 있다   ▲에너지 체험 마당 열기

에너지교실 ⑥
통닭 냄새를 풍기며
달리는 자동차 86
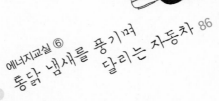
★재생가능 에너지 : 에너지 자립마을을 꿈꾸며
◆내가 만드는 에너지   ▲태양열 조리기 만들기

★주제 특강 ◆함께 만드는 수업 ▲프로젝트 과제

에너지교실 ⑦
초록이는 달리고 싶다 100
★기후변화와 교통 : 굿바이 자동차
◆걷기, 자전거, 대중교통 ▲우리 마을에 필요한 교통은?

에너지교실 ⑧
나는 하루에 종이를 얼마나 쓸까 112
★기후변화와 나무 : 숲을 살리는 종이 사용법
◆물건 프로젝트, 종이와 공책
▲재생 종이 만들기 / 종이 쓰레기 재활용하기

에너지교실 ⑨
헌 옷 줄게 새 옷 다오 126
★슬로 패션 : 소비를 부추기는 패스트 패션
◆지구를 살리는 슬로 패션
▲잠자는 옷을 깨우자 / 현수막 재활용 하기

에너지교실 ⑩
지구를 한 바퀴 돌아서 온
피자 한 판 140
★기후변화와 먹을거리 : 가까운 먹을거리가 좋아
◆먹을거리와 자원순환 ▲우리 집 밥상 탐구하기

에너지교실 ⑪
꺼실이,
도시 농부가 되다 154
★도시농업 : 도시 텃밭 이야기
◆도시 텃밭, 퍼머컬쳐
▲우리 주변에 텃밭 만들기 / 음식물쓰레기로 퇴비 만들기

에너지교실 ⑫
카카오나무를 오르는 아이들 168
★기후변화와 시민의식: 공평하게 행복해지는 착한 소비
◆착한 소비, 윤리적 소비
▲아나바나 장터열기 / 나무 심는 여행 / 저탄소 여행

성미산학교 소개 182
2009년 중학교 개정교육과정 연계 184

깜장콩 샘

성미산학교 생태 선생님. 얼굴이 동그랗고 까만 콩을 닮아서 별명이 깜장콩인데 성격도 콩처럼 야무지다. 아이들에게 때론 온화한 엄마 같고 때론 엉뚱한 이모 같은 선생님이다.

옆집 샘

성미산학교 생태 선생님. 학교 아이들과 허물없이 지내는 그야말로 옆집 오빠 같은 선생님이다. 아이들과 함께 놀고 장난치는 걸 좋아한다.

꽈리

"궁금한건 못참아!"
세상 모든 것에 호기심이 넘쳐나는 소녀. 호기심뿐만 아니라 힘도 넘쳐난다. 자그마한 몸에서 솟구쳐 나오는 엄청난 힘! 본인은 조심하지만 꽈리 손에 들어가면 모든 물건이 망가지고 만다. 정의감이 강해 학교에서 일어나는 크고 작은 문제는 다 해결하려고 한다.

꺼실이

"내가 제일 잘 나가!"
자칭 성미산학교 최고의 매력남이지만 실상 아이들에겐 까칠한 말라깽이로 보일 뿐. 불평불만만 늘어놓다가도 어느새 식신이와 꽈리가 하는 생태 프로젝트 일에 매진, 결국 자기가 혼자 일을 다 하고 마는 실속 없는 스타일이다.

식신이

"맛있는 게 정말 많아!"
멈추지 않는 식탐 본능, 식신이는 늘 먹지만 늘 배가 고프다. 장난치기를 좋아하지만 마음은 여리고 겁이 많다. 어려움에 처한 친구를 걱정하고 도우려는 따뜻함이 있는 아이이다.

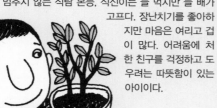

"

각 장 앞부분의 이야기는 성미산학교 생태수업에 참여한 학생들의 경험담에 허구를 가미해서 구성했습니다. 깜장콩 샘과 옆집 샘은 생태 수업을 실제로 진행한 선생님으로 이 책의 저자입니다. 식신이, 꽈리, 꺼실이, 삼총사는 성미산학교 학생들의 모습을 참고해서 만든 가상의 캐릭터입니다.

"

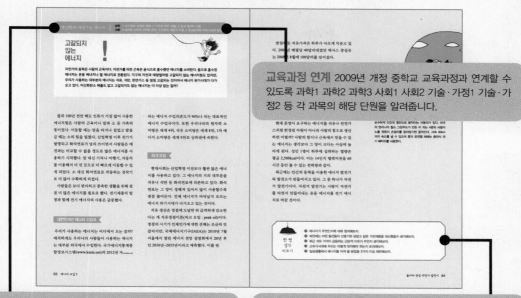

교육과정 연계 2009년 개정 중학교 교육과정과 연계할 수 있도록 과학1 과학2 과학3 사회1 사회2 기술·가정1 기술·가정2 등 각 과목의 해당 단원을 알려줍니다.

주제 특강 각 장에서 다루고 있는 주제를 소개합니다. 주제를 이해하는데 필요한 지식을 최신 자료를 바탕으로 구성했습니다.

한 뼘 생각 키우기 스스로 학습하는데 필요한 생각거리를 간추려 놓았습니다. 토의, 토론, 활동 프로그램 등 심화학습으로 활용할 수도 있습니다.

함께 만드는 수업 주제와 관련된 다양한 사례와 정보를 알려줍니다. 추가로 필요한 자료와 학습 방법을 찾는데 도움이 되는 사이트도 덧붙였습니다.

프로젝트 과제 토의와 토론, 만들기 등 실제로 해볼 수 있는 구체적인 활동을 소개합니다. 쉽게 따라할 수 있도록 활동 순서를 단계적으로 설명했습니다.

에너지교실 ①

2070년, 지구의 날씨가 궁금해

서울에는 황사, 백두산엔 가뭄, 전라도엔 홍수……
옆집 샘이 수업시간에, 지금처럼 지구 온난화가 계속 진행되면
앞으로 각종 기상 이변이 이어질 거라고 했던 게 기억났다.
그럼, 이게 다 지구 온난화 때문이란 말인가?
"뭐해? 얼른 공기 정화기 쓰지 않고!"

2070년, 지구의 날씨가 궁금해

교실 유리창 너머로 폭우가 쏟아지고 있다. 하늘에 구멍이라도 뚫렸는지 벌써 며칠째 장대비가 퍼붓는 중이다. 텔레비전 뉴스에서는 '사상 최대의 호우' '침수 피해 극심'이라고 피해 상황을 전하고 있다.

꽈리는 반쯤 풀린 눈으로 창밖에 쏟아지는 비를 보고 있었다.

'점심을 너무 많이 먹었나? 왜 이렇게 졸리지…….'

점점 무거워지는 눈꺼풀을 견딜 수가 없었다.

"이번 폭우도 지구 온난화로 인한 기상 이변으로 볼 수 있어요. 최근 몇 년 사이에 폭우, 홍수, 태풍 등 각종…….."

교실에서는 옆집 샘의 강의가 한창이었다. 졸음을 참으려고 눈을 부릅떴지만 꽈리의 귀에는 옆집 샘의 목소리가 자장가처럼 들렸다.

***

"**일**어나요, 얼른 일어나요!"

누군가 큰소리로 깨우는 바람에 눈을 떴다. 누구지? 눈을 뜨자 처음 보는 물체가 꽈리를 바라보고 있었다. 그것은 사람의 모습을 한 로봇이었다.

"넌 누구야?"

"주인님의 로봇 Z입니다"

꽈리는 깜짝 놀라서 주변을 둘러보았다. 낯선 방안이었다.

"여긴 어디야?"

"지금은 2070년 10월 11일 오전 8시이고, 여기는 서울 마포구 성산동 꽈리 주인님의 집입니다."

"2070년이라고? 말도 안 돼!"

"2070년 10월 11일 오전 8시 2분, 산소 청소시간입니다. 전 나가 보겠습니다."

로봇 Z는 이산화탄소 합성이라느니, 청소를 하지 않으면 메테인에 중독된다느니, 도통 이해할 수 없는 말을 중얼거리며 방에서 나갔다.

'2070년? 내가 잠깐 조는 동안 50년이 넘는 시간이 흘렀다고? 그럼 나는…… 할머니?'

몸 여기저기를 더듬어보았다.

'맙소사! 늘어진 뱃살에 손발은 주름살투성이군. 정말 할머니가 되어버렸네. 이게 웬 날벼락이람. 가만, 누가 들어오는데, 저게 누구지?'

웬 뚱뚱한 할아버지가 과자를 먹으며 방안으로 들어왔다. 식신이를 많이 닮은 할아버지였다.

"누구세요? 혹시 식신이?"

꽈리의 물음에 할아버지는 화난 목소리로 말했다.

"벌써 치매가 온 게야? 남편도 몰라보게?"

'믿을 수 없어! 이건 분명 꿈일 거야! 하룻밤 사이에 할머니가 된 것도 억울해 죽겠는데 늙어서도 계속 과자만 먹어대는 뚱보가 내 남편이라니! 이건 하늘이 노래질 일이야. 아니, 이게 어떻게 된 일지? 하늘이 정말 노랗잖아!'

노란색 셀로판지를 유리창에 붙여놓았는지, 창밖 세상은 온통 누런 빛이었다.

"밖이 왜 저렇지? 하늘이 노란색이네?"

"그럼, 하늘이 노랗지 파랄까? 하늘이 노란색으로 바뀐 지가 언젠데."

식신이가 퉁명스럽게 말했다. 노란색 하늘이라니, 대체 이게 무슨 변고람.

"그럴 리가, 어제까지만 해도 분명 파랬는데."

"파란 하늘? 그건 우리가 열다섯 살 때 얘기지. 그땐 하늘은 파랗고 구름은 하얗고, 그랬지."

"그런데 어쩌다 이렇게 변했어?"

"중국 대륙이 전부 사막으로 변하면서 백두산도 사막이 되어버렸잖아. 그 바람에 황사*가 극심해져서 하늘이 노랗게 변한 거고."

"백두산이 사막으로 변했다고?"

"그게 언제 적 일인데 놀래? 당신 정말 치매야?"

내가 아는 백두산은 한반도의 정기를 머금은 높고 깊은 산이었다. 그 백두산이 온통 모래로 뒤덮여버렸다고? 그럼, 거기에 살던 노루며 곰들은 다 어디로 갔을까?

모든 게 혼란스러웠다. 그때, 어디선가 벨소리가 들렸다. 식신이가 주머니에서 핸드폰을 꺼내 통화 버튼을 누르자, 식신이보다 훨씬 나이 많은 할아버지가 SF영화의 한 장면처럼 3D홀로그램으로 나타났다.

"옆집 샘!"

식신이는 그 할아버지를 그렇게 불렀다. 엥? 100살도 넘어 보이는 저 할아버지가 옆집 샘이라고? 자세히 보니 홀로그램 영상 한 켠에 '전라남도 목포 옆집 샘 집'이라는 자막이 있었다. 그런데 3D 영상 속 옆집 샘의 상황은 심상치 않았다. 동그란 튜브에 몸을 맡긴 채 흙탕물 위를 둥둥 떠내려가는 중이었다.

"여긴 폭우 때문에 시냇물이 넘쳐서 아수라장이야!"

옆집 샘은 금방이라도 흙탕물에 휩쓸려 사라져버릴 듯 위태로웠다.

"식신아, 도와줘!"

기상 상황 때문인지 다급하게 외치는 옆집 샘의 목소리가 자꾸 끊어지더니 아예 홀

---

* 황사

중국 북부와 몽고 사막지역에서 발생한 폭풍에 의해 상층의 편서풍을 타고 우리나라까지 날아오는 먼지. 황사에는 규소, 알루미늄, 칼륨, 칼슘, 철, 망간, 니켈 등 중금속 성분이 많이 포함되어 있어 대기를 오염시키고 사람에게도 해롭다.

로그램 영상이 꺼져버렸다.

"당장 옆집 샘에게 가봐야겠어."

식신이가 다급하게 겉옷을 챙겨 입었다.

"나도 같이 가."

옆집 샘이 흙탕물에 휩쓸려가게 놔둘 수는 없다. 나도 식신이를 따라가서 돕고 싶었다. 간단하게 세수라도 하고 가려고 욕실로 들어갔는데, 아무리 수도꼭지를 돌려도 물이 나오지 않았다. 고장 났나? 고개를 숙이고 세면대 아래 수도관을 살피는데 어디선가 기계음이 또박또박 들려왔다.

"지금은 수돗물 공급 시간이 아닙니다. 수돗물은 오후 1시부터 3시까지만 공급됩니다."

'이건 또 무슨 뚱딴지같은 소리람?'

어처구니가 없어서 고개를 들자 세면대 위 거울에 색 바랜 전단지가 붙어 있었다.

> 대한민국의 강과 호수는 수돗물로 정화할 수 없을 정도로 심각하게 오염되었습니다.
> 뿐만 아니라 전 세계적으로도 물이 부족한 상황이어서
> 외국에서 물을 수입할 수도 없게 되었습니다.
> 이에 대한민국 정부는 수돗물 공급시간과 양을 제한하기로 결정하였습니다.
> 2040년 1월 1일부터는 오후 1시~3시에 1인당 4ℓ만 수돗물을 공급합니다.

그 전단지는 한국수자원공사에서 각 가정에 보낸 공고문이었다. 그런데 4ℓ면 1.5ℓ 페트병으로 3개도 안 되는데, 그걸 하루 동안 써야 한다고? 목포에는 홍수가 났는데 서울에서는 수돗물을 마음대로 쓰지 못한다는 사실이 믿어지지 않았다. 조금 찝찝하긴 하지만 세수를 포기하고 욕실을 나올 수밖에 없었다.

* * *

집밖으로 나서자 황사가 휘몰아치고 있었다. 식신이는 방독면처럼 생긴 마스크

를 얼굴에 썼다.

'저건 뭐지?'

의아한 눈으로 식신이의 마스크를 쳐다보는데, 강한 모래 바람이 온몸을 덮쳐왔다. 매캐하고 따가운 모래 바람 때문에 꽈리는 눈을 뜰 수 없고 숨도 쉴 수 없었다. 연신 재채기만 터져 나왔다. 이렇게 지독한 황사는 처음이다. 서울엔 황사, 백두산엔 가뭄, 전라도엔 홍수…… 옆집 샘이 수업시간에 지금처럼 지구 온난화가 계속되면 앞으로 각종 기상 이변이 생길 거라고 했던 게 기억났다. 그럼, 이게 다 지구 온난화 때문이란 말인가?

"뭐해? 얼른 공기정화기 쓰지 않고!"

식신이가 방독면처럼 생긴 마스크를 꽈리에게도 씌워주었다. 공기정화기를 쓰자 숨 쉬기가 한결 나아졌다. 공기정화기 없이는 집밖으로 나올 수 없을 정도로 서울의 공기가 오염되었다니 무척 서글펐다.

식신이와 꽈리는 백두산 어디쯤에선가 불어온 강한 황사 바람을 온몸으로 헤치며 한 발짝 한 발짝 앞으로 나아갔다. 먼 옛날 파미르 고원과 타클라마칸 사막을 지나 중국에 도착하여 『동방견문록』을 남겼던 마르코 폴로처럼.

* * *

전남 목포까지는 기차로 이동했다. 석유로 움직이는 자동차는 지구 온난화와 대기 오염의 주범이라는 이유로 작년부터 운행이 금지되었다고 한다. 수소를 연료로 하는 자동차는 운행이 가능하지만, 자동차와 수소 가격이 너무 비싸서 엄두도 못 낸다고 했다. 수소는 자연 상태로는 존재하지 않아서 물을 전기로 분해해야 얻을 수 있는데 그 과정에 비용이 많이 든다는 것이었다.

식신이는 기차 안에서 '유전자 변형 돼지고기 삼각 김밥'이라는 긴 이름의 음식을 사 먹었다. 그것은 꽈리가 예전에 성미산마을 편의점에서 즐겨 사먹었던 삼각 김밥하고 맛과 모양이 똑같았다. 진짜 돼지고기 대신 각종 화합물을 배합하여 돼지고기 맛과 향을 낸 가공음식이라고 했다. 구제역 등 전염병이 전 세계를 휩쓸어서 돼지고기가 귀해진 탓에 가공음식을 먹을 수밖에 없다고도 했다. 밥도 유전자를 변형한 벼로 만든 것이었다. 기후가 바뀌어서 정상적인 벼가 더 이상 자랄 수 없게 되자 가뭄

과 추위와 태풍 등 이상 기후에도 견딜 수 있도록 유전자를 조작한 벼만이 재배된다고 했다.

목포까지 가면서 핸드폰으로 「사라진 나라」라는 다큐멘터리를 감상했다. 남북극의 빙하와 히말라야 산맥의 만년설이 녹아서 투발루와 캄보디아가 물에 잠겨 사라졌다는 내용이었다. 다큐멘터리가 끝나고 토론이 벌어졌는데, 한 국회의원이 우리나라 해안 지역의 일부도 점점 바다에 잠기고 있다면서 하루빨리 그곳 주민들을 위한 이주 지원 정책을 마련해야 한다고 주장했다. 그런데 그 국회의원의 얼굴이 왠지 낯익었다. 핸드폰 화면 속 국회의원의 얼굴을 손가락으로 누르자 프로필이 떴다.

'차초록, 2025년생, 우리환경당 소속 국회의원, 아버지는 차꺼실…….'

저 국회의원이 꺼실이 아들이라는 거야? 꺼실이의 외모와 말투를 쏙 빼닮은 초록이는 폭우와 범람으로 고통 받는 저지대 주민들을 위한 대책을 마련해야 한다면서 열변을 토하고 있었다. 초록이의 이야기를 듣고 있자 옆집 샘이 더욱 걱정되었다.

'옆집 샘은 괜찮을까? 설마 벌써 바다까지 떠내려가신 건 아니겠지?'

식신이는 옆집 샘에게 전화를 했다. 하지만 옆집 샘의 전화기는 꺼진 상태였다. 제발 옆집 샘이 무사해야 할 텐데…….

"옆집 샘, 어디 있는 거예요? 옆집 샘!"

* * *

"꽈리야, 나 여기 있다."

가까운 곳에서 들려온 옆집 샘의 목소리에 꽈리는 눈을 번쩍 떴다. 바로 코앞에 옆집 샘이 서 있었다. 다시 젊어진 얼굴의 옆집 샘을 보자 꽈리는 너무 반가워서 벌떡 일어섰다.

"샘, 살아 있었던 거예요? 괜찮아요?"

"우하하하!"

갑자기 아이들의 웃음소리가 터져 나왔다.

"스펙터클 어드벤처한 네 꿈에서 내가 악당 수천 명이랑 싸우다 죽기라도 했니?"

옆집 샘도 못 말리겠다는 듯 피식 웃었다. 주위를 두리번거리고 나서야 꽈리는 겨우 사태를 파악했다. 옆집 샘에게 꾸중을 듣고 아이들 웃음거리가 되긴 했지만, 그 모든 게 꿈이었다니 얼마나 기쁜지 몰랐다.

'푸른 하늘을 다시 볼 수 있어서 정말 다행이야. 무엇보다 식신이가 남편이 아니라서 얼마나 좋은지 몰라.'

다른 아이들과 함께 낄낄대고 있는 식신이를 보면서 꽈리는 남몰래 가슴을 쓸어내렸다.

지구는 점점 뜨거워지고 있다 !

꽈리가 꿈에서 본 2070년 미래의 모습을 '허황한 공상'이라고 웃어넘길 수 있을까?
이미 지구 곳곳에서는 꽈리의 꿈과 비슷한 상황이 벌어지고 있다. 중국은 전체 국토의 17.6%가 사막으로 변했고, 한반도로 날아오는 황사는 해가 갈수록 심해지고 있다. 2009년 미국과 캐나다의 나무 고사 비율은 1955년보다 87%나 증가했다. 나무가 줄어들면 땅의 수분이 부족해져서 큰 가뭄이 일어날 수 있다.
지구가 더워지는 속도를 늦추고 더워진 지구에서 살아남을 수 있는 방법을 찾아야 한다. 지금 당장!

지구 온난화와 온실효과

태양과 지구의 거리만 계산하면 지구의 평균 기온은 -18℃여야 한다. 그런데 현재 지구의 평균 기온은 15℃이다. 왜 이렇게 된 걸까? 그 이유는 '온실효과' 때문이다. 온실효과란, 지구에 도달한 태양 에너지가 다시 우주로 빠져 나가지 못하고 지구 안에서 순환하는 현상이다. 온실효과는 지구를 둘러싼 대기 때문에 일어난다. 적당한 양의 수증기와 이산화탄소 등의 기체 덕분에 지구는 태양계의 다른 행성과 달리 생명을 탄생시킬 수 있었다.

온실효과는 지구로 들어온 태양열의 일부를 가둬서 지구를 어느 정도 따뜻하게 유지시키는 역할을 한다. 그런데 온실기체가 지나치게 증가하다 보니 필요 이상의 태양열이 지구에 남게 되었다. 음식을 너무 많이 먹으면 배탈이 나는 것처럼, 과도한 열은 지구를 탈이 나게 한다.

온실효과가 지나치면 지구의 온도가 조금씩 상승하는 지구 온난화 현상이 일어난다. 지난 1,000

년간 지구의 평균온도는 13.7℃였는데 20세기 들어서 0.74℃가 높아졌고 앞으로 1.4~5.8℃까지 높아질 거라고 한다. 그렇게 되면 극지방에 있는 빙하가 녹아서 해수면이 8~88cm까지 높아질 수 있다.

우리나라는 지구 온난화 위험국

지구 온난화로 인한 기후변화는 남의 이야기가 아니다. 한반도의 기후변화 속도는 다른 나라를 앞지르고 있다. 기상청 자료에 의하면 지난 100년간(1912년~2008년) 우리나라의 평균 기온은 1.7℃ 올랐다. 이는 지구 평균 기온 상승폭인 0.74℃의 2배가 넘는 수치이다. 이런 속도라면 21세기 말 우리나라의 연평균 기온은 4℃ 상승하고, 연강수량은 17% 증가할 것이다. 한반도의 기온이 4℃ 상승하면 제주도, 울릉도, 동해안, 남해안 등에서는 겨울이 사라질 수도 있다. 또한 한반도 주변 바닷물의 온도가 올라가고 태풍도 지금보다

강해질 것이다.

한반도의 해수면은 매우 빠른 속도로 상승하고 있다. 전 세계 해수면이 연평균 3.1mm 상승하는데, 제주도의 해수면은 매년 5.1mm 상승했으며 지난 30년간은 22cm나 상승했다. 제주도처럼 급격한 해수면 상승은 인류 역사상 그 유례를 찾기 힘들 정도이다.

온실가스는?

대기를 구성하는 여러 가지 기체들 중 온실효과를 일으키는 기체를 '온실가스'라고 한다.

● 이산화탄소(CO_2)
석탄이나 석유 등 화석연료를 태울 때 발생하는 기체. 배출량이 전체 온실가스의 80%를 넘는다. 산업혁명 이후 화석연료 사용량과 비례하여 증가했다.

● 메테인(CH_4)
부패하는 음식물쓰레기나 인간과 동물의 배설물에서 나오는 기체. 이산화탄소에 비해 발생량은 적지만 메테인분자 하나가 일으키는 온실효과는 이산화탄소의 20배가 넘어서 온실효과에 미치는 영향력은 매우 높다.

● 이산화질소(NO_2)
석탄을 캐거나 고온의 연료가 연소할 때 발생하는 기체.

● 염화불화탄소(CFCs)
냉장고 및 에어컨의 냉매로 사용되는 기체. 프레온가스라고도 한다.

● 과불화탄소(PFCs)
반도체 같은 전자제품 제조나 도금산업 과정에서 세정용으로 사용되는 기체.

● 육불화황(SF_6)
전기제품이나 변압기 등의 절연체로 사용되는 기체.

지구 온난화 지수

IPCC는 이산화탄소가 지구 온난화에 미치는 영향을 기준으로 그 외의 온실가스가 지구 온난화에 미치는 정도를 수치화했다. 이산화탄소를 1로 보았을 때, 메테인은 21, 아산화질소는 310, 염화불화탄소는 1,300~23,900이다.

IPCC는 기후 변화 문제에 대처하기 위해서 세계기상기구(WMO)와 유엔환경계획(UNEP)이 1988년에 공동으로 설립한 단체로 기후변화와 관련된 과학적, 기술적 사실에 대한 평가를 제공한다.

우리 마을 산소 지킴이, 성미산

우리 선조들은 주변의 자연 환경과 사람이 살아가는 터전이
아름답게 어우러지는 걸 매우 중요시했다.
집을 짓거나 경작지를 만들 때에도 이러한 원리를 기반으로
자연과 인간의 균형을 유지하려고 노력했다.

사람은 본래 자연과 함께 어울리면서 살아왔다. 예로부터 사람들이 모여 사는 마을에는 뒤로는 산이 있고 앞으로는 강이 흘렀다. 자연은 사람에게 물이나 먹을거리, 땔감 등 자원을 제공할 뿐만 아니라 놀이와 배움, 치유 등 다양한 역할로 사람들의 삶에 영향을 미쳤다. 지금도 일상에 지친 사람들은 가까운 공원이나 산을 찾아서 풀 냄새를 맡고 새소리를 들으며 위안을 얻는다.

조선의 개국공신인 정도전은 『삼봉집』에 다음과 같이 적어놓았다. '눈을 아주 잘게 떠서 만든 그물은 연못에 넣지 못하며, 초목의 잎이 다 떨어진 뒤에야 도끼를 들고 산에 들어가게 했다. 이것은 천지자연이 주는 이익을 아껴 쓰고 사랑으로 기르기 위한 것이다.' 자연을 소중하게 여기고 이치에 맞게 이용했던 선조들의 지혜를 엿볼 수 있는 대목이다.

「대동여지도」를 만든 김정호는 '산등성이는 땅의 근육과 뼈이고, 물이 갈래져 흐르는 것은 땅의 혈맥이다'라고 했다. 땅 위의 산과 물이 인간을 포함한 모든 것들과 하나의 몸처럼 연결되어 있다는 뜻이다.

성미산의 역할

한강에 접해 있고 얕은 구릉산지가 발달한 마포구는 서울의 다른 구에 비해 산림 면적이 매우 부족하다. 세계보건기구(WHO)는 대도시의 경우 1명당 최소 9㎡(3평)의 녹지가 필요하다고 권고하고 있다. 그런데 우리나라 특별시나 광역시의 생활권 도시 숲(공원, 녹지) 면적은 국제 기준의 절반 정도밖에 되지 않는다. 도시에 사는 사람이 전체 인구의 90%가 넘는 우리나라에서 녹지를 확대하는 건 삶의 질을 결정하는 중요한 요소이다.

성미산처럼 마을 가까이에 있는 산은 대기 환경을 개선하고 소음을 상쇄시키는 역할을 한다. 또한 지표면 부근의 기후조건을 조절하는 기능으로

서울에서 산림면적 많은 3구 ▷ 서초구 15,558ha / 노원구 1,555.8ha / 관악구 1,5334ha

서울에서 산림면적 적은 3구 ▷ 마포구 82ha / 성동구 50.2ha / 영등포구 0ha

주민들의 건강을 지키고 에너지 절감효과도 가져온다. 더불어 주민들에게 쾌적한 휴식을 제공하는 등 여러 가지 긍정적인 영향을 미친다.

기후변화 위기에 대응하는 지구 환경 측면에서 보면 지역의 자연 환경인 성미산은 중요한 역할을 한다. 산림청 자료에 따르면, 우리나라 전체의 산림은 우리나라 연간 이산화탄소 배출량의 13% 정도를 흡수한다고 한다.

독일 베를린 시의 자연공원

베를린 시의 자연공원 쥐드겔렌데는 베를린이 동서로 분단되기 이전에는 기차역이었다. 분단 이후 50여 년간 방치된 채 다양한 식물이 무성하게 자랐다. 도시의 숲이나 공원과는 비교할 수 없을 정도로 녹음이 우거진 이곳을 통독 이후에 자연공원으로 조성했다. 이곳의 식물 군락은 그다지 가치가 높지 않아서 갈아엎고 다른 용도로 개발할 수도 있었지만, 최소한의 길과 난간만 설치하고 사람들 스스로 관찰할 수 있도록 했다.

자연보호의 선구자 존 뮤어

'시에라 클럽'은 미국 국립공원 및 자연보존지역 지정과 야생지역 보호, 지구 생태계 보존을 위해 활동하는 전통 깊은 환경단체이다. 1892년에 '시에라 클럽'을 창시한 존 뮤어는, 1899년 미국 의회에 탄원하여 국립공원법을 제정케 해서 요세미티 국립공원과 세쿼이아 국립공원이 만들어지는데 결정적인 역할을 한 인물이다. 미국의 국립공원뿐만 아니라 다른 나라의 국립공원 제정에도 많은 영향을 끼쳐서 국립공원의 아버지라고 불린다.

한 뼘 생각 키우기

- 지구 온난화가 발생하는 국내외의 사례를 알아보고 어떻게 대응하는지도 조사해보자.
- 우리 마을(지역사회)의 녹지를 조사하고 기후 변화에 미치는 영향을 알아보자.
- 우리나라에서 있었던 환경문제로 인한 갈등 사례를 알아보자.
- 내가 살고 있는 지역사회는 환경문제로 어떠한 갈등을 겪었는지 알아보자.

마을지도 그리기

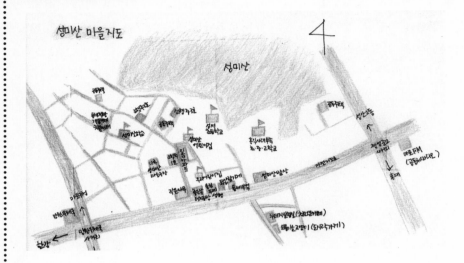

마을 그림지도는 내가 살고 있는 마을의 주요 기관 및 교통로 등 핵심적인 모습을 그림지도로 나타내는 활동이다. 지역사회의 지리적, 역사적, 사회적 환경을 조사하고 이해하는 과정을 통해 지역을 사랑하는 마음을 기르고 지역 문제에 관심을 가지는 한편, 더 나은 지역사회를 만들기 위해 문제를 해결해가는 과정을 배울 수 있다.

[계획하기]

제일 먼저 무엇을 위해서 만들려고 하는지, 마을의 어떤 모습을 담고 싶은지, 어디에 쓰려고 하는지 등 지도의 목적과 목표를 정해야 한다. 마을지도 만들기에 참여하는 모둠원들이 토론을 통해서 목적과 목표를 정한 다음, 지도에 표현할 정보를 조사하는 방법과 기간 및 지도의 구체적인 형태를 정하고, 그에 따른 각자의 역할을 정한다.

[실내조사]

마을의 주요 지표는 산과 강 등의 자연 환경, 도로와 보행로와 자전거 도로 등의 교통 환경, 관공서와 주요 건물 등의 사회 환경 등 3가지로 나눌 수 있다. 마을의 모습이 잘 표현될 수 있도록 주요 지표를 꼼꼼하게 조사하고, 조사한 정보를 분류표 등으로 보기 쉽게 정리한다.

[현장조사]

조사한 정보를 바탕으로 지도 위에 표현할 내용을 실제 현장에서 확인한다. 밑바탕이 될 기본지도는 해당 지역의 지형도나 지적도 중에서 목적에 맞는 걸로 선택한다. 마을의 모습을 잘 표현하려면 축척을 하는 게 좋다. 비교적 자세한 정보를 담으려면 대축척 지도를 활용한다.

[지도 그리기]

제일 먼저 무엇을 위해서 만들려고 하는지, 마을의 어떤 모습을 담고 싶은지, 어디에 쓰려고 하는지 등을 정한다.

지도의 목적과 목표에 따라 기본 지도로 선택한 지도 위에 정보만 담는 방법, 표현하고 싶은 기본 정보만 선택하여 기본 지도에 다시 표현하는 방법 등 지도를 그리는 방법은 다양하다. 때문에 '계획하기' 단계에서 지도의 구체적인 표현 방법도 정하는 게 좋다. 실내조사와 현장조사를 마친 자료를 범례로 구분하여 정리한다. 지도의 정보는 정확한 정보가 잘 드러나도록 축척과 방위 등을 주의하면서 표현한다.

기후변화에 대처하는 청소년들의 지혜

불을 끄고, 관심을 켜요!

● 햇빛 에너지 마음껏 쓰기 하루 1시간씩 형광등 15개를 끄면 연간 약 74kg의 이산화탄소를 줄일 수 있다. 낮에는 창가 쪽 조명은 끄고 자연광을 최대한 이용하자. 자연광을 최대한 활용할 수 있는 방향과 일조시간 등을 건물 설계에 반영하면 조명뿐만 아니라 실내온도 관리에도 효과가 있다. 조명기구를 선택할 때는 고효율 제품을 선택하자. 태양 이외에도 새로운 재생가능 미래 에너지에 대해 관심을 가지자.

● 내가 쉴 때는 전자기기도 쉬게 하기 컴퓨터 전원을 끄면 전기 에너지 100Wh(17인치 모니터 60Wh, 본체 40Wh)를 쓰지 않으므로 1시간당 42.4g의 이산화탄소 발생을 줄일 수 있다.

● 종이는 필요할 때만 쓰고(Reduce), 다시 쓰고(Re-use), 다시 만들기(Recycling) 종이는 꼭 필요할 때만 쓰면서 사용을 줄이자. 한번 쓴 종이는 이면지로 재사용하고 재질과 색깔 등에 따라 잘 분류해서 재활용하자. 인쇄용지 1장을 아끼면 1.7g의 이산화탄소를 줄일 수 있다.

● 교복과 교과서 다시 쓰기 교과서의 20%만 다시 써도 연간 2,200톤의 이산화탄소를 줄일 수 있다. 새 학년이 되기 전에 학교에서 장터를 열어 교복, 체육복, 교과서, 참고서 등 쓰지 않는 물건을 필요한 사람들과 나누는 기회를 마련하자.

● 급식은 골고루 맛있게, 잔반통은 필요 없게 해마다 버려지는 음식물쓰레기를 돈으로 환산하면 15조 원이 넘는다. 음식물쓰레기 1톤을 처리하려면 78,000원이 든다.

● 수도꼭지 잠그기 수도꼭지는 너무 세게 틀지 말고 적당한 수압으로 사용하자. 세수할 때는 물을 받아서 쓰고 양치하고 헹굴 때는 컵을 사용하자. 샤워시간을 1분 줄이면 연간 4.3kg의 이산화탄소를 줄일 수 있다.

● 분리수거 잘 하기 플라스틱 1kg을 재활용하면 1kg의 이산화탄소를 줄일 수 있다. 알루미늄캔 1개를 재활용하면 60W 백열등을 27시간 사용할 수 있는 에너지를 절약할 수 있다.

● 같이 공부하면서 에너지는 줄이고 우정은 쌓아가기 냉난방할 때는 교실(방)문과 창문을 꼭꼭 닫자. 에어컨으로 실내온도를 1도 낮추는데 7%의 에너지가 더 든다. 형광등 20개를 기준으로 교실 하나의 불을 끄면 약 500Wh의 전기를 절약할 수 있다.

● 공간을 비울 때는 꼭 뒤 돌아보기 비어 있는 공간에 조명이나 쓰지 않는 전기코드가 꽂혀 있는지 꼼꼼히 살펴서 10%의 대기전력을 잡자. 멀티 탭은 잘 보이는 곳에 두고 쉽게 끄거나 켤 수 있도록 하자.

● 내 컵 쓰기 하루에 종이컵을 5개씩 사용하면 연간 20kg의 이산화탄소가 더 발생하는 셈이다.

● 튼튼한 내 다리로 이동하기 일주일에 하루만 승용차를 타지 않아도 445kg의 이산화탄소를 줄일 수 있다. 걸을 수 있는 걷고 조금 먼 곳은 자전거나 대중교통을 이용하자.

● 제철 음식을 신선한 상태로 먹기 식재료를 운송하는 과정에서 차량과 선박 등 이동수단이 많은 온실가스를 배출한다. 비닐하우스 등에서 재배하는 농산물은 제철에 노지에서 기르는 농산물보다 약 5배의 에너지가 더 든다. 보관된 음식물이 10% 늘어나면 전기 사용량은 약 3.6% 늘어난다. 냉장고는 60%만 채우는 게 생활의 지혜다.

참조 : 초·중등학생 가정온실가스 진단 교육 매뉴얼, 그린스타트 네트워크, 환경부, 2009

에너지교실 ②
태평양 섬나라 투발루에서 온 편지

이제 오면
어떡해...

지금 투발루는 지구 온난화의 영향으로
해수면이 상승하는 바람에 점점 바닷물 속으로 잠기고 있어.
과학자들은 2100년이면 우리나라가 완전히 바닷물 속으로 가라앉을 거래.
실제로 우리 마을 곳곳에는 벌써부터 바닷물이 차오르고 있어.
그래서 농사도 지을 수 없고 우물물도 짜서 마실 수 없어.

– 투발루에서 물새니가

태평양 섬나라
투발루에서 온 편지

"오빠, 이 편지 뭐라고 적혀 있는 거야?"

학교 수업을 마치고 집으로 가려는 꺼실이에게 성미산학교 3학년 연아가 편지봉투 하나를 내밀었다.

"우편배달 아저씨가 학교로 온 편지라고 줬는데 영어로 적혀 있어서 누구에게 온 건지 모르겠어. 오빠는 중학생이니까 알겠지?"

연아가 그렇게 말하면서 내민 봉투 겉면에는 영어가 꼬불꼬불 적혀 있었다.

'검은 건 글씨고 흰 건 종이라는 건 알겠는데…….'

꺼실이의 머릿속은 봉투처럼 하얘졌다.

"뭐라고 적혀 있어?"

봉투를 받아든 꺼실이가 머뭇거리고 있자 연아가 의심스런 눈초리로 쳐다보았다.

꺼실이는 눈을 부릅뜨고 봉투를 살펴보았다. 한 단어 한 단어 힘겹게 해석하고 있는데 연아가 재촉했다.

"잘 모르겠어? 그럼, 선생님한테 물어볼까?"

그 말이 꺼실이의 자존심을 긁고 말았다. 자타공인 성미산학교 척척박사인데 영어 주소도 못 읽는다는 게 말이 되는가. 만약 연아가 이 사실을 눈치 챈다면 꺼실이가 그동안 쌓아온 모범생 이미지는 한순간에 추락하고 말 것이다.

"내가 왜 몰라? 이건 Sungmisan school, 그러니까 성미산학교잖아? 그리고…… 깜장콩 샘한테 온 편지네."

"깜장콩 샘한테 온 거라고? 이리 줘. 갖다드리게."

연아가 손을 내밀었지만, 꺼실이는 편지를 꽉 움켜쥐었다.

"내, 내가 갖다 드릴게. 교무실에 볼 일이 있거든. 가, 가는 길에 드리면 돼."

깜장콩 샘에게 온 편지가 아니라는 게 탄로날까봐 당황한 꺼실이는 말까지 더듬고 말았다.

* * *

모두가 잠든 깊은 밤, 성미산마을에 아직 불이 꺼지지 않은 집이 있었다. 밤이 늦도록 잠들지 못하는 사람은 바로 꺼실이였다. 문제의 영어 편지를 해석하느라 벌써 몇 시간째 끙끙거리는 중이었다.

영어사전을 수십 번 뒤적인 끝에 겨우 알아낸 사실은 투발루라는 섬나라에 사는 'Mulsaeni물새니'란 학생이 보낸 편지라는 것이었다. 그런데 받는 사람이 누군지 적혀 있지 않았다. 수신자는 그저 'Sungmisan school friends', 즉 '성미산학교 친구들'이라고만 되어 있었다.

정해진 수신자가 없는 편지라…… 처음에는 반송하려고 했지만, 머나먼 이국땅에서 편지를 보낸 물새니의 성의를 생각하자 주인을 찾아주어야 할 것 같았다. 그래서 더듬더듬 영어 편지의 단어를 일일이 해석하느라 꺼실이는 그날 밤을 하얗게 지새우고 말았다.

안녕, 성미산학교 친구들.

나는 투발루에 사는 물새니라고 해. 나이는 열다섯 살이고. 성미산학교 친구들은 내가 사는 '투발루'라는 나라를 잘 모를 테지? 처음에는 투발루가 어디 있는지 지도를 그려서 소개하려고 했어. 하지만 포기했어. 수십 년 뒤에는 태평양 바다 속으로 흔적도 없이 사라질 테니까. 지금 투발루는 지구 온난화의 영향으로 해수면이 상승하는 바람에 점점 바다 속으로 잠기고 있어. 과학자들은 2100년이면 우리나라가 완전히 바다 속으로 가라앉을 거래. 실제로 우리 마을 곳곳에는 벌써부터 바닷물이 차오르고 있어. 그래서 농사도 지을 수 없고 우물물도 짜서 마실 수 없어. 바닷물이 차오르는 걸 막기 위해 어른들이 제방도 쌓고 집 주변에 울타리도 쳐 보았지만 바닷물이 모두 삼켜버렸어. 우리 집과 우리 마을이 바다에 잠기는 걸 더는 막을 길이 없어. 이렇게 점점 땅이 바다에 잠기자 많은 사람들이 고향을 버리고 뉴질랜드로 옮겨갔어. 어릴 때부터 날 아껴주고 챙겨주던 고모도 한 달 전에 뉴질랜드로 이민을 갔지. 나는 내 고향이 물에 잠기고 이웃들이 고향을 떠나는 걸 보고만 있을 수 없어서 이렇게 편지를 쓰기로 했어. 이산화탄소 배출이 가장 많은 10개 나라를 찾아서 그 나라의 중학교 중 한 곳에 편지를 보내기로 했지. 그러면 내 또래의 친구들이 이 편지를 읽을 테니까. 나는 이 편지를 받을 10개 나라의 중학교가 어떤 곳인지는 잘 몰라. 아버지가 뉴질랜드로 이주하신 고모에게서 얻은 세계 학교 주소록을 보고 무작위로 10군데를 정했거든. 성미산학교가 있는 대한민국은 이산화탄소 배출량이 세계 8위라고 들었어. 내가 성미산학교에 대해 알고 있는 건 대한민국에 있는 학교라는 사실 뿐이야. 태평양에 투발루라는 작은 섬나라가 있다는 걸 아는 성미산학교 친구들도 별로 없겠지. 하지만 나는 성미산학교 친구들에게 점점 사라져 가고 있는 내 고향 투발루의 진실을 알리고 싶어서 펜을 들었어. 대한민국 성미산학교 친구들, 부디 투발루의 비극을 기억해주었으면 좋겠어.

이만 마칠게. 읽어줘서 고마워.

2014년 10월
투발루에서 물새니가

물새니의 편지 내용에 충격을 받은 꺼실이는 아침이 되자마자 식신이와 꽈리에게 전화를 걸어서 빨리 학교로 오라고 했다. 학교로 향하는 내내 꺼실이는 물새니를 도와줄 방법이 무엇일까 생각해보았지만 마땅한 방법이 떠오르지가 않았다. 꺼실이가 교실에 앉아서 생각에 잠겨 있는데 식신이와 꽈리가 들어왔다. 꺼실이는 아이들에게 물새니의 편지부터 보여주었다.

"정말 이게 사실이란 말야?"

꽈리와 식신이도 물새니의 편지 내용이 믿어지지 않는다는 표정이었다. 흥분한 식신이가 말했다.

"물새니를 도우러 당장 투발루로 가자."

"투발루까지 가는 비행기 표는 어떻게 구하지?"

"엄마한테 부탁할까?"

"우리가 도착하기 전에 물새니의 집이 가라 앉아버리면 어떡하지?"

꽈리와 식신이가 앞 다투어 말하는 모습을 지켜만 보고 있던 꺼실이가 천천히 입을 열었다.

"우리가 무작정 투발루에 간다고 무슨 도움이 되겠어."

"그렇다고 아무것도 하지 않을 수는 없잖아. 뭔가 방법을 찾아봐야지."

"우리 힘으로 할 수 있는 방법이 없어. 투발루가 가라앉는 걸 막으려면 지구의 기후를 바꾸어야 하는데……."

"그건 인간의 힘으로 불가능한 일이지."

삼총사는 힘이 쭉 빠졌다. 물새니가 정든 고향을 떠나지 않도록 도울 방법은 정녕 없단 말인가?

"너희들이 어쩐 일로 이렇게 일찍 학교에 왔냐?"

교실로 들어오던 깜장콩 샘이 삼총사를 발견하고 눈을 동그랗게 떴다. 삼총사는 잔뜩 풀이 죽은 모습으로 깜장콩 샘에게 인사를 했다.

"샘, 우리나라 사람들은 왜 이렇게 에너지를 많이 쓰는 거예요?"

"자동차는 왜 그렇게 많이 몰고 다니는 거죠? 그게 이산화탄소를 얼마나 많이 내뿜는데."

"우리가 배출한 이산화탄소 때문에 물새니네 집이 가라앉고 있대요."

밑도 끝도 없이 터져 나오는 삼총사의 볼멘소리에 깜장콩 샘은 어리둥

절해졌다.

"아침부터 웬 이산화탄소 타령이냐? 근데 이건 뭐지? 투 성미산 스쿨 프렌즈……."

책상 위에 놓인 물새니의 편지가 깜장콩 샘의 눈에 띄었다. 깜장콩 샘은 물새니의 편지를 천천히 읽기 시작했다.

* * *

깜장콩 샘의 생태수업 시간. 성미산학교 중등 친구들 사이에서 열띤 토론이 벌어졌다. '투발루 소년 물새니를 도울 방법'이 토론의 주제였다. 물새니의 편지를 읽은 깜장콩 샘이 그 내용을 토론 안건으로 정해서 투발루를 도울 방법을 찾아보자고 제안했던 것이다.

"우리 마을 목수 아저씨를 투발루에 파견하는 건 어떨까? 목수 아저씨는 못 만드는 게 없잖아. 바닷물이 습격해도 끄떡없는 집을 지어달라고 하자구."

"목수 아저씨 혼자서 1만 명도 넘는 투발루 사람들 집을 언제 다 짓냐? 그리고 그건 아저씨한테 허락부터 받아야 하는 거 아냐?"

"집을 새로 짓는다고 문제가 해결될까? 과학자들이 몇 십 년 후에는 나라 전체가 완전히 가라앉을 거랬잖아. 물새니네 가족이 다른 나라로 이주하는 게 쉬울 거야."

"아직 완전히 가라앉은 건 아니잖아. 투발루가 사라지는 걸 막을 방법이 있을 거야."

한동안 아이들 의견을 듣고 있던 깜장콩 샘이 입을 열었다.

"투발루에 살고 있는 친구를 도우려는 여러분 생각은 참 좋네요. 그런데 물새니의 편지를 읽고 나서 저는 많이 부끄러웠어요. 그 동안 편하다고 썼던 일회용 종이컵과 나무젓가락, 좀 더 쉽게 이동하려고 탔던 자동차, 먹기 싫다고 남긴 음식들……. 우리가 무심코 낭비했던 에너지 때문에 지구는 점점 더워졌어요. 결국 애꿎은 투발루 사람들이 고통받는 상황이 벌어졌어요."

아이들은 하나둘 입을 다물며 깜장콩 샘의 말에 귀를 기울였다.

"이건 짧은 시간에 해결할 수 있는 문제가 아니에요. 조금 불편하더라도 온실가스 배출을 줄여가려는 우리 모두의 꾸준한 노력이 필요해요. 그런 실천을 하는 사람이 점점 늘어나서 우리 사회가 에너지를 적게 쓰는 사회로 바뀔 때, 비로소 투발루의 비극을 막을 수 있을 거예요.”

깜장콩 샘의 말대로 1시간도 안 되는 수업시간에 모두를 만족시키는 해결책을 구할 수는 없었다. 우선 각자의 블로그나 트위터, 카카오톡 등을 통해 투발루의 비극적 상황을 널리 알리고 도움을 요청하기로 했다.

“그런데 물새니에게 보낼 답장은 누가 쓰지?”

“꺼실이가 물새니 편지를 해석했으니까 답장도 당연히 꺼실이가 써야지!”

아이들은 이구동성으로 꺼실이를 추천했다. 친구들의 등쌀에 마지못해 고개를 끄덕였지만 꺼실이의 속마음은 울고 싶었다. 또 다시 영어와 씨름하면서 밤을 샐 생각을 하자 벌써부터 머리가 지끈지끈 아파왔다.

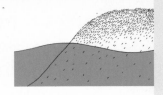

지도에서 사라지는 땅들 **!**

온실효과를 일으키는 가스, 즉 온실가스가 늘어나면서 지구의 온도는 점점 상승하게 되었다. 그런데 많은 사람들은 지구의 온도를 높이는 사람과 그로 인해 피해를 입는 사람이 다르다는 사실을 모르고 있다. 피해자들은 생존을 위협받고 있는데 정작 지구를 덥게 만든 사람들은 책임을 지지 않고 있다면 어떻게 해야 할까?

기후변화, 이렇게 적응하자

지구 온난화를 일으키는 주범인 온실가스를 더 이상 만들어내지 않으면 지구 온난화는 진행을 멈출까? 안타깝게도 그렇지는 않다. IPCC(기후변화에 관한 정부 간 협의체)가 2007년에 발표한 연구 결과에 따르면, 이산화탄소 발생을 지금 당장 멈춘다고 해도 지구의 온도는 앞으로 1,000년 동안 계속 상승할 거라고 한다. 따라서 온실가스 배출을 줄이려는 노력뿐만 아니라, 변화하는 기후에 적응하려는 노력도 함께 해야 한다. 짧은 시간 동안 많은 비가 내릴 경우 일어날 수 있는 산사태, 침수, 대규모 정전과 아열대 기후에서 발생하는 전염병에도 대비하고 심한 가뭄으로 먹을거리 공급이 크게 줄어들 것에 대한 대책을 세워야 한다.

우리 정부는 2010년 기후변화 적응 대책을 세웠다. 농업 분야에서는 변화된 기후에 적응할 수 있는 재배 기술과 품종을 개발하고, 새로 발생할 수 있는 병충해에 대비한 자료를 만들기로 했다. 무더위 기간 휴식 시간제 도입과 말라리아 등 열대 질병 진단법 개발도 포함되었다.

기후 정의와 불공평성

지구 온난화라는 위기를 일으킨 주범은 누구일까? 2010년 기준으로 지구상에서 가장 많은 이산화탄소를 배출한 국가는 중국이다. 그 뒤를 미국이 바짝 쫓고 있고 우리나라는 8위로 상위권에 속한다. 우리나라를 포함해서 이산화탄소를 가장 많이 배출한 10개국의 이산화탄소의 총량은 18.8Gt(기가톤)으로 전 세계 배출량 29.0Gt의 65%를 차지했다.

문제는 지구 온난화를 초래한 곳과 그로 인해 피해를 입는 곳이 다르다는 것이다. 지구 온난화 현상으로 위기에 처한 저지대 국가는 투발루만이 아니다. 몰디브, 키리바시, 카트레츠오 등 태평양 섬나라와 방글라데시, 이집트, 나이지리아처럼 강 하구에 위치한 국가도 국토 일부가 물에 잠길 위기에 처해 있다. 이런 저지대 국가들이 배출한 온실가스의 양은 전 세계 이산화탄소 배출량의 5%도 되지 않는다.

이런 불공평성 때문에 '기후 정의'라는 개념이 생겨났다. 이산화탄소를 많이 내뿜어서 지구 온난화에 책임이 큰 나라들이 그로 인해 피해를 입고 있는 나라에 경제적 기술적 지원 등의 방법으로 책임을 져야 한다는 것이다.

● 일본 기후변화 적응 관련 신사업 육성

침수 피해 방지용 주택 건설 사업, 기온이 오르면서 나타난 신종 변이 해충을 퇴치하는 살충제 사업 등, 기후변화에 따른 새로운 적응산업을 육성하고 있다.

● 방글라데시 수상정원 도입

빈번한 홍수로 농지가 자주 침수되자 '수상정원'이라는 새로운 경작 방법을 도입했다. 수상정원은 강이나 호수 위에 뜬 채로 자라는 수중식물을 빼곡하게 심은 후 농작물을 기르는 농법이다.

● 투발루, 피지, 키리바시 등 섬나라 기후변화 위기에 대비한 지원 요청

지구 온난화로 해수면이 상승하여 국토의 상당 부분이 침수되거나 국가 자체가 사라질 위기에 처한 작은 섬나라들은 군소도서국가연맹(AOSIS)을 결성했다. 군소도서국가연맹은 기후변화 위기에 대비하여 각종 기술 정보를 공유하는 한편, 자국의 기후변화 방지를 위해 선진국의 협조를 요청하고 있다.

● 우리나라 아열대 농수산물 육성

망고, 아보카도 등 아열대 작물을 토착화하는 시험 재배 사업을 제주도에서 진행하고 있다. 아열대성 어류인 참다랑어 양식도 시험적으로 추진하고 있다.

기후변화가 지구 환경에 끼치는 영향

영국의 저명한 경제학자이자 세계은행 수석 연구원이었던 니콜라스 스턴은 2006년 기후변화를 경제학적 관점에서 분석한 보고서 「기후변화의 경제학」을 발표했다. 이 보고서는 지구의 온도가 1℃씩 올라갈 때마다 바다의 높이는 10cm 올라갈 거라고 경고하고 있다.

만약 지구 온도가……
5℃ 오르면 히말라야의 빙하가 사라지고, 뉴욕과 런던이 바다에 잠겨 지도에서 사라진다.
4℃ 오르면 유럽의 여름 온도가 50℃까지 오르고, 이탈리아와 스페인, 그리스.터키는 사막으로 변한다. 북극의 얼음이 녹아 북극곰과 북극여우 등 생물들이 멸종한다.

3℃ 오르면 300만 명이 영양 실조로 사망하고, 10억~40억 명이 물 부족을 겪게 된다. 50%의 생물종이 멸종 위기에 처한다.
2℃ 오르면 열대 지역 농작물이 크게 감소하여 5억 명이 굶주린다. 최대 6,000만 명이 말라리아에 걸릴 수 있으며, 33%의 생물종이 멸종 위기에 처한다.
1℃ 오르면 작은 빙하가 녹기 시작한다. 5,000만 명이 물 부족으로 고통을 받고, 매년 30만 명이 더위로 인한 전염병으로 사망한다. 10%의 생물종이 멸종 위기에 처한다.

출처 : The Economics of Climate Change. Stern, Nicholas. Cambridge : Cambridge University Press, 2007

유럽(프랑스, 독일 등)

2003년 유럽 전역에서는 40℃가 넘는 열파 현상이 발생해 3만 5,000명이 목숨을 잃었다. 2004년부터 시작된 3년간의 가뭄, 2007년 여름의 대홍수, 2010년 여름의 폭염 등 이상 기후로 몸살을 앓았다. 2012년 1월에는 동유럽에 기록적인 한파가 몰려와 600명 이상의 사상자가 생겼으며, 얼어붙었던 다뉴브강이 녹으면서 얼음 쓰나미가 발생하기도 했다.

러시아

가뭄과 사막화로 밀 재배가 악화되어 2010년 밀 수출 금지령을 내렸다.

방글라데시, 인도, 파키스탄

국토는 침수되고 있으며 홍수와 폭우도 빈번하게 발생하고 있다. 2003년에는 한파가 몰아쳐서 1,300여 명이 얼어 죽었다. 파키스탄은 2008년 국토의 1/3이 침수되는 대홍수를 겪었다.

미국

2005년 초대형 허리케인 카트리나가 미국 남부 지방을 강타하여 뉴올리언스 지역의 80%를 침수시켰고, 80만 명의 이재민과 140조 원이 넘는 막대한 재산 피해를 끼쳤다. 메사추세츠 공과대학은 1970년대 이래 대서양과 태평양에서 발생한 주요 폭풍들의 지속력과 강도가 50%나 높아졌다고 발표했다.

중국 황하 일대

가뭄과 무분별한 개발로 사막화가 빠르게 진행되고 있다. 2009년 발표된 유엔 환경 계획에 의하면 중국에서 사막화된 면적은 262만㎢로 우리나라 국토의 26배가 넘는다.

아프리카 사하라

아프리카에서 가장 크고 세계에서 여섯 번째로 큰 호수였던 차드호가 최근 40년 만에 90% 이상 사라졌다. 사하라사막은 매년 남북으로 5~6km씩 확장되고 있다.

남극과 북극

북극의 여름철 해양 빙하 면적은 1978년 이후 10년마다 7.4%씩 줄어들어 북극곰 서식지가 사라지고 있다. 2005년~2007년에는 20%가 넘는 북극 빙하가 사라졌다. 현재 북극 빙하의 면적은 미국의 절반도 되지 않는 424㎢에 불과하다. 남극의 기온은 현재 지구 평균 기온보다 5배나 빠르게 상승하고 있다.

기후 정의, 공동의 그러나 차별화된 책임

환경문제는 국가라는 경계를 뛰어넘는 경우가 많다.
특히 기후변화로 인한 위기는 어느 한 지역이 아니라 지구 전체로 확대되고 있다.

1992년 브라질 리우데자네이루에서 열린 유엔 환경개발회의에서는 기후변화에 대응하는 '리우선언'을 제정했다. 국제사회가 공동으로 위기를 인식하고 아울러 기후변화에 기여한 정도에 따라서 책임이 다름을 강조하는 '공동의 그러나 차별화된 책임 원칙이 '리우선언'의 핵심이다.

'지구헌장'이라고도 하는 '리우선언'은 27개조의 원칙으로 이루어져 있다. 전문에는 '①각 나라와 사회에 새롭고 공평한 관계를 구축한다는 목적으로 ②모든 사람의 이익을 존중하고 ③지구의 환경 및 개발 체재의 통합성을 보존·유지하는 국제협정 체결을 위해 노력하고 ④우리의 터전인 지구가 통합적이고 상호의존적인 성격을 지녔음을 인식한다.'고 되어 있다. 주요 원칙으로는 '인간은 자연과 조화를 이룬 건강하고 생산적인 삶을 향유해야 한다.(원칙1)', '자국의 관리구역 또는 통제 범위 내에서의 활동이 다른 국가의 환경에 피해를 끼치지 않아야 한다.(원칙2)', '국가는 환경 분쟁을 국제연합 헌장에 따라 평화적이고 적절한 방법으로 해결해야 한다.(원칙26)' 등이 있다.

동북아시아의 기후변화 현황

지구의 자전 때문에 우리나라가 위치한 북반구의 중위도에는 서쪽에서 동쪽으로 일정한 바람(항상풍)이 분다. 이를 편서풍이라고 하는데, 주로 봄에 중국이나 몽골 사막의 모래와 먼지가 편서풍을 타고 날아오는 걸 황사라고 한다. 지구 온난화로 중국의 반 건조기후지역의 사막화가 심해져서 황사의 발생기간이 점점 길어지고 있다. 중국의 산업화 영향으로 모래바람에 중금속 등 오염물질이 포함되어 그 폐해가 갈수록 심각해지고 있다.

우리나라를 포함해서 황사의 직접적인 피해를 입고 있는 중국, 일본, 몽골은 유엔환경계획(UNEP), 아시아개발은행(ADB), 아시아태평양 경제사회위원회(ESCAP) 등 국제기구와 함께 동북아시아 황사대응 지구환경기금(GEF) 사업에 참여하여 황사문제에 대한 근본적인 해결방안을 마련하기 위해 노력하고 있다.

우리가 할 수 있는 차별화된 책임

● 지구헌장에 대해 알아보고 실천할 수 있는 활동에 도전해보자.
● 지구헌장 전문을 찾아 읽고 내용에 담긴 구체적 의미와 정보를 이해한다.

● 토론할 내용을 뽑아 찬반을 나누어 토론하거나 실효성에 대해 토의해본다.

● 실천할 수 있는 방법을 토의한다.

● 참여자들의 관심이 가장 많은 활동을 선택하고 구체적인 방법을 계획한다.

● 실천 활동을 계획하고, 진행한 후에는 전체 및 개별 평가를 하는 게 좋다.

● 실질적인 기후변화 대응 방법의 하나로 기후변화로 피해가 심각한 국가를 지원하는 다양한 활동에 참여할 수 있다. 또한 개발과 보존의 기로에 서 있는 빈국들이 자국의 생태계와 문화를 지키고 지속가능한 삶이 가능하도록 자립을 지원할 수도 있다.

지역의 자립을 돕는 비욘드 네팔

성미산학교 고등부 학생들은 2011년 네팔에 다녀온 것을 계기로 '비욘드 네팔(BEYOND-NEPAL)'과 함께 하고 있다. 비욘드 네팔은 다른 나라의 원조기금을 나눠주는 단체가 아니라, 네팔 사람들이 자신의 문화와 마을과 자연이 가진 고유함을 지키고 지속가능한 자립의 힘을 키울 수 있도록 지원하는 네팔 현지 비영리단체이다. 한국의 정성미와 네팔의 써칫 자, 두 사람이 2009년에 시작한 비욘드 네팔은 네팔의 여성, 농민, 아이들과 청년들에게 진정 필요한 게 무엇인지 열심히 귀 기울이는 한편, '교육', '민주주의', '지속가능성', '연대', 이 4가지 핵심 가치를 실현시키기 위해 고군분투하고 있다. 네팔의 청년과 여성들을 위한 교육사업, 지역 여성들의 자립을 위한 럽시 캔디 판매 보급로 확보 프로젝트, 여성들을 위한 대안생리대 만들기 프로그램 운영 및 보급, 태양열 조리기 등 적정기술 보급 프로그램, 벽돌공 아이들을 위한 학교 프로그램 운영 등의 활동을 펼치고 있다.

(참조 : http://beyondnepal.tistory.com/)

모의 청소년 유엔환경개발회의

지역 환경과 국가의 발전 정도에 따라 기후변화에 대한 공동의 책임과 차별화된 책임으로 나누는 것에 대한 국가별 현황과 입장을 알아보자.

각 나라별 청소년의 입장이 되어 지속가능한 지구를 위해 합의할 수 있는 선언과 책임에 대해 토론하고 합의하는 과정을 모의 유엔회의 방식으로 진행해보자.

공동의 책임이란, 기후변화는 인류 전체가 지속가능한 삶을 함께 하기 위해 해결해야 할 과제이므로 모든 국가가 기후협약을 준수해야 할 책임이 있다는 의미이다.

차별화된 책임이란, 산업화를 일찍 경험해서 기후변화에 기여한 나라와 그렇지 않은 나라가 져야 할 책임이 다르고 기후문제에 대응하는 기술적 역량도 차이가 있으므로 국가별 상황에 맞게 책임이 주어져야 한다는 뜻이다.

[계획하기]

1) 토론 진행 방식과 다룰 내용 토의하기

2) 토의된 내용을 정리해서 토론 방식, 토론 순서, 토론 시간 등 진행 방식 공유

3) 토론 규모와 준비기간, 토론에 소요될 시간 등을 고려하여 계획하기 : 토론 방식은 20명의 학생들이 3~4주의 준비기간을 거쳐 오전, 오후 각 3시간씩 소요되는 1일 활동

[참가국 선정 및 자료조사]

토론에 참여하는 사람들이 모두 참여하여 기후변화의 원인과 영향이 다른 국가별 상황을 조사한다.

● 3~4명을 한 모둠으로 하고 조사기간은 1~2주로 한다.

● 발표 자료를 조사하고 발표를 하기까지 3~4주의 준비과정이 필요하다.

● 준비과정 동안 주 1회 정도 모둠별 세미나를 진행한다.

[모둠 나누기]

● 의장국 또는 유엔환경개발회의 진행자 : 스톡홀름 선언, 리우선언 등 유엔을 중심으로 한 기후변화에 대응하는 국제사회의 흐름과 내용을 중심으로 조사, 정리한다.

● 온실가스 규제(교토의정서)에 합의한 온실가스 배출 상위 국가 : 산업화가 진행된 국가들의 지리, 역사적 특징, 기후변화 피해 사례, 온실가스 배출 현황, 기후변화 대응에 관한 입장을 실제 자료를 중심으로 조사한다. (독일, 영국, 프랑스, 일본 등 선진국)

● 온실가스 규제 합의에 참여하지 않은 온실가스 배출 상위 선진국 : 산업화가 진행된 국가들의 지리, 역사적 특징, 기후변화 피해 사례, 온실가스 배출 현황, 기후변화 대응에 관한 입장을 실제 자료를 중심으로 조사, 정리한다. (미국 등)

● 온실가스 규제 합의에 참여하지 않은 온실가스 배출 상위 신흥 개발도상국 : 현재 산업화가 활발하게 진행되고 있는 신흥 개발 국가들의 지리, 역사적 특징, 기후변화 피해 사례, 온실가스 배출 현황, 기후변화 대응에 관한 입장을 실제 자료를 중심으로 조사, 정리한다. (중국)

● 온실가스 규제 합의에 참여한 개발도상국 : 산업화를 진행하고 있는 국가. (한국, 싱가폴, 인도네시아 등)

● 온실가스 배출량이 현저하게 낮지만 영향은 많이 받고 있는 국가. (기후변화에 가장 취약한 최빈국과 도서소국)

[모의 유엔회의 개회]

1) 의장국 또는 국제사회의 흐름을 조사한 그룹의 조사내용 발표 (15분)

2) 모의 청소년 유엔회의의 슬로건 등 토론의 목적과 목표를 상징적으로 표현할 수 있도록 준비하여 제시하며 개회 선언 (3~5분)

[참가국 사례 발표]

공동의 책임 인식 : 각 모둠별 국가의 기본 사항, 대표적 기후변화 피해 사례, 온실가스 배출 현황 등을 사진 및 영상 등 구체적인 자료를 포함하여 발표 (모둠별 발표 10분, 질의응답 10분)

[차별 있는 책임에 관한 입장 토론]

1) 기후변화 협약, 교토의정서 참여 등 각 국가의 구체적인 입장을 실제 자료를 중심으로 발표 (각 10분)

2) 각 국가의 청소년 입장에서 자신의 생각을 담아 토론하기 (자유 토론 60분)

[마무리 및 합의문 작성]

1) 각 국가의 청소년 최종 의견을 요약하여 마무리 발표 (각 2~3분)

2) 공동의 책임과 각 국가의 입장을 반영한 청소년 합의문 작성 (30~40분)

[토론 결과 공유 및 평가]

1) 토론 결과를 정리하여 참가자들과 공유 (10분)

2) 토론을 통해 새롭게 알게 된 것과 느낀 점을 공유한다. 참가자들이 각자 평가서나 후기를 작성한 후 요약해서 공유해도 좋다.

3) 학교 및 지역 언론, 지방자치단체, 국제기구 등 관련 기관 및 기후변화와 관련된 시민단체와 공유한다.

한 뼘 생각 키우기

✽ 이산화탄소가 증가할수록 지구의 온도는 왜 올라갈까?

✽ 지구 온난화를 일으키는 온실가스 6가지를 적고, 각각의 기체가 배출되는 원인과 영향을 알아보자.

✽ 집이나 학교에서 이산화탄소 배출을 줄일 수 있는 방법 10가지를 찾아보자.

✽ 세계 모든 나라가 온실가스를 줄이도록 UN에 건의문을 써보자.

에너지교실 3

어느 날 갑자기
전기가 사라진다면!

늦은 밤에도 대낮같이 밝던
홍대입구역 주변 거리는 온통 어둠에 잠겨 있었다.
불빛이라고는 도로를 메운 자동차의 전조등 빛뿐이었다.
신호등마저 꺼져버린 도로에는 수많은 자동차들이 뒤엉킨 채
꼼짝도 못하고 있었다.

어느 날 갑자기
전기가 사라진다면!

文득 객차 내의 모든 전등이 꺼졌다. 여기는 2호선 지하철 안. 전동차가 순식간에 암흑에 휩싸이자 승객들은 술렁이기 시작했다. 몇몇 승객은 재빨리 핸드폰을 꺼내 액정화면으로 주위를 밝혔다. 꺼실이도 주머니에서 핸드폰을 꺼내려는데 다시 전등이 켜지면서 전동차 안이 환해지더니 안내방송이 나왔다.

"승객 여러분께 알립니다. 본 전동차는 정전으로 인해 신촌역과 홍대입구역 사이에 잠시 정차 중입니다. 현재 본 전동차는 비상 전원을 사용하고 있습니다. 승객 여러분께서는 전력이 정상화될 때까지 안전한 실내에서 대기해주시기 바랍니다."

방송이 나오고도 전동차는 쉽사리 움직일 낌새를 보이지 않았다. 꺼실이는 불안한 마음에 주머니 속의 핸드폰만 만지작거렸다. 전동차가 멈춘 지 10분이 지나자 승객들은 다시 술렁이기 시작했다.

"서울 시내가 다 정전이래요."

대학생으로 보이는 한 남자의 말을 신호로 사람들은 어디론가 전화를 하기 시작했다. 꺼실이도 엄마에게 전화를 했다.

"엄마, 나 지하철에 갇혔어."

"어떡하니. 여기도 정전이야. 서울 시내가 모두 불이 나갔대."

"집에 촛불 켜고 있어?"

"초를 못 찾았어. 아빠랑 손전등 켜고 마주 앉아 있어."

"불이 금방 들어올 것 같지 않아?"

"글쎄다…… 정전이 오래 가면 안 되는데. 냉장고 속 음식도 상하고 보일러도 멈출 테니 보통 일이 아니야."

"헐~ 난 전기가 안 들어오면 깜깜하기만 한 줄 알았는데 문제가 심각하네."

다시 30분이 더 흘렀다. 그 사이 기관사는 여러 차례 안내 방송을 했다. 서울과 인근 수도권이 모두 정전인데 아직 원인을 모른다고 했다. 전동차 안에서 안전하게 기다리라는 말만 반복했다. 나중에는 비상 전력을 아끼기 위해 전동차 내의 난방과 조명을 낮추겠다는 방송이 나왔다.

"답답해 죽겠네. 우리, 나가자."

꺼실이 옆에 서 있던 청년 두 명이 전동차의 비상문을 열었다. 비상문이 열리자 사람들은 기다렸다는 듯 전동차를 빠져나갔다. 꺼실이도 잠시 머뭇거리다 사람들을 따라 나섰다. 다행히 홍대입구역 플랫폼은 멀지 않아보였다. 꺼실이는 다른 사람들과 함께 조심스럽게 철로를 걸었다. 사람들은 각자 핸드폰이나 라이터 빛에 의지해 앞으로 나아갔다. 모두 질서 정연하고 조용하게 서로를 도우면서 이동했다.

"기분 완전 이상한 걸."

꺼실이는 혼자말로 중얼거렸다.

* * *

지하철역을 빠져나오자 더욱 믿기 어려운 현실이 눈앞에 펼쳐졌다. 늦은 밤에도 대낮같이 밝던 홍대입구역 주변 거리는 온통 어둠에 잠겨 있었다. 불빛이라고는 도로를 메운 자동차의 전조등 빛뿐이었다. 신호등마저 꺼져버린 도로에는 수많은 자동차들이 뒤엉킨 채 꼼짝도 못하고 있었다.

집까지 걸어서 갈 수밖에 없다는 사실을 확인하자 꺼실이는 다리에서 기운이 쭉 빠지는 것 같았다. 어제는 폭설, 오늘은 기습 한파, 게다가 전기까지 나갔으니 집에 간다 해도 마음 편히 쉬지 못할 게 분명했다. 그래도, 아니 그럴수록, 더욱 빨리 집에 가고 싶었다.

꺼실이는 집을 향해 걷기 시작했다. 주변은 칠흑같이 어두웠고 겨울바람은 매서 웠다. 수년 전 미국에서 일어났던 911 테러가 생각났다. 깜장콩 샘이 보여주었던 사진도 떠올랐다. 폐허가 된 뉴욕 시를 빠져 나오는 사람들의 모습은 참으로 끔찍했다.

문득 병원에 입원 중인 할머니가 생각났다. 병원에도 비상 전력이 잘 가동되고 있 겠지? 그렇겠지? 갑자기 가슴이 뜨거워지더니 눈물이 울컥 솟았다.

＊ ＊ ＊

"아이고 춥다, 추워."

"외투 꺼내올 테니 엄마 꼭 껴안고 있어."

아버지가 벽을 더듬으며 안방으로 갔다.

"보일러가 꺼지니까 집이 얼음 동굴 같아."

어머니는 꽈리를 꼭 껴안았다.

"하필 이렇게 추운 날 정전이 될 게 뭐람."

"차라리 추운 게 나아. 외투라도 입으면 되니까. 여름이면

더워서 난리가 났을 거야."

꽈리의 불평에 꽈리 어머니가 토닥이며 말했다. 꽈리는 머릿속이 복잡해졌다. 공기나 부모님처럼 늘 곁에 있어서 잘 몰랐는데, 순간순간 곳곳에 많은 전기를 쓰면서 생활하고 있었구나. 문득 생태수업 시간에 배웠던 미국의 정전사태가 떠올랐다.

'그런 건 남의 나라 일인 줄만 알았는데 우리나라에서도 일어나다니.'

그때 꽈리의 핸드폰이 울렸다. 식신이었다.

"뭐하고 있어?"

"외투까지 꺼내 입고 부모님이랑 옹기종기 모여 있어. 너는?"

"우리 집도 비슷해. 전기를 못 쓰니까 할 수 있는 게 거의 없네. 불편하고 심심해."

"그렇지? 불편하고 심심하지?"

"그런데 꽈리야, 나 좀 무섭다."

식신이가 진지한 목소리로 말했다. 꽈리는 목이 메었다. 식신이가 무슨 말을 하려는지 알 것 같았다.

"나도 좀 무섭긴 해. 근데, 설마…… 아냐, 전기는 곧 들어올 거야. 들어오겠지?"

"너 깜장콩 샘 얘기 기억해? 미국에서 벌어졌던 정전사태."

"나도 그 생각 하고 있었어."

* * *

지난 학기 생태수업 시간에 삼총사는 에너지에 대해서 배웠다. 학기가 끝날 즈음, 깜장콩 샘은 미국에서 일어났던 대규모 정전사태와 관련된 사진을 몇 장 보여주셨다.

"우리는 스위치만 켜면 전등에 불이 들어오고 플러그만 꽂으면 선풍기, 에어컨, 컴퓨터가 쌩쌩 작동하는 생활에 익숙해져 있어요. 그러다 보니 전기 에너지가 얼마나 중요한지, 또 우리가 전기 에너지를 얼마나 펑펑 쓰고 있는지 잘 모르고 지내죠. 그래서 오늘은 여러분들에게 전기가 갑자기 사라졌을 때 어떤 일이 일어날 수 있는지를 보여주는 사진들을 준비했어요. 이것은 1977년 미국 뉴욕에서 정전사고가 일어났을 때의 사진이에요."

깜장콩 샘이 보여준 사진은 충격적이었다. 어두운 거리로 쏟아져 나온 사람들은 공포에 질려 있었다. 물건이 가득했던 상점들은 부서진 채 텅 비어 있었고, 누군가 불을 질렀는지 검은 연기가 치솟고 있는 등 혼란으로 가득한 모습이었다.

"1977년 7월 13일 밤 9시 36분, 36.2℃의 폭염 속에서 뉴욕이 암흑으로 변했어요. 허드슨 강변에 있는 원자력 발전소에 벼락이 떨어져서 전기가 끊긴 거예요. 이날 미국 신문들은 '찜통더위 속에서 사람들은 놀라고 겁먹고 흥분했다'고 전했어요. 1,600개의 상점이 약탈당하고 고급주택 1,000채가 불탔어요. 전기가 다시 들어온 14일 밤 10시 35분까지 25시간 동안 약탈, 방화, 난동에 참여한 사람들은 3,776명이었다고 해요."

* * *

미국 정전사태에 대한 끔찍한 기억을 떠올리고 있는 꽈리에게 식신이가 말했다.

"다시 전기가 들어오면 나 진짜 아껴 쓸 거다."

"나도! 우리 마을에서 한 달에 한 번 하는 '1시간 불끄기' 행사에도 꼭 참가할 거야."

"어? 나도 그 생각했는데. 하하! 역시 우리는 삼총사야."

식신이가 어색하게 웃자 꽈리도 따라 웃었다. 전화를 끊으면서 식신이와 꽈리는 꺼실이를 생각했다.

'지하철역에서 걸어오고 있다던데 어디까지 왔나? 집에 도착하면 문자 보낸다더니.'

'문자가 없는 걸 보면 아직 도착 못한 모양인데? 꺼실이 진짜 춥고 무섭겠다. 그렇다고 데리러 갈 수도 없고.'

식신이와 꽈리는 꺼실이가 몹시 보고 싶어졌다.

전기는 어디에서 오는가 !

어느 날 갑자기 전기가 사라진다면 어떻게 될까? 텔레비전이나 전등을 켜지 못하는 건 물론이고, 적정온도를 유지해야 하는 냉장고와 에어컨과 보일러도 작동을 멈추게 된다. 뿐만 아니라 전기로 점화하는 가스레인지나 인터넷 전화도 쓸 수 없다. 핸드폰도 충전이 불가능해서 다른 사람과의 연락이 어려워진다.

집을 나서면 사정은 더욱 복잡해진다. 엘리베이터를 이용할 수도 없고 신용카드 결제가 불가능해서 물건을 사기도 힘들어진다. 밤이 되면 거리는 암흑으로 변하고 그 틈에 수많은 범죄가 일어날지도 모른다. 지하철이나 항공기, 배 등 대부분의 운송 수단도 전면 중단된다.

우리 생활에서 이처럼 중요한 전기는 어디에서 오는 걸까? 우리 집 거실에 있는 텔레비전이나 컴퓨터처럼 주변에서 쉽게 볼 수 있는 전기제품에서 출발해보자. 텔레비전에서 출발한 전기는 전깃줄을 만난다. 전깃줄과 전깃줄은 전봇대로 연결되고, 동네를 빠져나온 전깃줄은 거대한 탑과 만난다. 이것이 전기를 보내는 송전탑이다. 전봇대의 전깃줄이 일반도로라면 송전탑의 전깃줄은 고속도로라고 할 수 있다.

송전탑은 시골 밭 한가운데도 있고, 나무들이 우거진 산 정상에도 있다. 무수히 많은 송전탑을 거쳐서 오는 전기의 출발지는 충남 당진군에 있는 화력 발전소나 경북 울진원전, 부산 고리원전, 경주 월성원전, 전남 영광원전 등 해안에 위치한 원자력 발전소들이다. 우리가 손가락으로 스위치 하나만 까딱 하면 들어오는 전기는 도시에서 수백 km 떨어진 외곽지대에서 생산되고 있는 것이다.

전기에도 정의가 필요하다

전기 에너지 공급에는 상당히 불공평하고 비효율적인 측면이 있다. 전기 에너지를 가장 많이 소비하고 있는 지역은 수도권(서울·경기·인천)으로 우리나라 전체 소비량의 36.5%를 차지한다. 그런데 수도권의 전력자립도는 56.7%에 불과하다. 즉, 자신들이 쓰는 전기의 절반 정도밖에 생산하지 않는다는 뜻이다. 특히 서울의 전력자립도는 3%밖에 되지 않는다. (출처 : 경기개발연구원, 2013년 8월)

발전소는 거대한 주전자

전기 에너지를 만드는 발전소는 단순하게 이해하면 물을 끓이는 주전자와 비슷하다. 발전소는 끓는 물에서 나온 수증기로 코일과 자석으로 이루어진 터빈을 돌려 전기를 만들어낸다. 석유나 석탄 등 화석연료를 태워서 물을 끓이는 발전소가 화력 발전소이고, 우라늄의 핵분열 과정에서 나온 열을 활용해 물을 끓이는 게 원자력 발전소이다. 화력 발전과 원자력 발전으로 만들어지는 전력은 현재 우리나라 전력 생산량의 90% 이상을 차지한다.

지구 온난화의 주범, 화력 발전

화력 발전소는 석탄과 석유를 태울 때 이산화탄소를 배출한다. 우리나라에서 화력 발전소가 생산하는 전력의 비중은 전체 발전량의 65%로 상당히 높은 편이다. 이는 우리가 전기를 많이 쓸수록 화력 발전소에서 태우는 석탄과 석유의 양도 늘어난다는 뜻이다. 석탄과 석유 사용이 늘어나면 그만큼 이산화탄소 배출도 늘어나서 지구 온난화를 부채질하게 된다.

〈 우리나라 전력 발전량 〉

	발전량(백만kWh)	비율(%)
원자력	148,596	31
석탄	197,916	42
유류	12,878	3
LNG	96,734	20
수력	6,472	1
집단/대체	12,064	3
	계 : 474,660	계 : 100

(2010년 기준, 출처 : 한국전력)

원자력 발전소의 빛과 그림자

화력 발전소 다음으로 많은 비중을 차지하는 발전소는 원자력 발전소이다. 2012년 기준으로 4곳의 원자력 발전소와 23기의 원자로가 가동 중이다. 전기를 만드는 원리는 같지만 화력 발전소는 석탄을 때서 물을 끓이고 원자력 발전소는 우라늄을 사용한다.

원자력 발전에 사용되는 핵 연료봉은 4년 반이 지나면 밖으로 꺼내는데 여전히 뜨거운 상태라서 수조에 넣고 10년 동안 찬물을 부어가며 식힌다. 다 식은 핵 연료봉은 사용 후 핵연료 또는 고준위 핵폐기물이라고 불리는데, 이 고준위 핵폐기물은 10만년~100만년 동안 보관해야 할 만큼 위험한 방사성물질을 포함하고 있다. 고준위 핵폐기물을 안전하게 폐기할 장소를 만드는 건 너무 어려운 일이어서 아직 세계 어느 나라도 고준위 핵폐기물 폐기장을 갖추지 못했다.

고준위 핵폐기물뿐만 아니라 원자력 발전에 쓰이는 거의 모든 물질이 방사능에 피폭된 상태이다. 장갑, 의류 등도 저준위 핵폐기물로 지정되어 일정한 시간 동안 분리 폐기되어야 한다. 안전성이 확보되지 않은 핵폐기물이 고스란히 지구에 쌓여가는 것이다. 체르노빌과 후쿠시마에서 발생한 사고는 원자로에 문제가 생기거나 원자력 발전소가 파괴되면 얼마나 무서운 피해가 발생하는지를 보여주는 사례이다.

전환 운동, 석유 의존도를
줄이고 지역을 살리자

생산되는 지역은 한정되어 있고 매장량도 30~40년에 불과하다는 석유에 의존하는 지금의 삶은 과연 지속가능할까? 그런 의문에 대한 해답을 찾으려는 움직임이 전환운동이다. 기후변화 위기를 겪고 있는 지금, 전환운동은 세계 곳곳에서 벌어지고 있는 조용하지만 매우 실용적이며 지속가능한 삶에 대해 희망을 가지게 하는 활동이다.

석유의 의존도를 줄이고 보다 건강한 삶의 방식을 선택하자는 전환운동은 몇몇 사람으로 이루어진 작은 그룹에서 출발하여 마을과 지역사회로 퍼져간다. 로컬 푸드를 이용하고 자전거를 타거나 일회용품을 쓰지 않는 것만으로도 이미 석유로부터 조금은 독립한 것이다. 이러한 활

동으로 세상을 바꿀 수 있다는 게 전환운동의 생각이다.

전환운동은 2006년 말 영국의 작은 시골마을 토트네스에서 시작되었다. 롭 호킨스를 중심으로 한 토트네스의 주민들은 기후변화와 피크 오일에 대한 우려를 지역사회의 다양한 커뮤니티에 알리는 활동을 전개했다. 초기에는 큰 관심이 끌지 못했지만 점점 많은 사람들이 전환운동에 대해 관심을 가지고 다양한 활동에 참여하고 있다. 전환운동에 참여하는 사람들의 네트워크인 전환네트워크에는 현재 토트네스의 주민들뿐만 아니라 전 세계의 다양한 사람들이 연결되어 있다.

(http://www.transitionnetwork.org)

토트네스는 중심가의 차량속도를 시속20km로 제한해 보행자를 보호한다.

2011년 성미산마을 주민들은 토트네스 전환 네트워크 사무실을 방문했다.

(사진 제공 : 성미산마을 마음, 유리)

체르노빌
원자력 발전소 사고

1986년 4월 26일 구소련 체르노빌에 있는 원자력 발전소의 원자로가 조작 실수로 폭발하면서 방사능이 누출되었다. 발전소 해체 작업에 동원된 사람 중 5,722명과 원자력 발전소 주변의 지역에 살던 민간인 2,510명이 사망하였고, 43만 명이 아직까지 암과 기형아 출산 등 각종 후유증에 시달리고 있다.

후쿠시마
원자력 발전소 사고

2011년 3월 11일 후쿠시마에서 일어난 대지진으로 원자력 발전소가 파괴되는 사고가 발생했다. 2011년 5월 15일, 사고 현장에서 20km 떨어진 지역에서 인체에 치명적인 방사성 물질 스트론튬이 검출되었다. 우리나라 강원도의 대기에서도 사고 직후 일본에서 건너온 방사능 물질 제논이 극미량 발견되었다.

전기의 여행

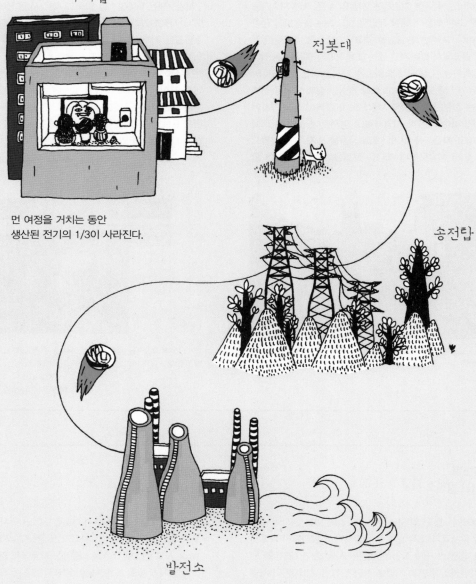

우리집

전봇대

송전탑

먼 여정을 거치는 동안
생산된 전기의 1/3이 사라진다.

발전소

지구에게 쉬는 시간을 주자

전기 없는 현대인의 삶은 상상할 수 없다.
전기코드를 꽂거나 스위치를 켜지 않고서는 아무것도 할 수 없는 세상이다.
우리는 언제부터 이런 삶을 살기 시작했을까?
전기의 편리함에서 벗어나 한 달에 1시간만이라도 지구와 함께 우리도 쉬는 시간을 가져보자.
전기 에너지가 전해줄 수 없는 가족이나 친구, 자연과의 소통이 주는 소중함에 대해 생각해보자.

2013년, 성미산학교는 기후변화에 대응하는 삶으로의 전환을 적극적으로 고민했다. 그 결과, 수업시간이나 활동 프로그램으로 학생들이 해왔던 에너지 관련 활동을 가정과 학교가 모두 참여하는 활동으로 넓혀서 진행하기로 했다.

학기 초인 3월에 학교운영위원회와의 회의에서 올해부터 학교와 가정이 협력하여 에너지 절감을 위한 실험을 하기로 의견을 모았다. 절감목표는 5%로 잡고, 학교는 학부모님과 아이들을 위한 교육프로그램과 행사를 준비하기로 했다. 학부모님들은 매월 22일 집에서 아이들과 함께 '지구를 위한 1시간'이라는 캔들 나이트를 하고, 한 달에 한 번씩 모여서 이야기를 나누는 시간을 가지기로 했다.

4월부터 학교에서는 아이들이 전기 사용량을 조사하여 서로의 에너지 소비에 대해 이야기를 나누고 대안을 찾아보도록 했다. 초등 1학년부터 고등부까지 전체 학년이 참여했는데, 특히 고등부 아이들은 저학년을 한 반씩 맡아서 꾸준히 모니터링을 하고 서로 궁금해 하는 부분에 대한 답을 찾

는 등 스스로 공부하는 기회를 만들었다.

여름방학 때는 가정에서 에너지를 어떻게 쓰는 게 좋을지에 대한 가족회의를 방학 숙제로 내기도 했다. 여름방학이 끝나고 고등부 아이들은 각 반에서 조사한 데이터를 기반으로 절전소 프로젝트를 시작했다. 데이터가 직접 눈에 보이자 아이들이 더욱 관심을 가지고 궁금한 것도 많아져서 친구, 선후배, 가족들과 에너지에 대해 더 많은 이야기를 나누게 되었다.

11월까지 전기 사용량을 꾸준히 조사했는데, 이사 등의 이유로 2012년 자료와 비교할 수 없는 가정을 뺀 나머지 참가 가정은 3.26% 정도 절감하는 효과가 있었다. 목표인 5%에는 미치지 못했지만, 앞으로 더 많은 사람들이 참여하고 노력한다면 훨씬 나아질 것으로 기대된다. 성미산학교는 지구랑 쉬는 시간, 절전소 등 에너지 절감 캠페인을 일상적으로 운영한 결과 2012년에 비해 무려 13.11%를 줄였다.

지구랑 쉬는 시간

성미산학교에서는 매년 3월에 하는 세계적 캠페인 '지구를 위한 1시간(Earrh Hour)'을 '지구랑 쉬는 시간'으로 바꾸어 성미산마을과 함께 매달 한 번씩 진행하고 있다. 2013년 9월부터 시작한 '지구랑 쉬는 시간'은 학교의 모든 구성원과 마을 사람들이 모여서 전깃불이 아닌 천연 밀랍초로 불을 밝히고 전기 에너지 없이 연주되는 음악과 시와 노래와 그림자극을 감상하는 행사로 펼쳐진다.

[준비 팀 꾸리기]

학교의 환경동아리, 생태 관련 학습을 하고 있는 학년을 중심으로 계획하고 진행하는 게 좋다.

[원칙 정하기]

행사의 기본 원칙은 전기 에너지를 최대한 사용하지 않는 것이며, 꼭 필요한 조명은 촛불을 이용한다. 야간 조명을 끄는 행사의 취지에 맞게 계절마다 일몰시간과 날씨를 고려해서 시간과 장소를 정한다. 계절의 특성이나 참가자들의 기호에 따라 간단한 음식을 준비해도 좋다. 이때 로컬 푸드, 안전한 먹을거리, 자원을 재사용한 장식, 쓰레기 제로, 내 컵 쓰기 등 다양한 활동을 덧붙인다. 모두가 한 곳에 모이지 않고, 시간을 정해서 한 마을이나 지역이 불끄기에 참여해도 된다.

[프로그램 기획하기]

행사의 큰 틀이 잡히면 참여하는 사람들과 즐겁게 소통할 수 있는 프로그램을 구성한다. 전기 에너지를 쓰지 않는 원칙을 고려하여 어쿠스틱 악기를 사용하는 연주, 시 낭송, 노래 부르기, 이야기 나누기 등 소박하고 따뜻한 느낌을 주는 프로그램이면 된다. 최소한의 불빛, 예를 들면 손전등 정도의 작은 전기불로 하는 그림자극을 준비할 수도 있다. 행사의 의미를 함께 나누고 알릴 수 있도록 학교나 마을, 지역사회에서 프로그램에 참여할 사람들을 찾는다.

[참가 대상 정하기]

학교 구성원뿐만 아니라 지역사회가 참여하여 프로그램의 취지를 널리 알리고 탄소배출을 줄이는 실질적인 효과도 얻을 수 있도록 한다.

[그 밖에 고려할 것]

촛불을 이용하는 경우, 안전에 주의해야 한다. 소화기 등 비상상황을 대비한 물품을 준비한다.

성미산학교와 성미산마을이 함께 하는 '지구랑 쉬는 시간'

지구를 위한 1시간

'지구를 위한 1시간(Earth Hour)'은 세계야생동물기금(WWF)이 야간 조명으로 인한 전력 소비와 지나친 빛 공해를 줄이기 위해 제안한 캠페인이다. 일정한 시간을 정해 1시간 동안 가정과 기업이 모든 조명을 꺼서 전기로 인해 발생하는 이산화탄소 배출량을 줄이자는 것이다.

'지구를 위한 1시간'은 세계야생동물기금과 시드니의 「모닝 해럴드」지가 호주에서 처음 시도했다. 2007년 3월 31일 오후 7시 30분부터 1시간 동안 전기 불을 끄는 행사에 220만 명이 참여하여 2.1~10.2%를 전력을 절감했다. 2008년부터는 전 세계 각국의 기업과 수많은 가정에서 참가하고 있다.

우리나라는 2013년 3월 23일 오후 8시 30분부터 1시간 동안 '지구를 위한 1시간'을 진행했는데 서울시에서만 23억 원의 전기 절감효과와 어린 소나무 63만 그루를 심은 것과 같은 온실가스 감축효과가 있었다고 한다.

"Earth Hour가 전달하려 메시지는 간단합니다. 기후변화는 지구에 사는 우리 모두가 함께 고민하고 해결해야 할 문제입니다. 해결책은 우리의 손 안에 있으며, 개인을 비롯한 지역공동체, 기업, 정부기관들이 협력해준다면 실현 가능합니다."
– 반기문 국제연합(UN) 사무총장

에너지 공부를 위한 개념과 용어

전기제품은 전기 에너지를 다른 형태의 에너지로 바꾸어준다. 텔레비전은 전기 에너지를 빛과 소리 에너지로, 전등은 전기 에너지를 빛 에너지로 바꾸어준다. 우리가 사용하는 전기제품들의 탄소발자국을 구하기 위해서는 에너지와 관련한 기본적인 용어와 개념을 이해해야 한다.

전기 에너지 전자의 이동을 통해 일을 하거나 다른 에너지로 전환되는 에너지

전력 '전류를 가지고 1시간 동안 할 수 있는 일의 양', 즉 시간당 사용 가능한 전기 에너지의 양. 전력의 측정 단위로는 W, 또는 kW를 사용한다. 전력(W)=전류(A)×전압(V) / 1kW=1,000W, 1MW=1,000kW

전류 단위는 암페어(A), 전기의 흐름을 뜻한다.

전류의 세기 일정한 시간 동안 회로를 흐르는 전하량. 단위 암페어

전압 전기 회로에서 전류를 흐르게 하는 능력. 전기에 가해지는 압력. 단위는 볼트(V)

전력량 전력에 시간을 곱한 값. 단위로는 Wh와트시를 사용. 전력량(Wh)=전력(W)×시간(h)

대기전력 전자기기를 사용하지 않는 동안 낭비되는 전력. 컴퓨터와 텔레비전은 대기상태에서도 많은 전력을 소비한다. 전원은 껐지만 플러그를 꽂아두면 전자기기에는 미세한 전류가 흐른다. 이 전류는 제품의 최소한의 기능을 유지하는데 필요하기도 하지만, 때로는 동작을 적극적으로 제어하는데 쓰이기도 한다. 대기전력 소비량은 상당히 많으며, 복사기와 비디오의 경우는 전체 전력소비의 80%를 차지하는 것으로 추정된다.

탄소발자국(Carbon Footprint) 인간이 직간접적으로 발생시키는 온실가스의 총량. 일상생활에서 사용하는 연료, 전기, 물건 등의 환산 단위로 사용된다. 탄소발자국은 질량의 단위인 g, kg으로 표기한다. 압력에 따라 부피가 달라지는 기체는 부피로 양을 표기하고 반드시 압력을 함께 표기한다. 따라서 기체인 이산화탄소의 양을 부피로 표기하면 숫자가 매우 커지고 매번 압력을 함께 표기해야 하는 번거로움 때문에 질량으로 표기한다. 비슷한 개념으로 인간의 삶, 의식주 등을 제공하기 위해 자원의 생산과 폐기에 드는 비용을 토지로 환산한 생태 발자국(Ecological Footprint)이 있다.

에너지 도둑 체포 대작전

"나는 지하 1층과 1층을 살펴볼 거야. 꽈리는 교무실과 교실이 있는 2층, 그리고 식신이 너는 3층과 4층에서 쓰고 있는 전기 제품을 살펴봐. 쓸데없이 켜놓은 것은 없는지 구석구석 찾아보자고! 전기가 낭비되는 곳은 없는지 구석구석 찾아보자고!"

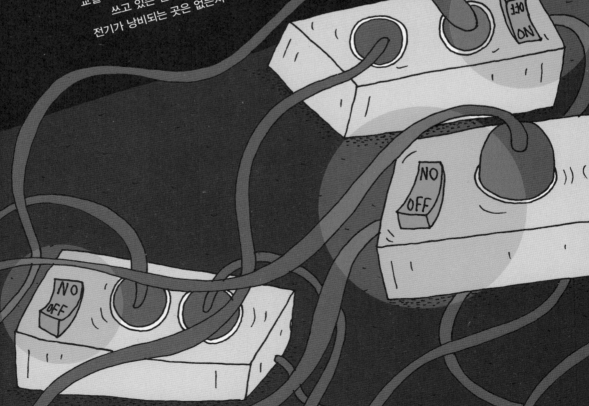

에너지 도둑 체포 대작전

이상한 일이었다. 깜장콩 샘은 전기요금 고지서를 다시 한 번 확인하면서 고개를 갸웃거렸다. 전기요금이 지난달보다 50%나 더 나왔다. 지난달은 947,270원이었는데 이번 달은 1,301,360원이었다. 깜장콩 샘이 성미산학교에서 근무한 몇 년 동안 전기요금이 이렇게 많이 나온 건 처음이었다. 그때, 교무실 문이 드르륵 열리면서 삼총사가 들어왔다.

"너희들 무슨 일 있냐? 왜 단체로 지각한 거야?"

삼총사는 식신이가 게임기를 새로 산 기념으로 어젯밤 늦게까지 놀다가 늦잠을 자는 바람에 나란히 지각을 한 것이었다. 하지만 선생님께 이실직고할 수는 없는 일. 삼총사는 입을 꾹 다문 채 아무 말이 없었다.

"왜 지각했는지 말 안 하겠다 이거지? 좋아, 그래도 책임은 져야겠지? 일단 교실로 돌아가."

말을 마친 깜장콩 샘은 다시 전기요금 고지서로 시선을 돌렸다. 삼총사는 무거운 발걸음으로 교무실을 나왔다.

* * *

삼총사에게 내려진 벌은 예상밖의 것이었다. 깜장콩 샘은 성미산학교가 생긴 이래 전기요금이 가장 많이 나왔다면서 언제, 어디서, 누가, 왜, 이렇게 전기를 썼는지 알아보라고 했다. 한 마디로 학교의 에너지를 훔친 도둑을 잡으라는 거였다.

황당하기 짝이 없는 벌이었다. 꺼실이와 식신이는 깜장콩 샘의 처벌에 불만을 터뜨렸지만, 호기심 많은 꽈리는 어떻게 하면 에너지 도둑을 잡을 수 있을지 눈빛을 반짝거렸다. 결국 삼총사는 가장 무식한(?) 방법을 쓰기로 했다. 학교에서 전기 에너지가 쓰이는 곳을 몽땅 뒤져보기로 한 것이다.

"나는 지하 1층과 1층을 살펴볼 거야. 꽈리는 교무실과 교실이 있는 2층을, 식신이는 3층과 4층에서 쓰고 있는 전기제품을 살펴봐. 쓸데없이 켜놓은 건 없는지 전기가 낭비되는 곳은 없는지 구석구석 잘 찾아보자고!"*

삼총사는 각자 맡은 구역으로 흩어져서 조사를 시작했다.

"지하 1층 식당과 1층 교실의 상황을 보고하기 바란다. 오버!"

조사를 마치고 다시 모이자 꽈리가 꺼실이에게 물었다.

"식당 난방기 이상 없음. 교실 난방기도 18℃ 유지. 에너지가 새어나간 흔적 없음."

"그래?"

"응. 딱히 의심되는 곳은 없었어. 영양교사 선생님이 점심 준비해야 된다는 바람에 주방은 냉장고밖에 못 봤지만."

요리조리 눈동자를 굴리던 꽈리는 식신이에게 물었다.

"다음, 3층과 4층을 보고하기 바란다. 오버!"

"음악실 CD 플레이어는 전기 콘센트가 빠져 있음. 컴퓨터실의 컴퓨터는 모두 꺼져 있음. 에너지 낭비 없음!"

식신이의 보고가 끝나자 꽈리가 고개를 갸웃거렸다.

"이상하네. 내가 살펴본 2층 교무실과 양호실도 전기 낭비는 없던데. 교무실 컴퓨터 사용량이 갑자기 늘었을 리도 없고 양호실 냉장고는 늘 켜져 있던 거고……."

삼총사는 별다른 수확을 거두지 못한 채 깜장콩 샘을 찾아갈 수밖에 없었다.

"샘, 어디서 갑자기 그렇게 많은 전기 에너지를 썼는지 도무지 알 수가 없어요. 혹시 전선에 이상이 생긴 건 아닐까요?"

---

* 이는 실제로 성미산학교 중등 친구들이 전기 에너지 진단을 할 때 조사한 것과 비슷한 방법이다.

"전기기사 아저씨에게 확인해봤지만 그런 일은 없대."

"누군가 학교 전기를 몰래 끌어다 쓴 건 아닐까요? 아니면 밤에 학교에 몰래 와서 전기를 썼든지."

꽈리의 추리에 깜장콩 샘이 심각한 표정을 지었다.

"우리가 오늘밤에 학교에 잠복해볼까요? 낮에는 보는 눈이 많아서 에너지 도둑이 나타나지 않는지도 모르잖아요."

"밤에 누군가 몰래 와서 전기를 쓴다는 건 거의 불가능해. 학교 문은 밤 10시면 잠 그고, 침입자가 있으면 경비업체가 출동하거든."

깜장콩 샘이 그렇게 말했지만 꽈리는 오늘 밤 학교에 잠복해서 한 번 살펴봐야겠 다고 마음먹었다. 그런 생각을 눈치 챘는지 꺼실이는 불안한 얼굴로 꽈리를 쳐다보 았다.

* * *

"너희는 잠복을 하든 말든 마음대로 해. 난 집에 갈 거야."

꺼실이는 투덜거리면서 책가방을 챙겼다. 어느새 해는 지고 교실은 깜깜했다. 꽈 리가 꺼실이와 식신이에게 학교에서 잠복해보자고 사정하는 바람에 삼총사는 늦도 록 학교에 남아 있었던 것이다.

"꽈리야, 우리도 그만 가자. 배가 너무 고파. 집에서 숙제도 해야 하잖아."

식신이가 조심스럽게 말했다. 꽈리도 배가 고팠다. 결국 삼총사는 집으로 가기로 했다. 꽈리와 꺼실이가 먼저 교실을 나오는데 뒤따르던 식신이가 갑자기 책가방을 뒤적였다.

"핸드폰이 없네."

"잘 찾아봐. 주머니에도 없어?"

"다 찾아봤어."

"칠칠치 못하기는…… 언제부터 안 보였는데?"

"생각이 안 나. 급식실 컵 소독기 위에 잠깐 올려뒀던 기억은 있는 데…… 컴퓨터실에 두고 왔나? 아까 전기 에너지 확인하러 갔다가 거기 두고 온 것 같아."

"난 컴퓨터실에 가볼 테니까 너희는 급식실에 가봐."

그 말과 함께 꽈리는 컴퓨터실로 뛰어 갔고 꺼실이와 식신이는 어두운 지하 급식실로 내려갔다. 한밤중의 급식실은 조용하고 음침했다. 컴컴한 급식실 벽을 더듬으며 컵 소독기를 찾고 있는데, 뭔가 형체를 알 수 없는 빛이 '반짝' 하더니 이내 사라졌다.

"으악!"

불빛에 놀란 꺼실이와 식신이는 동시에 비명을 질렀다. 혼비백산해서 급식실을 빠져나오다가 전선에 걸린 식신이가 우당탕 소리와 함께 넘어 졌다. 그때 정체불명의 불빛이 다시 한 번 반짝거리 다가 사라졌다. 꺼실이는 용기를 내서 불빛이 반짝이던 곳을 향해 살금살금 다가갔다. 그 불빛의 정체는 식신이의 핸드폰이었다.

"어휴, 난 또 뭐라고."

꺼실이는 식신이의 핸드폰을 집어 들었다. 문자 메시지라도 왔는지 식신이의 핸드폰은 규칙적으로 붉은 빛을 깜빡거렸다. 그때, 컴퓨터실에서 "으악!" 하는 비명 소리가 들렸다. 꺼실이와 식신이는 급히 꽈리가 있는 컴퓨터실로 달려갔다.

"저게 뭐야!"

컴퓨터실 문을 열고 들어서자, 수십 개의 붉은 불빛이 컴컴한 바닥에 일렬로 늘어서서 반짝이고 있었다. 그것은 컴퓨터와 연결된 멀티 탭이 내뿜는 빛이었다. 그 광경이 흉측해서 꺼실이와 식신이도 몸을 움츠리고 말았다.

"꽈리야, 괜찮아?"

꺼실이는 바닥에 쓰러져 있는 꽈리를 걱정스러운 눈빛으로 바라보았다. 그런데 조금 전까지만 해도 무서워서 몸을 떨고 있던 꽈리가 갑자기 벌떡 일어서더니 외쳤다.

"얘들아, 에너지 도둑을 찾은 거 같아!"

* * *

에너지 도둑은 컴퓨터였다. 얼마 전까지 컴퓨터실을 관리했던 똑딱 샘이 출산 때문에 한 달 동안 자리를 비우자 컴퓨터, 복사기, 프린터 등의 전선과 연결된 멀티 탭이 하루 종일 켜져 있는 상황이 벌어진 것이다. 아이들이나 선생님 모두 컴퓨터 전원만 껐지 멀티 탭까지 끌 생각은 하지 못했던 것이다.

컴퓨터를 끌 때 멀티 탭도 같이 껐더니, 전기요금은 다시 예전 수준으로 내려갔다. 깜장콩 샘은 에너지 도둑을 찾아낸 삼총사를 칭찬했지만, 다음부터는 부모님이 걱정하시니 밤늦게까지 학교에 있지 말라는 주의도 잊지 않았다.

깜장콩 샘은 이렇게 새어나가는 전력을 '대기전력'이라고 부른다고 삼총사에게 알려주었다. 대기전력은 전기제품이 콘센트에 연결되어 있을 때 기본적으로 소비되는 전력이었다. 즉 전기제품을 사용하지 않아도 콘센트에 코드가 꽂혀 있으면 일정량의 전력이 새어나가는 것이다.

삼총사는 컴퓨터실의 멀티 탭을 켜놓은 것만으로도 전기요금이 얼마나 늘었는지를 보면서 대기전력이 참 많은 전기를 소비한다는 걸 새삼 깨달았다. 그날 이후, 컴퓨터실에는 다음과 같은 안내문이 붙었다.

경고!

컴퓨터실 전기를 끄지 않고 나가면
꽈리, 꺼실이, 식신이가
지구 끝까지 쫓아가서 잡아내겠음.
혹시 우리가 보지 않는 사이에 누군가
전기를 끄지 않고 나가는 걸 보게 된다면 신고 바람.

〈 성미산학교 에너지지킴이 〉
꽈리, 꺼실이, 식신이

탄소발자국 추적 대작전 !

지구의 온도가 상승하는데 내가 얼마나 영향을 미치고 있는지를 확인하는 방법이 있다.
'탄소발자국' 크기를 재보면 된다. 탄소발자국이란, 사람이 생활하면서 만들어내는 이산화탄소의
양을 말한다. 우리가 전기 등 에너지를 많이 쓰면 쓸수록, 즉 만들어내는 이산화탄소의 양이 많을수록
탄소발자국은 커진다.

대기전력은 전자제품이 정상적으로 작동하기 위해 준비 상태를 유지하는데 소모되는 전력을 말한다. 전원은 꺼져 있지만 콘센트와 연결되어 있을 때가 대기전력 상태이다. 이런 대기전력 때문에 전기 에너지의 10%가 낭비되고 있다.

에너지 진단은 각 가정이나 학교, 회사 등에서 대기전력이 얼마나 새어나가는지, 전기 에너지 사용량은 얼마인지를 확인하는 작업이다. 에너지 진단을 하는 것만으로도 지구 환경에 기여할 수 있다. 에너지 진단으로 전기 사용량과 줄이는 방법을 알게 되고, 이것이 가정 경제와 지구 환경에 도움이 된다는 사실을 깨닫게 되면 많은 사람들이 참여할 것이다.

먼저 우리 집에서 에너지가 어떻게 사용되는지를 알아보고 탄소발자국 줄이기를 시도해보자. 나 혼자 이산화탄소 1g을 줄이는 건 작은 변화이지만, 우리나라 4,800만 인구가 1g씩 줄인다면 48톤의 이산화탄소가 줄어든다. 형광등 1개를 끄면 한 달에 1.6kg의 이산화탄소를 줄일 수 있다. 우리나라 인구의 10%가 형광등 1개씩만 덜 쓰면 한달에 7,680톤의 이산화탄소가 줄어든다.

에너지 진단을 하는 10가지 이유

● 나도 모르게 새고 있는 에너지를 잡을 수 있다.
● 나의 에너지 사용 습관을 알 수 있다.
● 에너지를 원료로 하는 물건들의 관리 상태를 알 수 있다.
● 물건마다의 에너지 효율과 바람직한 사용법을 알 수 있다.
● 에너지 사용 방법에 따라 달라지는 사용량과 비용을 확인할 수 있다
● 생활 속에서 비용을 낮추고 효율을 높이는 방법을 찾아볼 수 있다.
● 매달 청구되는 고지서를 재미 있게 살펴볼 수 있다.
● 온실가스를 줄이는 나(우리 집, 우리 학교)만의 개성 있는 방법을 찾을 수 있다.
● 앞으로 닥쳐올 기후 변화 위기에 적응하는 생활방식을 실천하여 기후 변화 위기에 대응할 수 있다.
● 나와 친구로부터 이웃과 자연, 더 나아가 지구와 더불어 살아가는 지혜로운 방법을 찾을 수 있다.

에너지 진단 순서

①단계 대상 건물의 개요 작성 → ②단계 방법과 역할 정하기 → ③단계 전기제품 조사 → ④단계 조도 측정하기 → ⑤단계 대기전력 조사 → ⑥단계 추가 조사 → ⑦단계 탄소발자국 계산 → ⑧단계 고지서 살펴보기 → ⑨단계 전기요금의 연간 추이 살피기 → ⑩단계 분석하기 → ⑪단계 처방하기

에너지 진단, 이렇게 해보자

1, 2단계
· 대상 건물의 개요 작성
· 방법과 역할 정하기

3, 4단계
· 전기제품 조사
· 조도 측정하기

5, 6단계
· 대기전력 조사
· 추가조사

7, 8단계
· 탄소발자국 계산
· 고지서 살펴보기

9단계
· 전기요금의 연간 추이 살피기

4층 : 860g
3층 : 1,414g
2층 : 3,063g
1층 : 6,202g
지하층 : 6,

10,11단계
· 분석하기
· 처방하기

1단계 : 대상 건물의 개요 작성

● 조사 날짜

● 조사하는 사람 혹은 모둠 이름(2~3명의 모둠이 함께 하는 게 좋다.)

● 구성원 수와 연령 : 1인당 또는 연령별 전력 소비량은 진단과 대안 마련에 좋은 정보이다.

● 집의 형태(단독주택/다세대주택/연립주택/빌라/아파트 등)와 크기 : 클수록 전력 소비량 많다. 집의 형태에 따라 에너지 효율 정도를 비교할 수 있다.

개요	학교	꺼실이네
조사 날짜	2010년 5월 11일	2010년 5월 14일
조사하는 사람	꺼실이, 꽈리, 식신이	꺼실이, 꽈리, 식신이
구성원 수	200명	3명
집의 형태	5층 빌딩	아파트
집의 크기	1,839㎡ (551평, 5층)	79.34㎡ (24평형 기준)
건축 연도	2005년	2004년
창의 종류	2중창	3중창
난방 종류	도시가스	도시가스

● 건축 연도 : 일반적으로 오래된 건물일수록 에너지 효율이 떨어진다.

● 창의 종류(단창/2중창/3중창) : 여러 겹일수록, 그리고 유리 종류에 따라 단열이 차이난다.

● 난방 종류(도시가스/전기/석유) : 종류에 따라 사용량, 비용, 이산화탄소 배출량이 달라진다.

● 단열 : 건축할 때 사용한 단열재 등을 조사해 본다. 효율이 떨어질 경우 건물 내외부의 마감을 보강하는 방법이 있다. 공기층을 만들어 단열에 도움을 주는 비닐(뽁뽁이)을 붙이는 것도 한 예이다.

2단계 : 방법과 역할 정하기

준비물 : 대기전력 측정기, 조도계, 체크리스트 기록지, 필기구, 사진기, 면장갑

● 공간 순서대로 전기제품의 유무를 확인하고 기록지에 체크한다.

● 공간 하나를 마무리하고 다음 공간으로 이동하는 방식으로 진행하는 게 좋다.

● 모둠원 2~3명이 함께 할 경우 기록, 조사 등 역할을 정하면 효율적이다.

가정용 전기요금 측정기

측정기의 전원을 콘센트에 연결한 다음 전자기기의 플러그를 측정기의 콘센트에 꽂으면 현재 전력, 현재 전압, 현재 전류, 사용전력, 예상 월간 사용전력, 사용요금, 예상 월간 사용요금 등이 화면에 나타난다. 측정할 때 kWh당 전기요금을 입력하면 비교적 정확한 사용요금을 알 수 있다.

조도계

실내조명의 밝기를 lux 단위로 측정할 수 있는 기기. 1lux부터 100,000lux까지 측정 가능하며 오차는 4% 정도이다. 종류가 다양하므로 학교와 가정에서 실내조명을 관리할 때 정밀도와 측정값의 필요 정도에 맞는 기기를 선택하면 된다.

3단계 : 전기제품 조사하기

● 전기제품의 전면 혹은 후면에 제품에 관한 정보가 붙어 있다. 이 스티커에서 필요한 대부분의 정보를 확인할 수 있다.

● 눈에 쉽게 보이는 플러그 외에도 조명기기, 보일러 등 잘 보이지 않는 전기제품도 포함한다.

● 안방, 부엌, 거실 등 공간을 구분해서 기록하면 진단 후 분석과 대안을 찾는 과정에서 도움이 된다.

● 전기제품이 크거나 뒷면에 제품정보가 붙어 있으면 모둠원 2~3명이 함께 조사한다. 1명이 조사할 때는 제품모델을 기록해두고 제조회사 홈페이지 등에서 필요한 정보를 확인한다.

● 정보가 담긴 스티커에서 정격소비전력(W)을 찾아서 기록한다. 가끔 소비전력이 씌어 있지 않은 경우가 있는데, 이때에도 전류(A)나 전압(V)은 기록되어 있다. 전력 값을 구하는 방식을 기억해두었다가 이럴 때 적용해보자. 전력(W)=전류(A)×전압(V)

전자레인지 소비전력! 3,850W

학교

삼총사는 학교에서 쓰는 전기제품은 무엇이며 모두 몇 개의 전기제품이 있는지 알아보았다. 각 층별 전기제품 목록을 작성하기 위해 꺼실이는 지하 1층과 1층, 꽈리는 2층, 식신이는 3∼4층을 조사했다.

교무실	형광등	32W	9개	32W X 9 = 288W	교무실 총 소비전력 288 + 240 + 540 + 520 + 3,850 = 5.438W
	(고효율)전구	20W	12개	20W X 12 = 240W	
	컴퓨터	90W	6개	90W X 6 = 540W	
	칠판지우개털이	520W	1개	520W	
	전자레인지	3,850W	1개	3,850W	
월드반	전구	32W	10개	32W X 10 = 320W	월드반 총 소비전력 320 + 90 + 16 = 426W
	노트북	90W	1개	90W	
	선풍기	16W	1개	16W	
비밀반	전구	32W	10개	32W X 10 = 320W	비밀반 총 소비전력 320 + 20 + 90 + 16 = 446W
	오디오	20W	1개	20W	
	노트북	90W	1개	90W	
	선풍기	16W	1개	16W	

* 에너지등급과 제품모델에 따라 전기제품의 소비전력과 대기전력은 차이가 있을 수 있다.

꺼실이 집

꺼실이네 집은 꺼실이 방과 안방, 작은방, 부엌, 거실, 다용도실로 이루어져 있다. 다음은 꺼실이가 각 공간에 있는 전기제품의 목록을 만든 후, 각 제품의 전력량과 한 달 동안 사용한 시간을 기록한 것이다.

> 헉! 전자레인지가 하루 종일 대기 상태였네. 고장 나서 다용도실에 두었는데 콘센트가 꽂힌 채였구나.

장소	전기제품	소비전력(W)	대기전력(W)	1일 사용 시간	한 달 사용 시간
안방	형광등 4개	3W	0	48분	24시간
꺼실이방	형광등 4개	3W	0	48분	24시간
	카세트	17W	0	0	0
	백열전구	60W	0	0	2시간
	컴퓨터	288W	대기 모드 92W	2시간(대기 모드 포함)	60시간
작은방(창고)	형광등 1개	36W	0	48분	24시간
부엌	전기밥솥	150W	0	12시간	보온 360시간
	티 포트	1,800W	0	2분	60분
	김치냉장고	7,046W	0	24시간	720시간
	냉장고	1,020W	0	24시간	720시간
	커피포트	600W	0	2분	60분
	전자레인지		2W	24시간	720시간
거실	백열전구	60W	0	24분	12시간
기타	세탁기	716W	0	36분	14시간
	청소기	650W	0	10분(주 3회)	2시간

* 에너지등급과 제품모델에 따라 전기제품의 소비전력과 대기전력은 차이가 있을 수 있다.

대기전력 측정기

우리가 사용하고 있는 전기제품의 대기전력을 측정할 수 있는 소형 측정기. 전기에너지 사용량뿐만 아니라 에너지 사용비용도 계산하여 표시해주고 연결된 각종 전기제품의 하루 사용비용 또는 한달 사용비용 계산이 가능하다.

타이머 멀티탭

원하는 시간에 전원을 차단할 수 있는 타이머가 부착되어 있는 멀티탭. 사용시간이 일정한 전기제품에 꽂아 연결하면 불필요한 에너지 소비를 줄일 수 있다.

4단계 : 조도 측정하기

공간마다 빛의 간섭이 없도록 어두운 상태에서 정중앙에 조도계를 놓은 뒤 조명을 켜보면 조도계에 숫자가 나타난다. 그 숫자가 현재 방안의 밝기(단위 : lux 혹은 lx)이다. 정확성을 기하기 위해 좌, 우, 위, 아래, 중앙의 조도를 측정하여 평균값을 낼 수도 있다. 외부로부터 빛이 들어오는 것을 차단하고 조도계를 눈높이에 둔 다음 등을 켜고 조도계의 수치를 확인한다. 장소마다 기준 조도와 비교해본다.

〈 국가 표준 조도 기준표 〉 (단위 lx)

학교	교실 200, 운동장 20, 화장실 100
주택	공부방 400, 식탁 200, 거실 100, 침실 20
경기장	관람석 40, 경기장 400
회사	로비 100, 회의실 200, 사무실 400
음식점	현관 200, 식탁 400, 진열대 1,000
도서관	서가 40, 시청각실 200
슈퍼마켓 · 편의점	교외상점 400, 도심상점 1,000
기타	휴게실 100, 화장실 100, 엘리베이터 200, 계단 200

학교

학교의 조도 측정 결과, 적정 조도인 200lx보다 밝은 교실이 많았다. 그래서 교실 형광등 중 적당한 위치에 있는 걸 빼기로 했다. 아무 형광등이나 빼도 될 것 같았지만, 직접 해보니 제법 까다로운 작업이었다. 교실에서 어느 곳은 밝고 어느 곳은 어두우면 친구들이 공부하는데 방해가 되므로 형광등을 뺐다가 다시 끼우면서 밝기를 재는 과정을 수없이 반복했다. 그렇게 해서 최종적으로 빼기로 한 형광등은 52개나 되었다. 형광등 1개마다 32W이므로 성미산학교는 l,664W(1.6kW)의 소요 전력이 줄어드는 셈이었다.

꺼실이 집

가정의 경우는 조도가 적절하지 않은 경우는 거의 없다. 측정 결과보다는 에너지 사용량을 고려하여 고효율제품으로 교체하는 것에 초점을 맞추자. 인테리어용 할로겐 등, 화장실 백열등, 상들리에 등은 저효율 고비용 조명이다. 또한 생활습관을 살펴보고 사용하지 않는 공간과 시간에 조명이 켜져 있는지 수시로 확인하자.

5단계 : 대기전력 조사

대기전력 측정기를 전기제품과 콘센트에 연결하여 대기전력을 측정하고 기록지에 기록한다. 월별 발생량은 30일을 한 달로 계산한다. 일반적으로 대기전력은 전기 사용량의 10%를 차지한다. 실제 대기전력이 발생하는지의 여부는 절전 시스템 사용여부와 관련이 깊다. 멀티 탭 등 대기전력을 쉽게 관리할 수 있는 조치가 없다면 전체 전기 사용량의 10%는 대기전력량이라고 추산할 수 있다. 기기별 대기전력량을 조사하여 월 합계를 계산한 후 멀티 탭 등으로 관리한 달과 비교하거나 지난 해 같은 달과 비교해보면 대기전력으로 소모되었던 전기량을 추산할 수 있다.

6단계 : 추가 조사

조사활동 중 미처 계산하지 못했거나 미확인 전기제품의 소비전력 등 자료를 보완한다. 각 전기제품의 사용시간을 집주인이나 주 사용자에게 물어보고 사용시간을 기록지에 적는다. 매일 또는 매월 평균 사용시간과 소비전력을 곱하면 월소비전력량(kWh/월)을 확인할 수 있다.

학교 / 꺼실이 집

● 이동수업 등으로 공간을 비울 경우 조명과 전기제품을 완전히 끄는지를 확인한다.

● 학교에 설치되어 있는 정수기, 복사기, 프린터 등에 타이머 멀티 탭이나 멀티 탭을 사용해서 대기전력을 차단하고 있는지 확인한다.

● 사용시간과 이용 패턴을 조사해서 멀티 탭이나 타이머 멀티 탭을 사용을 고려해본다. 멀티 탭을 사용하지 않는다면 그 이유를 인터뷰를 통해 확인한다.

● 진단가정에 고효율 절전형 제품을 안내하고 적용하기 어려운 이유를 확인한다.

7단계 : 탄소발자국 계산하기

● 전기, 도시가스, 물의 온실가스 배출계수가 모두 다르므로 각각의 사용량에 배출계수를 곱하여 이산화탄소 발생량을 계산한다.

● 이산화탄소 배출량은 사용량에 이산화탄소 배출계수를 곱하여 계산한다.

● 이산화탄소 배출계수 : 전기 1kW / 424g, 물 1m³ / 332g, 도시가스 1m³ / 2,240g, 쓰레기 10ℓ / 935g

● 전기제품의 경우 인터넷 정보 등을 활용할 수 있다. 문헌자료나 인터넷 정보를 활용할 때에는 출처를 확인하고 기록하는 것도 잊지 말자.

〈전기제품 사용 조사서〉

장소	전기제품	소비 전력 (W)	1일 사용시간 (h/일)	한 달 사용시간 (kWh/월)	한 달 CO₂배출량 (kg/월)	대기전력 (W)	대기전력 시간 (h/일)	대기 전력량 (kWh/월)	대기전력 CO₂배출량 (kg/월)
거실	형광등 4개								
	텔레비전								
	셋톱박스								
	에어컨								
	선풍기								
	오디오								
	청소기								
부엌	형광등								
	백열등								
	냉장고								
	김치냉장고								
	냉온정수기								
	전기오븐								
꺼실이 방	형광등 4개								
	오디오								
	스탠드								
	컴퓨터								
기타 (안방, 화장실, 다용도실)	보일러								
	공기청정기								
	비데								
합계		W	h/일	kWh/월	kg/월	W	h/일	kWh/월	kg/월
참고사항	* 전력(W) = 전류(A)×전압(V) * 온실가스 배출계수 = 전기 : 1kW 당 424g / 물 : 1m³ 당 332g / 도시가스 : 1m³ 당 2,240g / 쓰레기 :10리터 당 935g (출처 : 탄소가계부, 환경부, 한국기후환경네트워크)								

성미산학교 2층 교무실에 있는 전기제품의 1시간 기준 소비전력은 형광등, 전자레인지 등을 합해 5,438W였다. 전기 1kWh가 약 424g의 이산화탄소를 만들어내고 1,000W는 1kW이므로 교무실의 시간당 전기 탄소발자국은 약 2kg이다.

$$5.438kW \times 424g = 2,305kg$$

층별 탄소발자국을 계산하고 그 결과를 모두 합했더니 다음과 같았다.

4층 : 860g
3층 : 1,414g
2층 : 3,063g
1층 : 6,202g
지하 1층 : 6,520g

탄소발자국 측정 사이트

탄소발자국을 측정해보고 싶다면 아래의 사이트를 찾아가보자. 우리 집 전기제품이 몇 개인지, 형광등 전력은 얼마인지, 일일이 확인해볼 수 있도록 잘 설명해주고 있어서 우리 집 탄소발자국을 쉽게 파악할 수 있다.

- 한국기후환경네트워크
  www.kcen.kr

- 탄소나무계산기(산림청, 국립산림과학원)
  www.forest.go.kr/images/tree_carbon_calculator

- 교육용 탄소나무계산기(산림청, 국립산림과학원)
  www.forest.go.kr/images/carbontree/cal.swf

- 기후변화지식포털 기후인사이트(에너지관리공단)
  www.climateinsight.or.kr

- 기후변화홍보포털(환경부, 한국환경공단)
  www.gihoo.or.kr

8단계 : 고지서 살펴보기

● 전기, 도시가스, 물 사용량과 사용요금 등의 정보가 들어 있는 고지서 정보를 살펴본다.

● 전기 사용량을 계산한 후 변화를 알아보기 쉽게 그래프로 표현해보자.

● 측정한 전력량을 전기요금 고지서와 비교해보자. 고지서에 적힌 전기 사용량과 측정한 전력량이 같거나 별 차이가 없으면 비교적 정확하게 측정한 것이다. 만약 고지서에 표기된 사용량과 측정한 전력량의 오차 범위가 500Wh를 넘는다면 전기제품 하나를 빠트리거나, 전력량을 잘못 계산했을 가능성이 높다. 그럴 경우 다시 앞 단계로 가서 찬찬히 점검해보자.

● 전기요금 고지서만으로는 어느 전기제품이 얼마만큼의 전기를 사용했는지는 알 수 없다. 따라서 전기 에너지의 낭비를 줄이려면, 조금 복잡하더라도 꺼실이가 했던 것처럼 전기제품을 하나하나 확인해서 각 전기제품별 에너지 사용량과 대기전력을 꼼꼼하게 체크할 필요가 있다.

● 매번 가정에서 쓴 전기제품의 사용량과 전력량을 확인해서 탄소발자국을 측정하는 건 무척 어렵고 복잡한 일이다. 그런데 다행히 탄소발자국을 쉽게 알아낼 수 있는 방법이 있다. 바로 전기요금 고지서를 확인하는 것이다. 전기요금 고지서에는 한 달 동안 사용한 전기 에너지의 양과 비용이 나와 있다. 고지서에는 '사용량 비교'라는 항목이 있다. '당월' 항목 옆의 숫자가 이번 달에 사용한 전기의 양이다. 여기에 이산화탄소 배출계수 424g만 곱하면 된다.

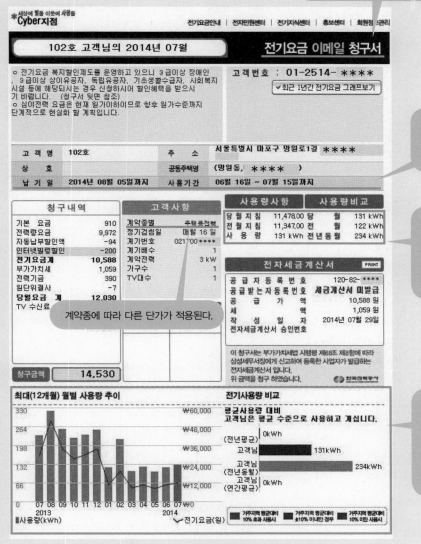

전기요금 청구서를 이메일로 받으면 종이와 비용을 아낄 수 있다.

사용기간은 전전월 16일부터 전월 15일이다. 7월 15일까지 사용한 요금은 7월 말~8월 초에 고지된다.

사용량 비교를 보면 7월과 6월, 지난해 7월을 함께 비교해볼 수 있다. 6월보다는 9kWh 더 많이 사용했지만 지난해 7월 보다는 103kWh 적게 쓴 것을 알 수 있다.

최근 1년간 우리집 전기 사용량과 요금이 그래프로 표현되어 있다. 달마다의 변화, 지난 해와 비교하며 살펴볼 수 있다. 막대그래프의 색깔로 주변지역 평균 사용량과 우리 집 사용량을 비교해 볼 수도 있다.

이산화탄소 배출계수란?

　석유, 석탄, 가스 등의 연료가 낼 수 있는 발열량이 각각 다르므로 각 원료마다 배출하는 이산화탄소량도 다르다. 연료별 발열량을 원유 1kg이 만들어내는 발열량과 비교하여 이산화탄소 배출량을 계산할 수 있도록 만든 수치이다.

9단계 : 전기요금의 변화

2년 동안의 고지서를 자료를 활용하여 월별 변화추이와 전년대비 같은 달의 변화 등을 분석한다.

● 연간 사용현황을 살펴보기 위해서는 지난해와 올해의 사용량 정보가 필요하다. 2년 치 고지서를 찾아서 달마다 사용량과 요금을 비교할 수 있도록 표로 만들어보자. 만약 고지서가 없다면 한국전력공사에 문의하면 된다.

〈 성미산학교 전기 사용량 비교표 〉

시기	2012년 사용량 (kWh)	요금(원)	2013년 사용량 (kWh)	요금(원)	비교 (증가/감소, 단위 %)
1월	5,472	996,790	4,080	907,930	25.4
2월	4,577	902,560	3,266	849,440	28.6
3월	4,591	841,540	3,379	790,970	26.4
4월	4,694	790,110	4,142	813,910	11.8
5월	3,754	722,310	3,298	743,860	12.1
6월	4,066	749,960	3,448	755,720	15.2
7월	4,663	906,150	4,330	920,850	7.1
8월	4,495	1,000,850	3,259	853,670	27.5
9월	4,442	921,340	4,135	903,490	6.9
10월	3,538	745,560	3,152	732,930	10.9
11월	4,094	860,040	3,351	797,070	18.1
12월	4,767	988,360	4,135	903,490	13.3
계	53,153	10,425,570	43,975	9,973,330	17.3

* 증감량 계산법 : (전년 동월 사용량–금년 동월 사용량)/전년 동월사용량
* 증감량 표기 : 소수점 첫째자리까지 표기(소수점 둘째자리에서 반올림), 증가와 변화가 없을 때는 숫자만 표기, 감소할 때는 숫자 앞에 '–'표기
* 증감량 분석
– 2012년 대비 전기 사용량은 17.3% 감소, 비용은 452,240원 절약
– 이산화탄소 배출량은 3,891.5kg 감소
– 성미산학교가 절약한 전기 에너지는 1,842그루의 어린 소나무를 심은 것과 같다(국립산림과학원 교육용 탄소나무계산기 활용).

* 도시가스와 물 사용량도 같은 방식으로 기록해서 분석할 수 있다.

〈 꺼실이 집 전기 사용량 비교표 〉

시기	2012년 사용량 (kWh)	요금(원)	2013년 사용량 (kWh)	요금(원)	비교 (증가/감소, 단위 %)
1월	341	57,980	304	49,090	10.8
2월	299	43,890	286	42,100	4.3
3월	287	40,840	248	34,290	13.6
4월	298	43,100	268	38,530	10.1
5월	287	40,840	242	33,080	15.7
6월	303	46,680	267	38,330	11.9
7월	318	51,030	272	39,320	14.5
8월	341	57,980	304	49,090	10.9
9월	299	43,890	192	23,190	35.8
10월	280	40,160	280	41,570	0.0
11월	295	43,250	278	43,020	5.81
12월	285	41,180	280	41,570	1.8
계	3,633	550,820	3,221	473,180	11.3

* 증감량 계산법 : (전년 동월 사용량–금년 동월 사용량)/전년 동월 사용량
* 증감량 표기 : 소수점 첫째자리까지 표기(소수점 둘째자리에서 반올림)
* 증감량 분석
– 꺼실이 집은 2012년 대비 전기 사용량은 11.3% 감소, 비용은 77,640원 절약
– 이산화탄소 배출량은 174.7kg 감소
– 꺼실이네가 절약한 전기 에너지는 317그루의 어린 소나무를 심은 것과 같다(국립산림과학원 교육용 탄소나무계산기 활용).

10단계 : 분석하기

분석한 내용을 기반으로 절전형 전기제품 교체, 사용시간 감소, 사용하지 않는 시간에는 플러그를 뽑아두거나 멀티 탭 사용, 정기적으로 보일러 청소, 절수형 제품 사용 등 해당 공간의 에너지 절감 방법을 토론한다.

● 분석한 결과를 표, 그래프, 추가 설명, 출처, 정보제공 등 다양한 진단 및 분석내용을 담는다.

- 꺼실이 : 1층에는 전력을 많이 소비하는 에어컨이 있어서 이산화탄소 배출량이 다른 층보다 많았다.
- 꽈리 : 2층은 건물 전체에서 전기를 가장 많이 사용하는 교무실이 있다. 선생님들이 사용하는 컴퓨터를 줄일 수 없다면 대기전력 소비라도 줄여야 한다.
- 식신 : 3층과 4층은 교실과 복도의 형광등 말고는 전기제품이 없어서 다른 층에 비해 전력 소비량이 적다.
- 형광등이 생각보다 많은 전력을 소비하고 이산화탄소를 배출한다는 사실을 깨달았다
- 성미산학교의 전기 에너지 탄소발자국을 측정할 때, 학교에 있는 전기제품의 대기전력과 전기 사용시간을 고려하지 않은 채 소비전력만 계산했기 때문에 실제와는 약간 차이가 있을 수 있었다.

꺼실이 집

탄소발자국을 측정한 뒤 꺼실이는 백열전구가 형광등보다 더 많은 전기를 소모한다는 걸 알았다. 컴퓨터가 대기상태에서도 전기를 꽤 낭비한다는 것도 알았다. 전기로 열을 내는 기기인 전기밥솥, 전자레인지, 전기오븐 등의 전기 사용량이 매우 많다는 것도 알게 되었다. 꺼실이는 탄소발자국을 줄이는 계획을 세우고 실천하기로 했다.

11단계 : 처방하기

- 공간별로 기기 교체, 플러그 뽑기, 사용시간 관리 멀티 탭 사용 등의 대안을 제시한다. 에너지별(전기, 난방, 물 등)로 구분하여 대안을 제시해도 된다. 제안할 때에는 구체적인 수치를 알려주는 게 실천에 도움이 된다. 욕실의 조명을 60W 백열등에서 7W LED 등으로 교체할 경우 밝기는 유지되고 사용기간은 6~7년으로 늘어난다. 전기 사용량은 이전에 비해 9배 정도 줄일 수 있다.
- 고지서를 잘 활용하는 방법을 알려주는 것도 도움이 된다. 가족 구성원이나 에너지 진단을 요청한 공간의 주 사용자에게 전기, 도시가스, 물 사용 고지서에 담겨 있는 정보를 알기 쉽게 설명해준다. 고지서에는 나의 정보뿐만 아니라 평균 사용량도 표기되어 있어서 전체 대비 나의 소비 정도를 판단할 수 있다. 누진율, 사용단가 등 관련 정책도 안내되어 있다.

학교

- 컴퓨터실 : 대기전력 제로 공간 만들기

식신이는 컴퓨터실을 대기전력이 전혀 없는 공간으로 변신시켰다. 기존의 컴퓨터실은 전체 컴퓨터가 하나의 멀티 탭에 연결되어 있어서 한 사람만 컴퓨터를 써도 모든 컴퓨터가 대기전력 상태였다. 식신이는 모든 컴퓨터에 각각의 전원이 달린 멀티 탭을 설치하기로 했다. 당장은 멀티 탭 구입비용이 들지만, 전기 에너지 탄소발자국과 전기요금을 고려하면 장기적으로는 훨씬 경제적이라는 결론이 나왔다.
- 교실 : 형광등 끄기와 조도 낮추기

이전에는 해가 쨍쨍한 날에도 교실의 형광등은 모두 켜놓았다. 그동안 너무 밝게 지낸 건 아닐까? 이런 생각과 함께 전기 에너지 탄소발자국 측정으로 형광등이 많은 전력을 잡아먹고 있다는 걸 알게 된 식신이는 형광등 끄기 캠페인을 위해 몇 가지 실천사항을 마련했다.

꺼실이 집

- 백열전구는 형광등으로

백열전구(60W)는 형광등(36W)보다 어두우면서도 소비전력은 많다. 백열전구를 형광등으로 교체하면 월 840Wh의 전력을 아낄 수 있고 356g의 이산화탄소를 줄일 수 있다.
- 컴퓨터를 쓰지 않을 땐 대기 모드로

컴퓨터를 하루 평균 2시간씩 30일 동안 사용하면 17kWh의 전기를 소비하고 7kg의 이산화탄소를 배출한다. 잠깐 자리를 비울 때는 대기모드로 전환하면 한 달 동안 소비 전력이 120kWh에서 92kWh로 줄어든다. 컴퓨터의 대기전력은 15Wh이다. 한 달 동안 컴퓨터를 끄지 않고 켜두면 10.8kWh의 전력을 소비하고 이산화탄소 4.6kg을 배출한다.
- 전기를 쓸 때 다시 한 번 생각하기

전기 에너지가 열을 내야 할 때 에너지 소모가 많아진다. 전기밥솥으로 밥을 짓거나 전기포트로 물을 끓이거나 전자레인지나 전기오븐 등을 사용할 때 소비전력을 떠올려보자. 소비전력이 잘 보이도록 크게 써서 전자기기에 붙여두는 것도 좋다. 냉온수기가 늘 켜져 있는 건 아닌지도 점검해보자.

에너지 절약 대작전

전기, 물, 가스 등 생활 속에서 사용하는 모든 에너지는 탄소발자국으로 표현할 수 있다.
우선 우리 집과 우리 학교의 에너지 사용량을 알아보자. 사용량의 변화를 꼼꼼히 살피면
계절에 따른 변화 외에도 생활 방식에 따라 에너지 소비 패턴이 달라지는 걸 알 수 있다.
지금 사용하는 전기제품의 소비전력 효율이 좋지 않거나,
안 쓸 때도 코드를 꽂아두어서 대기전력을 낭비하고 있을 수도 있다.
에너지 사용량을 살피는 것만으로도 에너지를 절약하는 첫 걸음이다.

소비전력 50W짜리 형광등을 10W짜리 절전형 전구로 바꾸면 40W의 전기를 덜 쓰게 된다. 덜 쓴 전기는 다른 사람이 쓰거나 다른 용도로 사용할 수 있다. 이는 40W의 전기를 만들지 않아도 된다는 뜻이다. 100가구가 사는 마을에서 집집마다 전구 1개씩을 바꾼다면 무려 4,000W의 전기가 남게 된다. 단지 전구 1개를 바꾸는 것만으로 이 마을은 4kW의 전기를 만드는 절전소가 되는 셈이다.

절전소는 전기도 절약하고 탄소 배출을 감소시키는 효과로 이어진다. 내 방부터 시작해서 우리 집, 우리 학교, 우리 마을을 잘 살펴보자. 효율이 높은 전기기구로 바꾸거나 쓰지 않는 전기제품의 코드를 뽑는 작은 행위만으로도 얼마나 많은 전기를 절약할 수 있는지 확인해보자.

에이머리 로빈스와 '네가와트'

화석연료 이후 새로운 연료로 주목받고 있는 네가와트 발전을 처음 주장한 에이머리 로빈스는 비영리 자원정책센터 로키 마운틴 연구소의 공동설립자로 소장 겸 수석과학자를 맡고 있다. 폴 호큰, 헌터 로빈스와 함께 쓴 『자연자본주의』에서 그는 에너지의 효율적 사용과 지속가능한 공급에 관한 혁신적 이론을 소개했으며, 실제 기업들의 에너지 원리를 변화시키고 재설계하기도 했다.

'네가와트(negawatt)'는 메가와트(MegaWatt) 단위의 발전기와 네거티브(Negative)를 결합한 합성어로, 에너지를 절약하거나 효율적으로 사용해서 남은 에너지가 미치는 경제적 · 환경적 효과를 설명하는 개념이다. 이를 생활 속에 실천한 것이 절전소이다. 기후변화의 위기와 화석연료의 유한성, 핵에너지의 불안전성으로 인해 에너지 분야의 새로운 대안이 절실한 시기에 네가와트는 실용적이면서 지속가능한 대안으로 각광받고 있다.

네가와트의 중요성은 OECD 산하 국제에너지기구(IEA)의 지구 온난화 방지대책에서도 잘 나타났다. IEA는 지구 온난화 방지를 위해 2050년까지 이산화탄소 배출량 32Gt(Gigaton, 10억 톤)을 줄이는 목표를 세웠다. 이중 45%를 네가와트(에너지 효율 증대와 절약)로, 32%를 저탄소 에너지원(원자력이나 신재생 에너지) 사용으로, 나머지 일부를 이산화탄소 포집저장기술로 줄여나간다는 계획이다.

네가와트는 유럽에서 일고 있는 새로운 에너지 전환의 흐름과 이어져 있다. '네가와트 혁명'이라고까지 불리며 에너지 효율성 향상, 에너지 절약을 위한 구조적 변화, 재생가능 에너지 이용 비율을 높이기 등으로 유럽의 에너지 체제를 변화시키고 있다. 우리나라도 기존의 방식이 아닌 지구와 현 세대 그리고 미래 세대를 우선적으로 고려해서 지속가능한 사회를 만들어가야 한다.

(참조 : 사단법인 환경정보평가원 http://www.faireco.or.kr/)

우리 학교 절전소 프로젝트

학교는 아이들과 선생님들이 많은 시간을 보내는 공간이다. 이제부터는 에너지에 초점을 맞추어 새로운 눈으로 학교를 살펴보자. 무심코 켜 놓았던 전등과 컴퓨터, 아무도 없는데 여전히 냉수와 온수를 준비하던 정수기, 양치를 하거나 손을 씻을 때 물이 콸콸 쏟아지던 수도꼭지…… 절전소 프로젝트를 하면 우리의 에너지 사용 습관을 알 수 있다. 프로젝트를 통해 확인한 잘못된 습관을 바로잡아서 에너지 낭비를 줄여보자. 절전소 프로젝트로 새고 있는 에너지를 잡고 전기도 만드는 네가와트 혁명을 이루어보자.

1) 전기 사용량, 수도 사용량, 가스 사용량을 고지서로 확인한다.

2) 이달과 작년 같은 달의 사용량을 확인하고 그래프로 표현한다.

3) 매달 에너지 사용량을 꾸준히 그래프에 담고 변화의 추이를 분석한다. 계절에 따른 전기제품 사용, 대기전력 차단 여부, 전기제품의 에너지 소비효율 등을 확인하여 에너지 사용 현황과 잘못된 사용습관을 찾아본다. 전기 외에도 물, 가스 등을 절약할 수 있는 사용법을 알아보고 실천에 옮긴다.

4) 학교 내에 있는 모든 전자기기의 소비전력을 조사하고, 사용시간, 계절별 사용 현황을 기록한다. 이를 기반으로 문제점을 분석하고 대안을 탐구한다(우리 집 에너지 진단 방식과 다르지 않다).

5) 에너지 사용 추이를 살펴보고 문제점을 확인했다면, 학교 구성원들이 함께 참여해서 줄일 수 있는 목표를 정한다. 처음 시작하는 것이라면 5~10% 절감을 목표로 한다.

6) 목표를 정했으면 실천에 옮긴다. 조명을 포함한 전자기기는 고효율제품으로 바꾸기, 대기전력을 줄일 수 있도록 코드를 뽑거나 멀티 탭 사용하기, 사용시간 제한하기, 에너지 절감 캠페인 등 다양한 활동으로 절전소를 만들어간다. 계획을 꼼꼼하게 세우고 역할을 나누어서 꾸준히 실천하는 게 중요하다.

7) 매달 전기, 물, 가스 사용량을 확인하는 시점에서 추이를 점검하는 시간을 갖는다. 다음 달에 반영할 참신한 아이디어도 이야기한다. 절전소 프로젝트를 성공적으로 진행해서 전기, 물, 가스 사용량을 줄인 비용이 생긴다면 지구를 위해 어떻게 사용할 것인지를 토의해 본다.

* 에너지 진단은 상황에 따라 순서를 바꿀 수도 있다.

학생들이 월별 에너지 사용량을 탄소발자국으로 계산해 교실 벽에 붙여놓았다.

학생들이 글씨를 쓰고 디자인 한 절전 캠페인 티셔츠

돌아라 씽씽
자전거 발전기

식신이는 발전기로 개조한 씽씽이의 페달을 밟아서 전기를 생산하고,
꺼실이는 그 전기로 믹서를 돌려 토마토 주스를 만들고,
꽈리는 손님들에게 그 주스를 팔았다.
축제에 놀러온 사람들이 '씽씽이 발전기'가 신기하다고
몰려드는 바람에 토마토 주스는 무척 인기가 좋았다.
"식신아! 더 부지런히 밟아. 믹서가 또 멈췄잖아!"

돌아라 씽씽
자전거 발전기

꽈리의 별명은 괴력 소녀. 멀쩡하던 물건도 꽈리가 손만 대면 고장이 나거나 망가지기 일쑤이다. 교실을 청소하다 의자 다리를 부러뜨렸고, 농구한다고 설치다가 골대를 찌그러트리기도 했다. 또래에 비해 덩치가 좋거나 운동을 잘하는 것도 아닌데, 어디서 그런 괴력이 나오는지 신기할 따름이다.

그런 꽈리가 또 한 건 했다. 식신이의 자전거를 빌려서 딱 한 번 탔을 뿐인데 브레이크가 망가진 것이다.

'이를 어쩌지? 식신이가 알면 난리를 칠 텐데.'

그 자전거는 식신이가 '씽씽이'라는 이름까지 지어주고 아끼는 것이었다. 식신이는 늘 반짝반짝 윤이 나도록 자전거 바퀴살을 닦았고 페달도 깨끗하게 관리했다. 자전거가 없는 꽈리는 식신이의 자전거를 볼 때마다 한 번만 타게 해달라고 졸랐다. 그렇게 사정해서 간신히 빌려 탄 건데 단번에 고장이 나다니! 마지못해 자전거를 빌려주면서도 끝까지 씽씽이를 걱정하던 식신이의 얼굴이 떠올랐다.

"조심해서 타야 해. 잘못하다 브레이크…… 암튼, 정말 조심해. 비탈길에서는 절대 타지 말고!"

그나마 다행인 건 식신이가 주말 동안 가족과 여행을 떠났다는 것이다. 오늘 밤 출발해서 일요일 늦게 돌아온다고 했으니 이틀은 시간을 번 셈이다. 그 사이 식신이가 눈치 채지 못하게 자전거를 고쳐야 한다. 꽈리는 먼저 자전거 수리점으로 갔다.

"3만 원이요?"

생각보다 수리비가 비쌌다. 수리점 아저씨는 안타깝다는 표정을 지으며 말했다.

"브레이크가 완전히 망가졌거든."

꽈리가 모아둔 용돈으로는 어림도 없었다.

"고치는 데 시간은 얼마나 걸려요?"

"사나흘은 필요해."

수리비도 턱없이 부족한데 식신이가 여행을 다녀오는 동안에 고치지도 못한다고? 씽씽이를 끌고 터덜터덜 집으로 오는데 문득 옆집 샘이 예전에 친구 자전거를 수리해서 타고 다녔다고 했던 게 떠올랐다.

'밑져야 본전이니 옆집 샘께 물어나 보자.'

* * *

꽈리의 사정을 들은 옆집 샘은 걱정하지 말라면서 공구상자를 꺼내왔다.

"이제부터 난 자전거 수리공이고 넌 조수야. 잘 보조해라."

옆집 샘은 뒷바퀴를 해체하고 이상하게 생긴 부속을 달았다.

'브레이크가 고장 났는데 왜 바퀴를 들어내지?'

"샘! 브레이크 고치는 거 맞아요?"

"나만 믿어. 거기 몽키 스패너 좀 줄래?"

옆집 샘은 너트를 조이느라 얼굴이 새빨개졌다.

'샘만 믿으라고?'

꽈리는 뒷바퀴에 요상한 기계를 다느라 끙끙대는 옆집 샘을 점점 의심스러운 눈으로 쳐다보았다.

* * *

"으악! 대체 이게 뭐예요?"

꽈리는 성미산학교 앞 골목에 주저앉아 울부짖었다. 눈앞에서 먹잇감을 놓쳐버린 열흘 굶은 사자가 아마 이렇게 울부짖지 않을까? 옆집 샘은 그런 꽈리를 보면서 멋쩍은 미소를 지었다.

그저께 옆집 샘은 꽈리에게 "주말 동안 책임지고 고쳐놓을 테니 마음 푹 놓고 기다려!"라고 했다. 야구동아리 활동 때문에 더는 옆집 샘 곁에 머무를 수 없었던 꽈리는 걱정이 되긴 했지만 그 말을 믿을 수밖에 없었다. 그런데 월요일 아침, 꽈리의 눈앞에 나타난 자전거는 예전의 씽씽이가 아니었다! 자전거의 형태는 온데간데없고 트랜스포머처럼 발전기로 변신을 마친 상태였다.

'이제 잠시 후면 식신이가 등교할 텐데 애지중지하던 씽씽이가 이렇게 변했으니 이를 어쩐다?'

꽈리는 입술이 바짝 타들어 가는데 옆집 샘은 기분이 몹시 좋아보였다.

"자전거 발전기란 게 참 고마운 물건 아니니? 다리 힘만으로도 전기를 생산해내니까. 이산화탄소 같은 것도 전혀 내뿜지 않고."

저만치 식신이가 걸어오는 게 보였다. 꽈리는 애가 타서 쓰러질 것만 같았다. 어떻게든 자전거 발전기를 숨기려고 애쓰는데 어느 틈에 다가온 식신이는 한 눈에 씽씽이를 알아보았다.

"혹시 이건 씽씽이?"

무조건 달아나는 수밖에 없다고 생각한 꽈리가 막 등을 돌리려는 순간, "오오!" 하는 식신이의 감탄사가 들려왔다.

"옆집 샘, 멋져요! 씽씽이를 자전거 발전기로 바꾸다니! 이제 페달만 돌리면 전자레인지에 핫도그도 데워 먹고 전기 프라이팬에 삼겹살도 구워 먹을 수 있는 거예요?"

"그렇고말고."

"학교에 기증하길 잘한 것 같아요. 고장 나서 버리려고 했는데."

"그게 무슨 소리야? 네가 며칠 전에 나한테 빌려줬잖아. 고장은 내가 냈는데?"

"그 전에 이미 고장 나 있었어."

"뭐라고?"

"그래서 내가 비탈에서는 타지 말라고 했잖아. 너 다칠까봐 그런 거였어."

자초지종은 이랬다. 꽈리가 빌리기 전에 씽씽이의 브레이크는 이미 고장이 난 상태였다. 오래 타서 낡은 데다 수리비도 너무 비싸서 식신이는 씽씽이를 버리려고 했다. 그런데 옆집 샘이 그 얘기를 듣고 자전거 발전기로 개조해서 학교에 설치하자고 제안했다. 식신이는 그 제안에 흔쾌히 동의했고 학교에 기증하기 전에 마지막으로 꽈리에게 빌려준 것이었다.

'휴우~'

꽈리는 안도의 한숨을 내쉬었지만 한편으론 억울하고 분했다. 이런 사실을 진작 알았더라면 그렇게 가슴 졸이지 않았을 텐데.

"다들 너무해! 샘은 씽씽이가 이미 고장 난 상태라는 말을 왜 안 하신 거예요? 나 때문에 씽씽이가 고장 난 줄 알고 얼마나……."

"미안 미안. 대신 샘이 자전거 페달 열심히 밟아서 핫도그 데워줄게."

옆집 샘이 장난기 가득한 얼굴로 말하는 바람에 꽈리는 화가 폭발하고 말았다.

"샘! 정말 이러실 거예요?"

오늘도 소란스럽게 성미산학교의 하루가 시작되었다.

* * *

며칠 후, 성미산학교에서 축제가 열렸다. 다양한 볼거리와 즐길거리로 가득한 놀이마당이 펼쳐졌는데 그중 가장 눈길을 끈 건 '내가 에너지'라는 특별체험 공간이었다. 그곳에서는 식신이, 꽈리, 꺼실이 삼총사가 직접 생산한 전기로 토마토를 갈아서 만든 주스를 팔고 있었다.

식신이는 발전기로 개조한 씽씽이의 페달을 밟아서 전기를 생산하고, 꺼실이는 그 전기로 믹서를 돌려 토마토 주스를 만들고, 꽈리는 손님들에게 그 주스를 팔았다. 축제에 놀러온 사람들이 '씽씽이 발전기'가 신기하다고 몰려드는 바람에 토마토 주스는 인기 폭발이었다.

"식신아! 더 부지런히 밟아. 믹서가 또 멈췄잖아!"

꽈리의 다그침에 기진맥진한 식신이가 씽씽이에서 내려오면서 소리쳤다.

"여러분! 지금부터 토마토 주스를 할인 판매합니다. 직접 자전거 발전기를 돌려서 갈아 마시는 분께는 토마토 값만 받겠습니다. 우선 저부터 한 잔 마셨으면 하는데, 저 대신 자전거 발전기 돌려주실 분 있으신가요?"

고갈되지 않는 에너지 !

자전거의 동력은 사람의 근육이다. 자전거를 타면 근육은 음식으로 흡수했던 에너지를 소비한다. 몸으로 흡수된 에너지는 운동 에너지나 열 에너지로 전환된다. 지구의 자전과 태양열처럼 고갈되지 않는 에너지원도 있지만, 우리가 사용하는 대부분의 에너지는 석유, 석탄, 천연가스 등 점점 고갈되는 것이어서 에너지 위기시대가 다가오고 있다. 이산화탄소 배출도 없고 고갈되지도 않는 에너지는 더 이상 없는 걸까?

불과 100년 전만 해도 인류가 가장 많이 사용한 에너지원은 사람의 근육이나 말과 소 등 가축의 힘이었다. 이동할 때는 말을 타거나 걸었고 밭을 갈 때는 소의 힘을 빌렸다. 산업혁명 이후 전기가 발명되고 화석연료가 널리 쓰이면서 사람들은 예전과는 비교할 수 없을 정도로 많은 에너지를 사용하기 시작했다. 말 대신 기차나 비행기, 자동차를 이용해서 더 먼 곳으로 더 빠르게 이동할 수 있게 되었다. 소 대신 화석연료로 작동하는 경작기로 더 많이 수확하게 되었다.

사람들은 보다 편리하고 풍족한 생활을 위해 점점 더 많은 에너지를 필요로 했다. 전기제품의 발명과 함께 전기 에너지의 사용은 급증했다.

우리나라는 에너지 수입국

우리가 사용하는 에너지는 어디에서 오는 걸까? 애석하게도 우리나라 사람들이 사용하는 에너지는 대부분 외국에서 수입한다. 국가에너지통계종합정보시스템(www.kesis.net)의 2012년 자료에 의하면, 우리나라는 에너지 수입의존도가 96%나 되는 대표적인 에너지 수입국이다. 또한 우리나라의 원자력 소비량은 세계 4위, 석유 소비량은 세계 8위, 1차 에너지 소비량은 세계 9위로 상위권에 속한다.

피크 오일

현대사회는 산업혁명 이전보다 훨씬 많은 에너지를 사용하고 있다. 그 에너지의 거의 대부분을 석유나 석탄 등 화석연료에 의존하고 있다. 화석연료는 그 양이 정해져 있어서 많이 사용할수록 점점 줄어든다. 언제 에너지가 바닥날지 모르는 에너지 위기시대가 다가오고 있는 것이다.

석유 생산은 정점에 도달한 뒤 급격하게 감소한다는 게 석유정점이론(피크 오일 : peak oil)이다. 정점의 시기가 언제인가에 대한 견해는 조금씩 엇갈리지만, 국제에너지기구(IAEA)는 2010년 7월 서울에서 열린 에너지 전망 설명회에서 20년 후인 2030년~2035년이라고 예측했다. 이를 뒷

받침하듯 석유가격은 하루가 다르게 치솟고 있다. 2004년 배럴당 40달러대였던 텍사스 중질유는 2008년 8월에 100달러를 넘어섰다.

바닥나고 있는 자원은 석유만이 아니다. 석탄은 200년, 천연가스는 60년, 원자력 발전 연료인 우라늄은 50년 후면 고갈된다고 한다. 우리 후손들은 에너지 자원이 없어서 지금과는 전혀 다른 삶을 살아야 할지도 모른다.

사람이 직접 만드는 에너지

현대 문명이 요구하는 에너지를 석유나 천연가스처럼 한정된 자원이 아니라 사람의 힘으로 생산하면 어떨까? 사람의 힘이나 근육에서 얻을 수 있는 에너지는 생각보다 그 양이 크다는 사실에 놀라게 된다. 성인 1명이 하루에 섭취하는 열량은 평균 2,500kcal이다. 이는 14인치 텔레비전을 60시간 동안 볼 수 있는 전력량과 같다.

최근에는 인간의 동력을 이용한 에너지 발전기와 발전소가 만들어지고 있다. 그 중 하나가 자전거 발전기이다. 자전거 발전기는 사람이 자전거를 타면서 만들어내는 운동 에너지를 전기 에너지로 바꾼 것이다.

인간 동력 하이브리드 휴먼 카

순수하게 인간의 힘만으로 움직이는 자동차가 있다. 미국의 엔지니어 찰스 그린우드가 만든 이 차는 4명의 사람이 노를 젓듯이 손잡이를 잡아당기면 움직인다. 시속 90km까지 속도를 낼 수 있으며 혼자 운전할 때에는 충전식 전기 배터리를 사용한다.

한 뼘 생각 키우기

✿ 에너지가 무엇인지에 대해 자세히 알아보자.
✿ 예전에는 어떤 물건들이 선풍기와 냉장고 같은 가전제품을 대신했을지 생각해보자.
✿ 최근 석유 가격이 급등하는 근본적 이유가 무언지 생각해보자.
✿ 고유가시대에 우리는 어떻게 대처해야 하는지 토의해보자.
✿ 일상생활에서 에너지를 아껴 쓸 방법을 3가지 이상 제안해보자.

도쿄 전철역의 발전마루

도쿄 전철역에는 '발전마루'라는 계단이 있다. 사람들이 계단을 밟고 지나갈 때 생기는 진동으로 전기가 발생하는 장치이다. 도쿄 전철역의 발전마루 계단은 수많은 사람들의 발이 디딜 때 생기는 압력을 이용하여 전기를 생산한다.

남아프리카공화국 모카라케 플레이펌프

모카라케의 한 초등학교에는 플레이펌프라는 독특한 기구가 있다. 플레이펌프는 수돗물을 공급하는 장치인데, 밸브만 돌리면 물이 나오는 게 아니라 아이들이 펌프를 돌려야 물이 나온다. 땅 속 수도관과 연결된 플레이펌프를 돌리면 물이 올라와서 탱크에 저장되었다가 나온다. 그곳 아이들은 쉬는 시간마다 플레이펌프 돌리는 놀이를 하면서 물을 얻는다. 아이들의 근육과 운동으로 만들어진 에너지가 지하에 있는 물을 끌어올리는데 사용되는 것이다. 하지만 지역의 조건을 충분히 고려하지 못한 탓에 현재는 사용되지 않고 있어서 아쉬운 사례이다.

지구는 닫혀 있다

클라이브 폰팅은 『녹색 세계사』에서 '지구는 닫힌계이다. 아무것도 여기서 빠져나갈 수 없다.
쓰레기들은 모두 지구의 어디인가로 가지 않으면 안 된다.
이 사실과, 모든 생명체에 필요한 자원이 한정되어 있다는 점을 고려한다면,
생명에 필요한 물질들은 반드시 순환되어야 한다는 걸 알 수 있다. 인간 또한 지구 생태계의 일부이다.'라고 했다.
지구에서의 지속가능한 삶은 이러한 지구 메커니즘을 이해하는 것부터 출발한다.

탄소배출권 거래제도, 온실가스 사고팔기

1997년 교토 기후협약에 가입한 나라들은 2012년까지 이산화탄소 배출량을 1990년 대비 평균 5% 감축하기로 합의했다. 이를 위해 도입한 게 탄소배출권 거래제도이다. 지구 온난화에 큰 영향을 미치는 온실가스 중 가장 비중이 높은 이산화탄소 배출을 규제하기 위해 나라와 지역별로 배출량을 정해 놓고 그것을 사고팔 수 있게 한 것이다.

탄소배출권 거래제도를 시행하고 있는 나라는 32개국인데, 가장 활발한 거래가 이뤄지는 곳은 유럽연합(EU)이다. 미국, 중국, 일본, 호주 등은 구체적인 실행계획을 세우고 있지 않거나 도입계획을 늦추고 있다. 우리나라는 2013년 1월에 도입 예정이던 탄소배출권 거래제도를 2015년으로 연기했다.

탄소배출권 거래제도는 국가와 기업에 일정량의 온실가스를 배출할 권리를 인정하고 남거나 모자란 것은 사고팔기를 함으로써 전체 총량은 유지하는 방법으로 기후변화의 위기를 헤쳐 나가겠다는 의도이다. 배출권을 살 수 있는 집단(사람, 기업, 국가)과, 그렇지 못한 집단(사람, 기업, 국가)이 서로 다른 입장과 책임을 가지는 것이다. 그런데 이렇게 탄소배출권을 사고파는 것만으로 지구 온난화를 막을 수 있을까?

시민사회단체들은 탄소배출권 거래제도의 문제점을 끊임없이 지적하고 있다. 탄소배출권 거래제도는 온실가스를 실질적으로 감축하지는 못하고 기업이나 국가에 면죄부를 줄 뿐이라는 것이다. 실제로 여러 국가와 기업은 탄소를 더 많이 배출하기 위해 탄소배출권을 사거나 탄소배출이 적은 나라로 공장을 이전하는 등 탄소배출권 거래제도를 악용하고 있는 게 현실이다. 탄소배출권에 대한 시민들의 적극적인 대응도 있다. 탄소배출권 폐기운동단체에서는 탄소배출권을 사서 폐기함으로써 탄소배출권의 희소가치, 즉 가격을 올리는 활동을 하고 있다. 기업은 이윤추구 원리에 따라 탄소배출권 가격이 오르면 탄소배출권을 사지 않고 저탄소·친환경 기술을 개발하게 될 것이기 때문이다.

지구 환경이 심각하게 위협받고 있는 상황에서 온실가스를 배출하는 게 권리가 될 수 있을까? 배출하는 탄소량을 정확하게 계산할 수 없다는 점은 고려하지 않은 채 가격을 매겨서 거래하는 탄소배출권 거래제도는 대안이 될 수 있을까?

에너지 체험 마당 열기

성미산학교 삼총사가 자전거 발전기를 만든 것처럼, 우리도 재생가능 에너지를 마을 사람들에게 소개해보자. 하늘에 떠 있는 태양과 산과 들을 가로지르는 바람 등 우리 주변에는 재생가능 에너지원이 무궁무진하다. 우리 마을에서 멀리 떨어진 발전소가 생산한 전기를 긴 운송과정을 거쳐서 공급받는 지금의 방식이 아니라, 우리가 사는 곳에서 직접 에너지를 생산하고 온실가스 배출도 줄이는 기쁨을 함께 느껴보는 계기가 될 것이다.

[우리 마을 축제 알아보기]

지역별로 특성을 담은 축제와 행사가 정기적으로 열리고 있다. 서울은 자치구별로 열고, 다른 지역에서도 다양한 행사를 한다. 내가 살고 있는 지역에서는 언제 어떤 행사를 하는지 알아보자. 성미산마을은 매년 5월에는 마을 축제를, 10월에는 마을 운동회를 연다. 이런 기회를 이용해서 재생가능 에너지를 알리고, 지구온난화의 해법을 지역사회가 함께 고민해보는 자리를 마련할 수 있다.

[축제 참가 신청하기]

● 지역 행사나 마을 축제에서는 주민들이 주제가 있는 마당을 열 수 있도록 참가 신청을 받는 경우가 많다. 이 경우 부스신청서를 제출하면 축제에 참여할 수 있다.
● 축제에 부스를 만드는 게 제한되어 있다면 지자체의 담당부서에 문의하여 기후 변화와 에너지, 또는 재생가능 에너지라는 이름으로 부스를 신청해보자. 청소년들만의 참신한 아이디어를 담아서 주민들과 함께 지구를 생각하는 축제로 만들 수 있다.

[재생가능 에너지 부스 기획하기]

● 환경동아리나 학급 단위로 직접 만들 수 있는 재생가능 에너지를 중심으로 에너지 부스를 기획한다.
● 축제에 참여하는 대상과 일정, 가능 시간 등의 조건을 고려하여 부스 운영계획을 세운다.
● 자전거 발전기처럼 주민들이 참여해서 짧은 시간 안에 직접 만들어 볼 수 있는 재생가능 에너지 워크숍 등을 운영하고, 재생가능 에너지 활용방안과 운영 계획을 토의해보는 형태도 좋다.
● 기획안에는 활동 프로그램과 역할 나눔, 시간 구성 등을 구체적으로 계획하여 담는 게 효과적이다.

[재생가능 에너지 부스 준비하기]

● 참여할 마을 행사가 정해지고 기획안이 만들어지면 준비를 시작한다.
● 태양열 조리기, 태양광 충전기, 자전거 발전기 등 청소년들이 쉽게 만들 수 있고 주민들도 참여해서 재미있게 즐길 수 있는 재생가능 에너지를 정한다.
● 수업이나 동아리 활동 시간을 활용하여 직접 만들어보고 활동 프로그램을 점검한다.
● 행사에 사용할 수 있도록 활동을 설명한 안내판이나 설명이 담긴 안내장을 만든다.
● 필요한 물품은 목록을 만들고 미리 준비한다.

[체험 부스 운영하기]

성미산학교에서는 2008년 마을 운동회에서 '내가 에너지다'라는 이름으로 건강한 에너지 만들기 마당을 운영했다. 주요 활동 프로그램은 다음과 같다.
● 자전거 발전기에 연결한 믹서를 이용해서 만든 과일주스를 나누기
● 자전거 발전기 체험하기 : 선풍기, 드라이어 등 간단한 전기제품을 연결하여 전기가 실제로 만들어지는 것을 눈으로 확인하고 체험해보기
● 태양열 조리기 등 재생가능 에너지를 이용하는 제품 전시하기
● 질의응답 : 체험에 참여한 마을 어린이들과 주민들에게 수업에서 배운 에너지와 나의 관계, 에너지 직접 만들어보기, 대안 에너지는 무엇인가 등 설명하기

성미산학교 중등 학생들이 운영한 에너지 체험 부스에서 직접 발전기를 돌려 만든 전기로 선풍기와 믹서 등을 작동시키는 체험을 하고 있다.

통닭 냄새를 풍기며 달리는 자동차

프로젝트 때문에 모인 삼총사는
마땅한 주제가 떠오르지 않아서 다들 먼산만 바라보고 있었다.
그러다 학교 운동장에 있는 자전거 발전기를 본 꽈리가 무릎을 탁 쳤다.
"얘들아! 우리가 에너지를 직접 만들어보는 건 어때?
전기 에너지나 차를 움직이게 하는 동력 말이야."

통닭 냄새를 풍기며 달리는 자동차

성미산학교 학생들은 학기마다 프로젝트 활동 보고서를 제출해야 한다. 프로젝트 활동의 주제는 무엇이든 가능하다. 그 동안 학생들은 「성미산마을 탄소발자국 측정 보고서」, 「학교 안 분실함 설치 계획안」, 「성미산 나무 조사보고서」 등 다양한 주제의 보고서를 제출했다. 프로젝트 활동은 혼자서 할 수도 있고 2~3명의 학생이 함께할 수도 있다.

1학기를 마무리해야 하는 꽈리, 꺼실이, 식신이 삼총사는 어떤 프로젝트 활동을 할까 고민에 빠졌다. 이번 프로젝트는 3년 동안의 공부를 마무리하는 활동이어서 삼총사를 비롯한 성미산학교 친구들은 다들 멋지게 완성하고 싶어 했다. 9학년(중등 3학년) 학생 몇몇은 일찌감치 주제를 정해서 프로젝트를 진행하고 있었다. 하지만 삼총사는 아직도 무엇을 주제로 할지 감조차 잡지 못했다.

'거창하지 않으면서 의미가 있는 활동이고 추억거리를 남길 수 있는 주제여야 하는데……'

프로젝트 때문에 모인 삼총사는 마땅한 주제가 떠오르지 않아서 다들 먼산만 바라보고 있었다. 그러다 학교 운동장에 있는 자전거 발전기를 본 꽈리가 무릎을 탁 쳤다.

"얘들아! 우리가 에너지를 직접 만들어보는 건 어때? 전기 에너지나 차를 움직이게 하는 동력 말이야."

"우리가 할 수 있을까? 화력 발전소나 원자력 발전소를 보면 엄청난 인력과 돈이 필요하겠던데."

"그렇게 크고 대단한 것 말고 우리 수준에서 할 수 있는 게 있을 거야. 저기 있는 자전거 발전기도 전기 에너지를 생산하잖아."

식신이의 우려에도 아랑곳하지 않고 꽈리는 초롱초롱한 눈망울로 말을 이어갔다.

"우리 손으로 에너지 만들기! 어때, 근사하지 않아?"

* * *

"'핸드메이드 에너지'라, 아주 좋은 주제를 잡았네. 이름도 멋진 걸."

삼총사의 졸업 프로젝트 지도교사인 깜장콩 샘은 '이산화탄소가 전혀 배출되지 않는 에너지를 만들어보라'고 하면서 재생가능 에너지 발전 방법을 몇 가지 알려주었다. 바람으로 전기를 만드는 풍력 발전, 태양 빛으로 전기를 만드는 태양광 발전, 파도의 힘을 이용한 파력 발전, 유채나 옥수수 등 식물을 짜서 만드는 바이오 연료 등이 그것이었다.

"파력 발전은 바다에서만 가능하니까 제외하는 게 좋겠어요."

"그럼 우리가 만들 수 있는 에너지는 태양광 발전, 풍력 발전, 바이오 연료, 이 셋 중 하나겠네."

"태양광 발전이 좋겠다. 해는 매일 뜨잖아."

삼총사는 마을에서 유일하게 태양광 전지판(태양광, 즉 햇빛이 지닌 빛 에너지를 전지로 바꿔주는 전지판)을 설치한 어린이집을 찾아갔다. 마침 어린이집 햇살 선생님이 지붕에 있는 태양광 전지판을 점검하고 있었다.

"태양광 전지판을 설치하는 건 어려운가요?"

꽈리가 태양광 전지판을 가리키며 햇살 선생님께 물었다.

"설치하기는 어렵지 않은데 전지판을 사야 해."

"얼마나요?"

"형광등을 2~3개 켜는데 필요한 전지판을 사려면 돈도 꽤 들고 크기가 커서 설치하기도 쉽지가 않아. 그런데 전지판이 있다고 태양광 발전을 할 수 있는 게 아니야. 태양광 에너지를 전기로 바꾸는 인버터도 있어야 해."

"전지판을 직접 만들 수는 없나요?"

"직접 만든 전지판으로는 필요한 만큼 넉넉한 에너지를 얻기 어려울 거야. 일상생활에 필요한 정도의 전기 에너지를 얻으려면 아주 넓은 면적의 태양 전지판이 필요하거든."

"헉! 그렇게나 커야 해요?"

"우리가 무슨 수로 그런 걸 만들어."

"에이, 포기다 포기."

"태양광 발전 대신 풍력 발전은 어떨까?"

"깜장콩 샘께 도움을 청해보자."

삼총사가 풍력 발전에 대해 묻자 깜장콩 샘은 제주도에서 소형 풍력 발전기를 만든 바라미 샘을 소개해주었다. 서울에 볼일이 있어서 잠깐 왔다는 바라미 샘은 도인 같은 외모를 하신 분이었다.

"바람은 바람의 시간이 있지. 인간이 바람의 시간에 맞추지 못하면 바람은 인간에게 다가오지 않는다네."

바라미 샘은 길고 하얀 턱수염을 쓰다듬으며 말했다. 삼총사는 바라미 샘의 말을 알아들을 수가 없어서 고개를 갸우뚱거렸다. 바라미 샘은 삼총사의 반응과는 상관없이 세상을 초탈한 얼굴로 말을 이어갔다.

"인간의 에너지는 종종 자연을 거스르지. 자연은 인간이 저지른 일로 화가 났어. 그래서 바람은 태풍으로 인간을 괴롭힌다네."

"저기, 그러니까 저희에게 풍력 발전기 만드는 법을 알려주실 수 있다는 건지요?"

꺼실이가 조심스럽게 물었다.

"깨달음은 직접 해보지 않고는 얻을 수 없네. 겪어봐야 어려움을 느끼게 되지. 풍력 발전기를 만드는 법은 가르쳐줄 수 있네. 하지만 발전기로 인해 자연이 훼손되어서는 안 되네."

무슨 말인지 알쏭달쏭했지만, 일단 풍력 발전기 만드는 법을 가르쳐준다니 삼총사는 안심했다. 문제는 풍력 발전기를 어디에 설치하느냐는 거였다.

바라미 샘은 바람이 가장 많이 부는 곳에 설치하라고 했다. 삼총사는 비둘기 동산 근처에 풍력 발전기를 세우기로 했다.

"여기는 안 되겠다."

비둘기 동산에 올라 주변을 둘러본 꺼실이가 말했다.

"아무리 작은 풍력 발전기를 세운다고 해도 2~3㎢의 공터가 필요한데 그러려면 나무를 베어내야 해."

"바라미 샘이 풍력 발전기를 만들려고 자연을 훼손해서는 안 된다고 하셨지."

삼총사는 풍력 발전기를 세울 곳을 찾아 성미산 구석구석을 뒤졌다. 그런데 나무가 없는 곳은 바람이 잘 불지 않았고, 바람이 잘 부는 곳은 나무와 꽃이 있어서 풍력 발전기를 설치할 수 없었다. 그제야 삼총사는 '겪어봐야 어려움을 느끼고 깨달음을 얻는다'고 했던 바라미 샘의 말을 이해할 수 있었다. 결국 마을에 풍력 발전기를 세우려는 꿈은 아쉽게도 접어야 했다.

* * *

태양광 발전과 풍력 발전을 연이어 실패한 삼총사는 바이오 에너지만큼은 반드시 생산해내겠다고 결의를 다졌다. 삼총사는 자동차에 들어가는 석유를 대체할 바이오 연료에 주목했다. 바이오 연료는 석유를 태울 때 나오는 이산화탄소 배출을 줄이는 친환경 에너지원으로, 재료를 구하기도 쉽고 만들기도 어렵지가 않다. 집이나 식당에서 사용하고 남은 폐식용유를 간단한 과정을 거치면 경유 자동차를 움직이는 바이오 디젤이 된다.

깜장콩 샘은 바이오 연료로 운행할 수 있도록 개조된 자동차가 있는지 알아보겠다고 했다. 삼총사는 각자 집으로 돌아가서 폐식용유를 500mℓ씩 모아 오기로 했다. 식용유는 거의 매일 사용하니까 500mℓ쯤은 쉽게 모을 수 있을 거라고 생각했다. 그러나 다시 모인 삼총사는 풀이 잔뜩 죽어 있었다.

"우리 집 주방에 쓰고 남은 식용유는 한 방울도 없더라고."

"프라이팬에 남은 기름을 싹싹 긁어모아도 한 숟가락이 안 돼."

"나는 새 식용유라도 들고 오려고 했어."

이번에도 실패인가? 잔뜩 낙담하고 있는 식신이의 코에 고소한 닭튀김 냄새가 감지되었다.

"맞다! 털보 아저씨네 통닭집이 있었지!"

"그래! 거기선 닭을 튀기고 난 폐식용유가 많이 나올 거야."

단숨에 통닭집으로 달려간 삼총사는 털보 아저씨에게서 폐식용유를 3ℓ나 얻을 수 있었다.

* * *

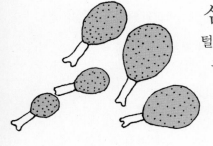

삼총사와 깜장콩 샘은 들뜬 얼굴을 한 채 학교 앞에 모였다. 털보 아저씨네 통닭집에서 얻은 폐식용유로 바이오 디젤을 만들어 바이오 연료 자동차에 주입하는 역사적인 순간이었다.

마침내 연료를 다 붓고 시동을 걸 차례였다. 폐식용유로 만든 바이오 디젤을 넣은 자동차가 정말 움직일까?

"달려라, 달려!"

꽈리의 들뜬 목소리에 맞춰 깜장콩 샘이 시동을 걸었다.

"부릉~ 부릉~."

단숨에 시동이 걸리고 힘찬 엔진소리가 들렸다.

"우와! 성공이야, 성공! 우리가 해냈어!"

삼총사는 탄성을 내지르며 앞 다투어 차에 올라탔다. 삼총사가 탄 바이오 연료 자동차는 석유를 넣은 일반 자동차에 뒤지지 않는 속도감과 승차감을 자랑하며 도로 위를 달려갔다. 한 가지 다른 점이 있다면 폐식용유로 만든 연료가 연소하면서 닭튀김 냄새가 솔솔 풍겨 나온다는 거였다. 덕분에 식신이의 머릿속은 온통 통닭 생각뿐이었다.

* * *

삼총사의 졸업 프로젝트인 '핸드메이드 에너지'는 「마을 내 폐식용유 모으기와 바이오 연료 자동차 활성화 방안」이라는 논문으로 구체화되었다. 삼총사가 마을에 설치하는 폐식용유 수거함에 마을 사람들이 적극 동참한다면 치킨 냄새, 도넛 냄새, 탕수육 냄새 등 각종 맛있는 냄새를 풍기는 자동차들이 마을을 누비게 되지 않을까?

현재 우리나라 주유소에서 판매하는 경유에는 바이오 디젤이 3% 정도 섞여 있다. 이는 폐식용유로 만든 게 아니라 말레이시아 등 동남아에서 나는 야자열매를 정제해서 만든 것이다. 아직까지 우리나라에서는 개인이 바이오 디젤을 만들어 자동차에 넣는 것은 허용되지 않고 있다.

에너지
자립마을을
꿈꾸며

조금만 주의를 기울이면 삼총사들처럼 이산화탄소 배출이나 자원 고갈 걱정이 없는 친환경 에너지를 만드는 방법을 찾을 수 있다. 이런 에너지를 '재생가능 에너지'라고 한다. 화석연료와 달리 고갈되지 않고 환경에 나쁜 영향을 거의 미치지 않는 에너지라는 뜻이다.

대체 에너지(alternative energy)는 화석 연료를 대체하는 에너지 자원을 뜻한다. 우리나라는 산업자원부에서 2004년부터 대체 에너지 대신 신재생 에너지(new renewable energy)라는 용어를 사용하고 있다. 신재생 에너지는 신에너지와 재생 에너지를 합친 것이다. 신에너지는 연료 전지, 석탄 액화 가스화, 수소 에너지 등이고, 재생 에너지는 태양광, 소수력, 풍력, 조력, 파력, 바이오매스 등이다.

기후변화 위기 시대에 대안으로 주목받는 재생가능 에너지는 고갈되지 않는 자연 자원으로부터 에너지를 얻는다. 태양, 풍력, 수력, 조력 등에서 얻는 재생가능 에너지는 온실가스를 배출하지 않는다. 일부 바이오매스(생물자원)에 포함된 이산화탄소는 바이오매스가 생성될 때 공기로부터 흡수된 것이다. 나무와 같은 식물이 자랄 때 공기 중의 이산화탄소를 흡수하고, 탈 때는 이산화탄소를 내놓는 것과 같은 이치이다.

● 태양광 발전

햇빛을 직류 전기로 바꾸어 전력을 생산하는 발전 방법이다. 태양광 발전은 여러 개의 태양 전지들이 붙어 있는 태양광 패널을 이용한다. 태양전지(photovoltaic cell)에 빛 에너지(광자)가 투입되면 전자의 이동이 일어나서 전류가 흐르고 전기가 발생하는 원리를 이용하는 것이다.

● 소수력 발전

강이나 호수 등 물이 지닌 위치 에너지를 운동 에너지로 바꾸어서 전기 에너지를 만드는 방식이다. 자연조건을 이용한 수력 발전의 하나로 높이의 차이, 수량의 크기에 따라 발전소 크기와 형태가 다양하다. 우리나라에서는 최대 출력 3,000kW 이하의 전기를 만드는 것을 소수력으로 구분하고 있다.

● 풍력 발전

바람의 힘으로 풍차의 날개를 돌려서 생기는 회전력으로 전기를 생산하는 방식이다. 인류는 기원 후 7세기 무렵부터 풍차로 물을 끌어올려서 관개농업에 사용하고 곡식을 빻는데도 이용했다.

네덜란드 등지에는 지금도 풍차가 있다.

우리나라에선 일정 속도 이상의 바람이 몇 시간씩 꾸준히 부는 곳이 별로 없다. 그나마 백두산부터 한라산까지 이어지는 백두대간 정상부와 제주도 정도가 풍력 발전을 하기에 적합한 조건을 갖추고 있다. 그러나 해당지역의 생태적 가치 등 지역사회의 여러 조건을 고려하게 신중하게 계획되어야 한다.

● 조력 발전

달과 태양의 인력 작용으로 바다에서는 하루 두 번씩 밀물과 썰물이 발생한다. 이를 조석현상이라고 하는데, 이 조석현상을 활용하여 터빈을 작동시키고 전기를 얻는 방식이 조력 발전이다.

● 파력 발전

파력 발전은 쉴 새 없이 움직이는 파도의 운동 에너지를 이용해서 전기 에너지를 얻는 것이다. 해면이 상승하거나 하강할 때 일어나는 공기의 출입에 의해 터빈이 돌아가고, 터빈 끝에 연결된 발전기에서 전기를 얻는 방식이 상용화되어 있다. 파도 높이 2m, 파도 주기 6초일 때 폭1m당 25kW의 전기 에너지를 얻을 수 있다.

우리나라는 3면이 바다로 둘러싸여 기본적으로 파력 발전에 유리한 조건을 갖추고 있다. 2014년 현재 국내 최초의 파력 발전소가 제주도 해상에 건설 중이다.

● 바이오 에너지 이용

바이오 연료는 바이오매스로부터 얻는 연료로, 살아 있는 유기체와 동물의 배설물 등 대사활동에 의한 부산물을 모두 포함한다. 바이오 연료는 바이오에탄올과 바이오디젤을 합쳐서 부르는 말로도 사용된다. 바이오 연료가 연소될 때 방출되는 이산화탄소는 식물이 성장할 때 흡수한 것이므로 대기 중의 이산화탄소가 증가하는 것은 아니라고 할 수 있다.

오스트리아 그라츠 시는 폐식용유로 만든 바이오디젤로 100여 대의 버스를 운행하고 있다. 일본 교토 시는 가정과 음식점에서 수거한 폐식용유로 만든 바이오 디젤로 220여 대의 청소차를 운행하고 있다. 한국의 부안에서도 바이오 디젤로 학교 버스를 시험 운행한 적이 있다.

지구를 구하는 에너지 자립 마을

에너지 자립 마을은 지역의 잠재된 태양광, 태양열, 지열, 풍력, 바이오연료 등 재생가능 에너지 자원을 적극 활용하여 화석연료 사용은 최소화하고 에너지 효율은 높여서 에너지를 자급자족하는 마을을 뜻한다. 덴마크, 독일, 일본 등 여러 나라에서 환경문제와 에너지문제를 해결하는 대안으로 '에너지 자립 마을' 사례가 있다. 우리나라도 부안, 홍동, 광주, 서울 성대골 등 다양한 사례가 만들어지는 중이다.

● 경남 산청 민들레공동체

산청군 갈전 마을 민들레공동체는 대안기술센터, 민들레학교, 공동주택 등을 운영하면서 한국전력에서 받는 전력의 양을 줄이고 있다. 민들레공동체는 도시의 가정에서 사용하는 석유, 가스,

전기 대신 메테인가스, 태양광 발전기, 풍력 발전기 등 자연에서 얻은 에너지를 사용하고 있다. 인분이 발효될 때 발생하는 메테인을 이용해서 밥을 짓기도 하는데, 석유 못지않은 화력을 자랑한다.

● 전북 부안군 바이오 디젤 학교 버스

부안군청은 폐식용유로 만든 바이오 연료로 학교 버스를 시험 운행한 적이 있다. 통닭집과 패스트푸드점에서 모아온 기름으로 만든 바이오 연료를 넣은 학교 버스에서 고소한 튀김 냄새가 나는 바람에 동네 개들이 버스 뒤꽁무니를 쫓아오는 진풍경이 벌어지기도 했다.

재생가능 에너지의 빛과 그림자

우리나라의 풍력 발전기는 바람이 잘 부는 강원도와 경상북도 산간지방, 그리고 제주도에 집중되어 있다. 이곳에서 생산되는 풍력 에너지는 전체의 96%를 차지한다.

산간 지방에 풍력 발전기를 세우려면 많은 나무를 베어내야 하는데, 그 과정에서 지역 생태계가 훼손된다. 대규모 풍력 발전 단지가 조성되면 야생 동물의 진로를 방해해서 생존을 위협하기도 한다. 수십 개의 발전기가 돌아가는 소음 때문에 주변 지역 주민들이 피해를 입기도 한다.

석유 대신 바이오 연료를 사용해도 자동차 수가 줄지 않으면 또 다른 문제를 일으킬 수도 있다. 브라질과 인도네시아 등 개발도상국에서는 바이오 연료가 각광받기 시작하자 원시림과 식량 작물을 기르던 논밭을 밀어버리고 그 자리에 야자수와 사탕수수 같은 바이오 연료용 작물을 심었다. 작물을 재배하는 땅이 줄어들자 식량이 부족해져서 곡물 가격이 폭등할 위기에 처했다.

인도네시아의 경우 원시림이 빠르게 없어지고 그 자리에 야자수 농장이 들어서면서 멸종 위기종인 오랑우탄의 수가 줄어들고 있다. 지구가 생긴 이래 수천 년 동안 이산화탄소를 흡수해왔던 원시림이 사라지면서 지구 온도는 점점 높아지고 있다.

한 뼘
생각
키우기

✿ 재생가능 에너지의 종류와 원리를 알아보고 글과 그림으로 표현해보자.
✿ 우리 마을을 에너지 자립 마을로 만들기 위해서 무엇을 할 수 있을지 토의해보자.
✿ 생태도시 및 마을 사례를 좀 더 조사해보자.

내가 만드는 에너지

과학과 기술은 인간의 삶을 더욱 편리하고 풍요롭게 만들었다.
그러나 체르노빌과 후쿠시마의 사고에서 알 수 있듯이,
과학과 기술은 커다란 재앙이 되어 돌이킬 수 없는 결과를 낳기도 한다.
삶의 질을 높이면서 안전한 기술은 없을까?
어디인지도 모르는 곳에서 만들어져 전선을 따라 우리 집에 도착하는 에너지가 아니라,
어디서 어떻게 만들어지는지 알 수 있는 에너지는 없을까?

적정기술은 제3세계의 지역 조건에 알맞은 기술을 뜻한다. 선진국의 근대 과학 기술이 제3세계에 그대로 수입되면서 수입국의 문화와 자연 환경을 파괴하게 된 것을 반성하고 외부의 도움없이 자립할 수 있도록 하는 기술 개념이다.

인도를 지배하고 있던 영국을 상대로 한 간디의 비폭력 저항운동에 적정기술 개념이 포함되어 있다. 영국에 대한 경제적 종속에 저항하여 물레를 돌려 천을 짜는 운동이 그것이다. 산업혁명 이후 세계 경제를 선도하던 영국의 대량 생산 방직 기술보다 전통적인 물레 기술이 당시의 인도 국민들의 삶에 더 많은 도움이 된다고 판단했기 때문이다.

독일 경제학자 슈마허는 『작은 것이 아름답다』에서 '중간기술'이라는 말을 처음 사용했다. 이는 현대의 첨단기술과 전통적 기술 사이의 중간적 기술을 의미한다. 제2차 세계대전 후 서구의 산업구조를 모방한 신생 독립국들의 산업화가 심각한 부작용을 겪으면서 새롭게 제안된 개념이다.

간디의 마을운동에 감명을 받았던 슈마허는 공장이나 회사와 같은 큰단위로 구성된 사회가 인간의 행복한 삶에 도움을 줄 수 없다는 생각과 경험을 바탕으로 중간기술의 중요성을 강조했다. 중간기술은 슈마허가 1965년에 설립한 ITDG(중간기술 개발 집단)의 활동 기간 중 여러 단계의 논의를 거쳐서 적정기술로 다시 정의되었다.

1980년대 이후 세계화의 영향으로 적정기술에 대한 관심이 줄었으나, 대안기술과 환경운동을 하는 사람들을 통해 이어지고 있다. 2000년대 들어 UN을 중심으로 빈곤국의 지역사회 개발에 대한 관심이 증가하면서 적정기술은 인류의 생존을 위해 필요한 기술로 인식되고 있다.

전 세계 인구 중 과학기술의 혜택을 받는 사람은 10%뿐이라고 한다. 나머지 90%는 식수, 식량, 위생 등 삶의 기본조건조차 갖추지 못한 상황이다. 이를 해결하기 위해서는 기존의 원조가 아닌, 해당 지역 사람들이 직접 자신의 문제를 해결할 수 있도록 자립을 돕는 적정기술이 필요하다.

태양열 조리기 만들기

태양열 조리기는 나무나 석유, 가스 등을 사용하지 않고 100% 태양열만으로 음식을 익히는 조리기구이다. 태양열 조리기는 다양한 방법으로 만들 수 있는데, 재활용 재료와 주변에서 쉽게 구할 수 있는 재료로 만들 수 있다.

[준비물]

종이 박스, 스티로폼 박스, 유리, 알루미늄 호일, 알루미늄 호일을 집광판에 붙일 풀, 집광판과 스티로폼 박스 등을 고정할 수 있는 테이프

[제작방법]

1) 스티로폼 박스의 뚜껑 가운데를 잘라서 유리를 붙이고 테이프로 봉한다. 유리는 태양빛은 통과시키지만 태양열은 나가지 못하게 막아서 스티로폼 박스 안에 온실효과를 일으킨다. 열이 모이면 온도가 100~150℃까지 올라간다.

2) 종이 박스를 잘라서 스티로폼 박스 안에 태양빛을 모을 집광판을 만든다. 집광판은 윗변은 길고 아랫변은 짧은 사다리꼴 모양으로, 아래쪽 양 끝 각도는 113도, 위쪽 양 끝 각도는 67도로 한다. 이 각도여야 태양빛이 스티로폼 박스 안에서 한 점에 모인다. 사다리꼴의 높이는 최소 51cm로 한다. 높을수록 태양빛을 많이 받아서 효율이 좋아진다. 스티로폼 박스가 4면이므로 집광판도 4개 만든다. 박스가 6각형, 8각형일수록 효율이 좋다.

3) 집광판에 알루미늄 호일을 붙인다. 알루미늄 호일은 거울처럼 태양빛을 반사시키는 역할을 한다. 때문에 반짝이는 부분이 보이도록 호일을 붙인다. 집광판을 모두 연결하여 스티로폼 박스에 붙이면 태양열조리기 완성!

● 태양열 조리기로 고기, 달걀, 빵, 채소 등 대부분의 식재료를 익힐 수 있다. 물론 밥을 짓는 것도 가능하다. 태양열을 모아야 하므로 조리시간은 가스레인지를 사용할 때보다 오래 걸린다. 여름철 기준으로 밥 짓는데 1시간~1시간 30분 정도 걸린다.
● 국제구호기구에서는 종이 박스로 만든 태양열 조리기를 구호물품으로 지급하고 있다. 아프리카와 아시아 등지에서 에너지 부족으로 고생하는 사람들에게 매우 유용한 도구이다. 특히 태양빛이 강한 아프리카는 조리시간이 1시간도 걸리지 않아서 하루 3끼를 충분히 준비할 수 있다.
● 태양열 조리기는 식사 준비에 소요되는 시간을 교육이나 여가활동 및 사회참여에 활용할 수 있다는 이점도 있다.

완성된 태양열 조리기. 복사열을 활용할 수 있도록 검은색 냄비를 사용하면 효과적이다.

날씨에 따라서 햇빛의 세기와 온도가 달라지므로 조리하는 시간도 달라진다. 흐린 날에는 달걀을 익히는데 6시간이 걸리기도 한다.

초록이는 달리고 싶다

"그런데 가지고 온 자전거는 어떻게 할 거야?
다시 타고 갈 거야?"
아차, 그것까지는 생각을 못했네.
자전거를 가지고 버스를 탈 수는 없고,
지하철 타는 것도 쉬운 일은 아닐 텐데.
자전거를 택시에 싣고 가는 방법이 있긴 하지만
꽈리에겐 택시비가 없었다.

초록이는 달리고 싶다

드디어 꽈리에게도 자전거가 생겼다! 부모님이 생일 선물로 사주신 것이다. 꽈리의 새 자전거는 안장과 페달이 초록색으로 반짝반짝 빛나고 앙증맞은 바구니까지 달렸다. 꽈리는 새 자전거를 '초록이'라고 불렀다. 초록이는 학교는 물론이고 꽈리가 가는 곳이면 어디든 함께했다. 하루라도 자전거를 타지 않으면 몸이 근질근질할 정도로 꽈리는 자전거에 푹 빠졌다.

그러던 어느 날 여의도에 사는 이모에게서 전화가 왔다.

"감자가 보던 참고서 챙겨났으니 가져가렴."

'주말이니까 감자 오빠랑 빛나도 있겠네? 흐흐흐~ 신나게 놀다 와야지.'

꽈리가 사는 성미산에서 여의도까지는 버스나 지하철을 타면 30분밖에 걸리지 않았다.

'초록이를 타고 갈까? 버스로 30분 정도 걸리니까 자전거로는 1~2시간이면 가겠지? 성미산마을 밖에서는 타보지 않았지만 뭐 못할 것도 없지.'

꽈리는 초록이의 페달을 힘차게 밟았다. 기다렸다는 듯 초록이는 햇살을 가르며 앞으로 나아갔다. 따르릉~ 따르릉~!

***

꽈리를 태운 초록이는 성미산마을 자전거 도로를 기분 좋게 질주했다. 자전거 도로가 끝나는 지점에서 꽈리는 잠시 숨을 고르며 횡단보도 신호가 바뀌기를 기다렸다. 그때 어떤 사람이 꽈리를 부르며 다가왔다. 그 사람은 헬멧과 고글에 사이클링 전문 복장까지 갖추고 전문가용 자전거를 타고 있었다.

"어디 가니? 난 한강에 다녀 오는 길인데."

'어라? 많이 듣던 목소린데, 누구지?'

꽈리가 의아한 표정을 짓고 있자 낯선 사람은 헬멧과 고글을 벗었다. 그러자 뜻밖에도 옆집 샘 얼굴이 나타났다. 올림픽에 출전한 자전거 선수 같은 모습을 한 옆집 샘은 학교에서 봤을 때와 너무나 달랐다.

"여의도에 사는 이모 집에 가려고요."

"자전거를 타고 여의도까지 간다고? 꽤 먼 길이라 힘들 텐데."

"운동 삼아 다녀오죠, 뭐."

"패기는 좋다. 그럼, 차 조심 하고 잘 다녀와."

옆집 샘은 다시 헬멧과 고글을 쓰고 자전거 도로를 질주했다.

'옆집 샘에게 저런 면이 있었다니. 나도 얼른 용돈 모아서 고글 사야지.'

꽈리는 그렇게 다짐하며 다시 페달을 힘차게 밟았다.

***

성미산마을 바깥세상은 새롭고 낯설었다. 초록이가 마음 놓고 달릴 수 있는 자전거 도로가 거의 없다는 사실은 꽈리를 힘들게 했다. 처음에는 차도로 가면 위험하다는 생각에 인도에서 조심조심 탔다. 하지만 이내 인도에서 자전거를 타면 자신도 불편하고 다른 보행자들도 불편하다는 사실을 깨달았다.

어떤 동네에서는 지팡이를 짚고 느릿느릿 걸어가는 할아버지와 부딪힐 뻔했다. 좁은 인도에서 앞서가는 할아버지를 발견하고 따르릉 벨을 울리며 비켜달라는 신호를 보냈지만 할아버지는 그 소리를 듣지 못했다. 그러자 성격 급한 꽈리가 무리를 해서 할아버지를 앞지르다 사고가 날 뻔했다. 할아버지가 얼른 몸을 피한 덕에 부딪히지는 않지만 꽈리는 한참 동안 꾸중을 들어야 했다.

"이렇게 좁은 길에서 자전거를 험하게 타면 어떻게 해? 사람이 다니는 길이니 조심해야지!"

"죄송합니다, 죄송합니다."

놀란 가슴을 진정시키고 다시 출발했지만 얼마 가지 않아 또 다른 위기를 만났다. 버스나 지하철로만 이모 댁에 갔던지라 차도가 아닌 길은 잘 알지를 못했다. 게다가 차도는 있는데 인도가 끊긴 곳이 적지 않았다. 어떤 곳은 50m쯤 되는 길이 차도로만 되어 있고 그 차도를 지나야 다시 인도를 만날 수 있었다. 끊어진 인도 앞에서 꽈리는 한참을 망설였다. 쌩쌩 달리는 자동차들을 보자 아무래도 차도를 지나가는 건 너무 위험했다. 할 수 없이 지나가는 사람에게 안전한 길을 물어보았다. 차도를 지나가면 100m밖에 안 되는 거리인데 안전하게 가려면 1km나 둘러가서 횡단보도를 건너야 한단다. 1km나 가야 횡단보도가 있다니! 너무 자동차 위주로 길이 만들어진 거 아냐?

* * *

초록이와 함께 성미산마을을 출발하여 여의도에 입성하기까지, 꽈리는 온갖 우여곡절을 겪어야 했다. 생수통을 잔뜩 옮기던 아저씨와 부딪혀서 길바닥에 생수통이 와당탕 떨어지는 일도 있었다. 다행이 빈 통이어서 별다른 피해는 없었지만, 생수통 줍는 걸 도와드리느라 시간을 한참이나 지체했다.

주차장에서 갑자기 튀어나온 자동차에 치일 뻔도 했다. 운전사 아저씨는 미안한 기색도 없이 오히려 꽈리에게 화를 내기까지 했다. 횡단보도 신호등이 파란불로 바뀌어서 초록이를 끌고 건너려는데 클랙슨을 빵빵 울리며 쏜살같이 지나가는 차도 있었다. 깜짝 놀란 꽈리는 그 자리에 한참이나 얼어붙은 채 마음을 진정시켜야 했다.

도로 사정도 꽈리의 자전거 여행을 힘들게 했다. 울퉁불퉁하고 군데군데 패인 길을 지나가다 초록이와 함께 고꾸라지기도 했다. 다행이 자전거는 무사했지만 꽈리는 무릎이 까지고 시퍼렇게 멍도 들었다.

자동차들이 내뿜는 매연과 먼지도 꽈리를 끈질기게 괴롭혔다. 자전거 페달을 밟느라 헉헉 거리다가 무심코 삼킨 매연 때문에 몇 번이나 멈춰 서서 캑캑거렸는지 모른다. 바람을 타고 날아온 먼지가 눈으로 들어가서 눈물을 한 바가지나 쏟기도 했다.

'옆집 샘이 왜 중무장을 하고 자전거를 타는지 이제야 알겠네. 멋을 부리기 위해서가 아니라 안전을 위해서였어.'

그렇게 숱한 고난을 겪는 동안 시간은 자꾸 흘러가고 꽈리의 몸은 물먹은 솜처럼 축축 처져만 갔다. 돌덩어리처럼 무거워진 두 다리로 안간힘을 다해 페달을 밟으며 여의도까지 가는 동안 안타깝게도 꽈리는 자전거 전용 도로를 단 한 군데도 발견하지 못했다.

* * *

"이모! 나 왔어."

꽈리가 이모 댁에 도착한 건 저녁 7시가 다 되어서였다. 점심 먹고 낮 1시쯤 출발했으니 무려 6시간이나 걸린 셈이었다.

"에그머니나, 내 조카 얼굴이 왜 이래? 반쪽이 됐네!"

"몰라, 몰라. 온몸이 다 쑤셔요."

이모와 감자 오빠와 빛나는 꽈리가 자전거를 타고 왔다는 말에 깜짝 놀랐다.

"그 먼 곳에서 어떻게 자전거를 타고 올 생각을 했대. 안 힘들었어?"

"죽겠어요. 극기 훈련 때보다 더 힘들어."

꽈리는 이모가 저녁식사를 준비하는 동안 빛나 방에 몸을 뉘었다. 폭신폭신한 이불 위에 눕자 좀 살 것 같았다. 그때 빛나가 말했다.

"그런데 가지고 온 자전거는 어떻게 할 거야? 다시 타고 갈 거야?"

아차, 그것까지는 생각을 못했네. 자전거를 가지고 버스를 탈 수는 없고, 지하철 타는 것도 쉬운 일은 아닐 텐데. 자전거를 택시에 싣고 가는 방법이 있긴 하지만 꽈리에겐 택시비가 없었다.

'이를 어쩌지? 그 머나먼 길을 다시 초록이를 타고 가야 하나?'

자전거를 타고 집으로 돌아갈 생각을 하자 꽈리는 머리가 지끈거리기 시작했다. 차라리 이대로 이모네 따뜻한 방에서 영원히 살았으면 좋겠다는 생각뿐이었다.

굿바이 자동차

자동차는 편리한 이동수단이면서 소유한 사람의 경제력을 상징하기도 하고 어떤 이에게는 더위와 추위를 피하는 집이 되기도 한다. 지구가 더워지는데 결정적인 역할을 하는 것도 자동차다. 우리나라에서 소비되는 에너지와 온실가스 배출량의 20%를 교통 분야가 차지하고 있다.

지구 온난화를 막는 효과적인 방법 중 하나는 이산화탄소를 배출하지 않는 교통수단을 찾는 것이다. 이때 가장 쉽고 저렴하게 선택할 수 있는 게 바로 자전거이다. 여러 사람이 1대의 자동차를 함께 사용하는 자동차 두레(카셰어링)도 좋은 방법이다. 우리 마을에서는 무엇이 가능할까?

대기 오염의 주범은 자동차

우리 사회는 자동차에 중독되어 있다. 석유 값이 하루가 다르게 오르고 도로 교통은 날이 갈수록 복잡해지는데도 사람들은 승용차를 타고 출퇴근을 한다.

자동차는 대기를 오염시키는 주범이기도 하다. 현재 도시의 대기를 오염시키는 원인의 80%는 자동차 때문이다. 여름철 스모그를 일으키는 질소산화물의 50%, 탄화수소의 90%가 자동차에서 나온다. 자동차는 석유에서 연소된 온실가스를 다량 배출해서 지구를 점점 뜨겁게 만들고 있다.

자동차에도 에너지 등급이 있다. 자동차가 연료(ℓ) 대비 얼마나 멀리 갈 수 있는지를 측정한 것이 연비이다. 연비와 함께 1km를 이동하는 동안 몇 g의 이산화탄소를 배출하는지도 표시되어 있다. 만약 1km를 달리는 동안 100g의 이산화탄소를 배출하는 자동차가 1년 동안 15,000km를 달린다면 무려 1.5톤의 이산화탄소를 배출하는 것이다.

착한 교통수단 자전거

자동차 대신 자전거로 이용하면 페달을 밟는 사람이 내뿜는 입김 외에는 이산화탄소를 배출할 일이 없다. 자전거 타기는 단순히 지구 환경에만 기여하는 게 아니다. 자전거를 타면 건강도 좋아지고 복잡한 교통문제도 해결할 수 있다.

미국의 자전거회사 트렉의 모토는 '기후변화와 싸우며, 도시 교통정체를 해결하고, 인류를 건강하게 한다.'이다. 왕복 6.4km를 자전거로 1년 동안 출퇴근이나 등하교하면 4.5kg의 다이어트 효과가 있다. 2010년 행정안전부에서 발표한 자료에 의하면 우리나라 인구 1,000명 당 자전거 보유 대수는 390대로 미국과 비슷한 수준이다.

붕붕, 친환경 미래 자동차가 나가신다

● 전기 자동차

축전지를 사용하여 전기로 움직이는 자동차.

100% 전기 모터를 사용하므로 배기가스가 거의 없는 게 장점이지만 동력으로 사용될 전기 에너지를 어떻게 만드느냐가 문제이다.

● 수소 자동차

석유 대신 수소를 연료로 사용하는 자동차. 약간의 질소산화물과 물만 배출하기 때문에 오염물질을 거의 만들지 않는다. 수소연료는 물을 원료로 만들어내고 사용 후에는 다시 물로 재순환되기 때문에 석유처럼 자원 고갈의 염려가 없다. 그러나 물을 수소로 분해하기 위해서는 또 다른 에너지가 필요하므로 이에 대한 해결책이 필요하다.

● 바이오 디젤 자동차

석유와 바이오 연료를 사용하는 자동차. 일반 석유 자동차에 비해 미세 먼지와 일산화탄소 등 오염물질이 20% 이상 감소되며 온실가스 배출도 적어서 지구 온난화 예방에 큰 도움이 된다. 운행 중인 차량을 개조하지 않고 그대로 사용할 수도 있다.

세계의 친환경 교통 시스템

● 독일의 콜 자전거

독일의 도시는 온라인으로 예약해서 사용하는 콜 자전거(call-a-bike)를 곳곳에서 시행하고 있다. 요금은 지하철이나 버스 수준이다.

● 녹색교통의 도시, 브라질 꾸리찌바

간선급행버스(Bus Rapid Transit) 시스템, 자동차 통행 이용 제한, 시민을 고려한 버스 배차, 대중교통 환승제도와 버스 전용차선, 24시간 운영 버스 등 누구나 대중교통으로 편리하게 이동할 수 있는 제도. 꾸리찌바의 획기적인 대중교통 시스템은 승용차 사용을 줄여서 도시의 대기오염을 30% 정도 감소시켰다.

● 미국의 자동차 공유기업 짚카

회원제로 운영되는 짚카(zipcar)는 시간 단위로 자동차를 빌려주는 렌트카 공유회사이다. 짚스터라고 불리는 회원들은 짚카 홈페이지와 어플리케이션으로 사용가능한 자동차를 검색하여 시간 단

성미산마을 자전거 도로

성미산마을은 인도가 넓지 않은데 많은 주민들이 시장에 가거나 등하교, 한강 나들이를 위해 자전거를 이용한다. 좁은 인도 위를 보행자와 자전거가 함께 다니는 건 불편하고 위험한 일이다. 그래서 2008년에 자전거 도로를 만들었다. 성미산마을 중심부를 지나 한강으로 이어지는 왕복 4차선 도로를 조금씩 줄여서 폭 1m의 자전거 도로가 탄생했다.

이 과정에서 마을 사람들은 자전거 이용 모니터링과 도로변 상가에 의견을 구하는 등 적극적인 활동을 펼쳤다. 구청과 마을 주민, 전문가가 모여서 의견을 나누고 역할을 맡는 등 시민과 지자체가 협력해서 탄생한 게 성미산마을 자전거 도로이다. 마을 주민에게 필요한 자전거 도로가 협력을 통해 만들어진 것은 매우 의미 있는 일이다.

하지만 자전거 도로의 폭이 좁아서 왕복 주행이 불편한 점, 신호등과 같은 교통체계에 자전거가 고려되지 않는 점, 자전거 도로가 주차장이 되기도 하는 현실은 여전히 아쉽다. 자전거는 온실가스를 줄이는 저비용, 고효율 교통수단이다. 성미산마을을 비롯한 각 지역에서 자전거를 더욱 안전하고 편리하게 이용할 수 있도록 정책 마련이 필요하다.

위로 예약해서 사용하고 사용한 시간만큼 비용을 지불한다.

● 우리나라 카 셰어링 기업 쏘카

2011년에 시작한 쏘카(socar)는 2014년 현재 22만여 명의 회원을 확보한 사회적 기업으로 성장했으며 이용 지역도 전국으로 확대되었다.

● 프랑스의 자동차 정책

2006년부터 모든 자동차에 에너지-탄소 라벨 표시를 하도록 했다. 1km당 이산화탄소 배출량을 표시하고 그에 따른 등급도 설정하여 자동차세, 도로세, 탄소부담금 등을 차등 적용하고 있다.

● 영국 베드제드 공동체의 자동차 나눠 쓰기

영국 런던 근교 서튼에는 베드제드(BedZED)라는 친환경 공동체가 있다. 이 공동체 주민들은 차량 이용을 줄이기 위해 자동차 나눠 쓰기를 한다. 평균 35명이 3대의 차를 사용하는데, 온라인으로 원하는 시간을 예약해서 사용한다.

〈 NMT 및 대중교통분담률에 따른 이산화탄소 배출량 〉

도시	대중교통, 보행, 자전거의 분담률 (%)	CO_2 배출량 (kg/인/년)
휴스턴	5	5,690
몬트리올	26	1,930
마드리드	49	1,050
런던	50	1,050
파리	54	9,50
베를린	61	7,74
도쿄	68	8,18
홍콩	89	3,78

출처 : 「「교통수단'으로서 자전거와 통합대중교통체계의 의의」, 「'자전거가 존경받는 두 바퀴 서울 시민토론회' 자료집」, 이재영 대전발전연구원 책임연구위원, 2012년

한 뼘
생각
키우기

✾ 자동차가 지구 환경에 끼치는 영향을 그림으로 그려보자.
✾ 집에서 학교까지 자전거로 얼마나 걸리는지를 계산하고, 한 달 동안 자전거로 등하교 할 때 소비되는 열량은 얼마나 되는지 알아보자.(30분 주행=150kcal.)
✾ 자동차 두레처럼 이웃과 나누어 함께 사용할 수 있는 게 또 있는지 생각해보자.
✾ 석유 자동차를 대체할 미래형 이동수단에는 어떤 것들이 있는지 조사해보자.
✾ 석유 자동차 이용을 줄이는 방법을 생각해보고, 교통 부문을 관장하는 정부기관에 건의문을 써보자.

독일 프라이부르크의
생태 주거단지, 보봉

보봉은 독일의 환경수도 프라이부르크에서 3km 정도 떨어진 곳에 있는 마을이다. 이 마을은 독일과 프랑스의 접경지대로 제1차 세계대전 때는 독일군이, 1992년까지는 프랑스군이 주둔하고 있던 지역이다. 1995년 이곳을 생태마을로 조성하자는 '포럼 보봉'이 출범하면서 주민들의 커뮤니티를 기반으로 한 생태 주거단지가 탄생했다. 석유, 석탄, 원자력 등 환경오염의 원인이 되는 에너지 이용에서 벗어나 건강한 마을을 만들자는 기본 원칙을 세우고 주민들의 활발한 토론과 합의를 바탕으로 마을을 설계했다.

보봉은 태양광과 바이오매스를 주 에너지원으로 사용하고 있다. 공동주택 형태로 된 건물 옥상에 태양광 발전기를 설치하여 에너지 수급을 별도로 하지 않는 '제로 에너지 주택'을 시도했으며, 음식찌꺼기와 쓰레기를 발효시켜서 나온 메탄가스로 열병합 발전을 하여 난방열과 전력을 동시에 얻고 있다.

보봉의 건물들은 내부의 열이 밖으로 빠져나가지 않도록 에너지 효율을 고려하여 만들어졌다. 건물의 전면을 남향으로 해서 햇볕 받는 창을 넓히고, 북쪽은 단열을 위해 외벽처리 하고 창문을 줄이는 등 자연적 요소를 최대한 활용했다. 단열효과를 높이기 위해 특수 유리를 사용했다.

보봉은 자동차로 인한 대기오염 배출을 줄이고 쓰레기 발생과 물 사용을 최소화하여, 순환적 생태시스템을 갖춘 자연과 인간이 공존하는 사회를 구현한다는 원칙을 지니고 있다. 400세대로 시작한 보봉의 주민은 2006년 2,000세대(6,000여 명)로 늘어났다. 독일 최초의 '차 없는 주거단지'를 만들려고 했으나, '차를 최소화하는 주거단지'로 수정했다. 마을 내부에서는 보행자의 권리가 최대한 보장될 수 있도록 마을 입구에 공동주차장을 설치하여 주거단지 내의 자동차 통행을 최소화했으며 트램 등 대중교통을 적극 활용하고 있다.

성미산마을
자동차 두레

성미산마을 골목길에서 뛰노는 아이들이나 자전거를 탄 사람들과 자동차가 부딪히는 위험천만한 상황이 종종 발생했다. 그래서 자동차가 줄어들면 아이들은 보다 안전하게 놀 수 있고 사람들도 마음 편히 다닐 수 있을 거라는 생각으로 몇몇 집이 자동차 두레를 시작했다.

여섯 가구가 각자 가지고 있던 6대의 차를 처분하고 1대를 공동으로 사용했다. 결과적으로 5대의 차량이 줄어든 셈이다. 각자 차를 소유했을 때보다 걷기, 자전거, 대중교통을 이용하는 빈도와 시간이 늘어서 마을의 탄소발자국도 훨씬 줄일 수 있었다.

처음에는 집에 늘 차가 없다는 것과 예약제라서 계획적으로 써야 한다는 것 등 불편한 점이 많았다. 하지만 자동차를 소유하지 않아서 경제적이고 이산화탄소를 많이 배출하지 않는다는 점이 참여한 사람들을 뿌듯하게 했다.

자동차는 24시간 이용하는 게 아니므로 잘만 관리하면 여러 사람이 1대의 차를 효율적으로 사용할 수 있다. 게다가 비용은 나누어서 내기 때문에 혼자 쓸 때보다 훨씬 경제적이다.

성미산마을 자동차 두레는 아쉽게도 2010년에 마무리되었다. 차량의 노후와 관리의 어려움 등이 이유였다. 하지만 2012년 서울시 전체에서 카 셰어링이 시작되면서 성미산마을에도 자동차 두레가 다시 이어지고 있다. 주민들 스스로 만들었던 자동차 두레가 보다 많은 사람들이 보다 편하게 참여할 수 있는 자동차 나눔으로 발전한 것이다.

걷기, 자전거, 대중교통

**사람들은 생활하면서 끊임없이 움직인다. 쉽고 편리한 이동을 위해 보조수단, 즉 교통수단을 이용한다.
보조수단은 걷기, 자전거, 버스, 지하철, 자가용 등 매우 다양하다.
어떤 수단을 선택하느냐에 따라 환경에 미치는 영향도 달라진다.**

이동을 하는 주체인 사람은 원하는 교통수단을 스스로 선택할 수 있는 권리가 있다. 따라서 지구 공동체를 구성하고 있는 개개인이 지속가능한 미래를 위해 선택할 수 있도록 교통정책과 체계가 바뀌어야 한다.

지속가능한 교통수단

도시에서 지속가능한 교통수단은 걷기와 자전거, 그리고 대중교통이다. 출퇴근을 포함한 일상생활에서 이 3가지 교통수단을 잘 연계하는 게 필요하다. 서울시민의 평균 통근시간은 42분이며 평균 통행거리는 8km이다. 걷기는 교통분담률이 40%가 넘는 가장 기본적인 교통수단이지만 접근거리는 500m에 불과하다. 자전거의 평균 통행거리는 걷기보다는 긴 2.5km이다. 걷기, 자전거, 대중교통이 고루 연계되면 온실가스 배출을 크게 줄일 수 있다.

걷기, 자전거, 대중교통의 분담률이 61%인 베를린과 68%인 도쿄의 1인당 연간 이산화탄소 배출량은 774kg과 818kg이다. 반대로 분담률이 5%인 휴스턴과 26%인 몬트리올의 이산화탄소 배출량은 5,690kg과 1,930kg이다. 휴스턴은 도쿄의 7

배나 되는 이산화탄소를 배출하고 있는 셈이다. 결국 걷기, 자전거, 대중교통이 잘 연계되었을 때 큰 효과를 볼 수 있는 것이다.

〈 이산화탄소 배출표 〉

구분	배출량(10g/1km 이동 시)
걷기	0.05g(숨 쉴 때)
오토바이	50g
마차	100g
자동차	150g
버스	600g
비행선	2,000g
헬리콥터	3,000g
전철	7,000g
고속철도	10,000g
증기기관차	30,000g
비행기	40,000g
대형여객선	200,000g

출처 : 『CO2 이산화탄소, 탈것으로 알아보아요』,
미우라 타로 지음, 사계절

프로젝트 과제

우리 마을에 필요한 교통은?

사람들이 바라는 길은 어떤 길일까? 걷고 있거나 자동차를 타고 있을 때 등 처한 조건에 따라 조금씩 달라질 것이다. 걷고 있을 때는 자동차나 매연과 소음이 없는 안전하고 쾌적한 보행 환경이 좋을 것이다. 자동차를 타고 있을 때는 넓은 도로, 한적한 통행량, 신호도 없고 가까이에 보행자나 자전거가 없어서 마음 편히 속도를 낼 수 있는 길이 좋을 것이다. 그렇다면 어린이, 노인, 장애인, 임산부, 외국인 등이 원하는 길은 어떤 길일까? 상대적 보행약자들이 어려움 없이 다닐 수 있는 길을 만들 수는 없을까?

[계획하기]

목적을 구체적으로 정하고, 목적에 따라 조사 내용, 조사 지역의 범위, 조사 방법 등을 정한다. 학교의 경우 자전거 혹은 보행이 가능한 통학권을 중심으로 마을의 범위를 정한 다음 범위 내에 있는 도로, 이면도로, 골목길 등의 현황을 조사한다. 청소년을 포함한 보행약자들이 안전하고 편리하게 이동할 수 있는 길을 목적으로 하는 것도 좋다.

[실내조사]

조사 방법은 실내 조사와 현지 조사로 나눌 수 있다. 실내 조사는 조사 지역에 대한 문헌, 통계자료, 지도, 사진 등을 수집하여 현지 조사를 위한 정보를 파악한다. 이를 바탕으로 현지 조사 경로도를 작성하고 각각의 조사지점에서 조사할 항목과 방법을 정한다.

조사 범위로 설정된 지역의 교통지도를 구하여 정보를 파악하고, 지방자치단체, 지방경찰청, 시민사회단체에서 발행한 통계연표와 교통 관련 자료를 활용하여 교통량과 수단분담률을 조사한다.

[현지 조사]

현지 조사에서는 직접 관찰 및 측정 또는 면담, 설문지 조사 등 적절한 방법을 효과적으로 활용한다. 관청, 사회단체, 회사 등을 직접 방문하여 통계자료 등을 수집하거나 구체적인 질문의 답을 요청할 수도 있다. 현지 조사에서 수집한 각종 자료는 반드시 기록하여 잘 정리해 두고, 실내 조사한 내용과 다른 내용이 있으면 다시 조사하거나 검토해서 내용을 수정, 보완한다.

[자료 정리 및 분석]

실내 조사와 현지 조사에서 얻은 결과를 분석하여 통계표 및 그래프로 정리하고 필요한 내용은 지도 위에 표현한다.

[아이디어 나누기]

토의와 토론을 통해 우리 마을에 필요한 교통 관련 시설이나 체계에 대해 이야기 나누고 지도에 담을 내용을 정리한다.

[표현하기]

기존의 가로망과 교통정보가 담겨 있는 교통지도 위에 새롭게 정리한 정보를 표현한다. 지도를 만든 후 발표 등의 방식으로 학교와 지역사회의 여러 사람들과 공유하는 후속 프로그램을 마련한다.

[조금 더 탐구하기]

이동에 도움을 주는 교통수단은 자동차 외에도 많다. 세계 곳곳의 지역 특성에 맞게 발전한 교통수단을 찾아보자. 우리 지역에 도입하면 좋을 교통수단이 있는지 알아보자.

독일 베를린의 우편배달부는 자전거를 타고 다니면서 우편물을 배달한다.

에너지교실 ⑧

나는 하루에 종이를 얼마나 쓸까

"국민 한 사람이 평생 동안 쓰는 종이는 나무 87그루에 해당한단다."
"87그루요? 사람 1명이 종이로만 사용하는 나무가 그렇게 많아요?"
"거기다 목재로 사용하는 나무 150그루까지 합치면
                              사람 1명이 평생 사용하는 나무는 237그루나 된단다."

나는 하루에 종이를 얼마나 쓸까

"끄응~!"

지금은 청소시간. 그런데 교실 유리창 담당인 꽈리는 화장실에서 시원하게 볼일을 보고 있다. 일찌감치 유리창을 닦아놓고 급한 일을 해결하러 온 참이다.

'아차! 복도 유리창을 깜빡했네. 깜장콩 샘이 검사하러 오실 텐데!'

마음이 급해진 꽈리는 손에 잡히는 대로 휴지를 둘둘 말아서 뒤처리를 하고 급히 화장실에서 나왔다. 깜장콩 샘이 오기 전에 복도 유리창을 닦으려고 뛰어가는데, 청소하던 아이들이 꽈리를 힐끔힐끔 쳐다보며 웃었다.

'왜들 웃는 거지?'

"으하하하! 꽈리야, 그게 무슨 꼴이니."

교실로 돌아와 복도 유리창을 닦으려는데, 식신이가 꽈리를 보더니 신나게 웃어댔다. 교실에 있던 다른 아이들도 꽈리를 보며 일제히 웃음을 터뜨렸다.

"너 화장실 갔다 왔지?"

꺼실이가 의미심장한 미소를 지으며 꽈리에게 물었다.

"어떻게 알았어?"

꽈리는 평상시와 다른 아이들의 태도에 어리둥절했다. 그 순간, 깜장콩 샘이 들어왔다. 꽈리가 얼른 유리창 닦는 시늉을 하고 있는데 깜장콩 샘이 꽈리를 보더니 풋, 하고 웃음을 터트렸다.

"꽈리야, 너 꼬리가 너무 긴 거 아니냐?"

깜장콩 샘이 가리키는 엉덩이 쪽을 돌아본 꽈리는 입을 쩍 벌리고 말았다. 청바지 속에서 삐져나온 휴지가 교실 밖까지 이어져 있는 게 아닌가! 맙소사! 화장실에서 급히 나오느라 두루마리 휴지가 엉덩이에 끼어 있는 걸 몰랐던 것이다. 두루마리 휴지는 교실과 복도를 지나서 화장실까지 이어져 있었다. 꽈리는 황급히 청바지에 낀 휴지를 떼어냈다.

"어서 화장실 가서 옷부터 정리하고 오렴. 복도에 잔뜩 풀어놓은 휴지도 치우고."

깜장콩 샘의 말에 꽈리는 창피해서 휴지와 함께 어디론가 사라지고 싶었다.

* * *

성미산학교 교무실. 꽈리가 조심스럽게 깜장콩 샘에게 다가왔다.

"샘, 다 치웠어요."

"그래? 그런데 너 유리창도 덜 닦았더라."

"화장실이 급해서 그만……."

"아까운 휴지도 낭비하고, 유리창도 다 안 닦고."

"잘못했어요, 샘."

"그럼, 어떻게 할까?"

깜장콩 샘이 동그란 안경 너머로 꽈리를 쳐다보고 있었다.

'혹시 벌을 주시려나? 설마 학교의 유리창을 다 닦으라는 건 아니겠지?'

꽈리는 열심히 머리를 굴려보았지만 마땅한 대답이 떠오르지 않았다.

"너무 어렵게 생각하지 말고 실수를 기회로 만들 수 있는 방법을 찾아봐."

'실수를 기회로 만든다고? 얼마 전 탄소발자국을 측정하면서 에너지를 절약해야 한다는 깨달음을 얻긴 했는데, 그런 깨달음을 또 얻을 수 있는 거라면!'

"샘, 휴지요. 지난번에 우리 학교 에너지 탄소발자국을 측정했잖아요. 그것처럼 하루 동안 제가 쓰는 휴지의 양을 측정해볼게요."

"휴지의 양? 그거 괜찮은 생각인데!"

깜장콩 샘도 흡족한 표정을 지었다.

"휴지뿐만 아니라 아예 종이 사용량을 전부 측정해보면 어떨까? 휴지와 종이는 모두 나무로 만든 거니까."

"종이요? 알았어요!"

꽈리는 자신 있다는 듯 어깨를 으쓱거렸다. 조금 황당한 과제이긴 하지만 왠지 재미있을 것 같았다.

* * *

핸드폰 알람 소리가 요란하게 울렸다. 아침 8시. 꽈리는 잠이 덜 깬 얼굴로 욕실로 향했다. 소변을 본 후 휴지를 둘둘 마는데, 문득 깜장콩 샘하고 약속한 과제가 생각났다. 측정한 종이의 양이 너무 많으면 일일이 설명해야 할지도 모른다는 생각에 꽈리는 휴지를 2칸만 뜯어냈다.

세수를 하고 화장품을 발랐다. 로션이 잘 나오지 않아서 병을 세게 흔들다가 쏟고 말았다. 엄마가 보기 전에 얼른 치워야겠다는 생각에 두루마리 휴지를 손에 잡히는 대로 한 움큼 뜯어서 로션을 닦았다.

'아차! 휴지 아껴 써야 하는데.'

측정해보니 20칸이나 썼다. 꽈리는 학교에서는 휴지와 종이를 더 아껴 써야겠다고 다짐하며 집을 나섰다. 그런데 종이를 아껴 쓴다는 게 그렇게 만만한 일이 아니었다. 오히려 평상시보다 더 많이 쓰는 것 같았다. 학교 가는 길에 얻은 무료신문이 벌써 22장, 학교 수업시간에 필기하느라 쓴 노트가 5장이나 됐다. 무료신문에 연재되는 만화를 꼬박꼬박 챙겨보는 꽈리로서는 신문을 포기할 수 없었다. 종이 아끼려고

선생님 설명을 노트에 적지 않을 수도 없는 일이었다.

오늘은 국어 독후감 발표도 있었다. 꽈리는 빈약한 내용을 양으로 보충하려는 생각에 글씨 크기를 키워서 1장 분량의 독후감을 2장으로 만들었다. 자신의 이름과 읽은 책 제목밖에 없는 표지도 그럴싸하게 만들어 붙였다. 그렇게 해서 꽈리의 독후감은 3장짜리가 됐고, 아이들과 선생님에게 나누어 주기 위해 복사를 하느라 총 33장의 종이를 썼다.

점심 먹고 화장실에 가서 두루마리 휴지를 13칸이나 썼다. 식신이가 연습장을 안 가져왔다면서 꽈리의 연습장을 3장이나 뜯어 갔다. 아까운 종이를 3장이나 뜯는다고 화를 좀 냈더니, 식신이는 그깟 종이 몇 장 가지고 치사하게 군다고 비아냥거렸다. 꽈리는 식신이가 얄미워서 살짝 밀쳤는데, 정말 살짝만 밀쳤는데 식신이가 넘어지면서 책상 위에 있던 우유를 쏟았다. 선생님이 들어오시기 전에 치워야겠다는 생각에 걸레 대신 휴지로 잽싸게 닦았다. 허걱! 정신을 차리고 보니 우유 닦느라 쓴 휴지가 무려 30칸이었다.

학교를 마친 뒤에도 꽈리의 종이 사용은 계속되었다. 집으로 오는 길에 편의점에서 찐빵 사먹느라 휴지 4칸, 집 화장실에서 휴지 10칸, 방바닥을 기어가는 개미잡느라 휴지 2칸, 외출한 엄마에게 걸려온 전화 메시지를 받아 적느라 포스트잇 1장, 한문숙제 하느라 노트 4장, 인터넷에서 찾은 숙제자료 출력하느라 종이 3장, 잠자기 직전 재채기가 나와서 휴지 2칸, 그렇게 오늘 하루 동안 쓴 종이를 모두 합쳐 보니 길이가 무려 200m, 50m짜리 두루마리 휴지를 4개나 쓴 셈이었다.

* * *

다음날, 꽈리는 어제 하루 동안 쓴 종이의 사용내역을 깜장콩 샘에게 보여드렸다.

"제가 하루 동안 종이를 이렇게 많이 쓰는 줄 몰랐어요. 아껴 쓰려고 했는데 쉽지가 않더라고요."

"꼼꼼하게 잘했구나. 평상 시 종이 사용량을 알아보는 거니까 일부러 아껴 쓸 필요는 없었어."

깜장콩 샘의 말에도 꽈리의 마음은 편치 않았다.

"그래도 너무 많이 썼어요. 아껴 썼다는 게 이만큼이면 평소에는 어떻겠어요."

"너만 그런 게 아니라 모두들 그만큼씩 쓴단다. 우리나라 사람들이 평생 동안 쓰는 종이가 얼마나 되는지 아니?"

꽈리가 머리만 긁적이고 있자 깜장콩 샘이 알려주었다.

"국민 한 사람이 평생 동안 쓰는 종이는 나무 87그루에 해당한단다."

"87그루요? 사람 1명이 종이로만 사용하는 나무가 그렇게 많아요?"

"거기다 목재로 사용하는 나무 150그루까지 합치면 사람 1명이 평생 사용하는 나무는 237그루나 된단다."

* * *

깜장콩 샘과 이야기를 마치고 나온 꽈리의 마음은 무척 무거웠다. 가벼운 종이 1장이 꽈리의 마음을 이렇게 무겁게 할 줄은 몰랐다.

'앞으로는 폼 나게 보이려고 2장도 안 되는 과제물에 표지를 만들거나 분량을 채우려고 억지로 글씨를 키우는 짓은 하지 말아야지.'

꽈리가 굳은 결심을 하고 교실로 들어오는데 식신이가 휴지를 붕대처럼 몸에 감고서 미라 놀이를 하고 있는 게 아닌가. 종이 절약을 실천하겠다고 결심한 마당에 아까운 휴지로 장난치는 식신이를 그냥 두고 볼 수가 없었다.

"너, 딱 걸렸어. 네가 장난치느라 낭비한 휴지 때문에 얼마나 많은 나무가 희생되는지 알아?"

숲을 살리는 종이 사용법 !

우리는 매순간 종이와 함께 생활한다.
아침에 일어나 화장실에 가서 휴지를 쓰고, 식사를 할 때는 냅킨을 사용한다.
낮에 공부나 일을 할 때는 공책, 서류, 일기장, 전단지, 복사지, 포스트잇, 메모지 등을 사용한다.
저녁에 친구를 만나 외식이나 쇼핑을 하면서 받는 영수증과 쇼핑백도 종이다.
집에서는 행주 대신 종이타월을, 손수건 대신 휴지를 사용할 때가 많다.
이렇게 우리의 일상생활은 종이로 가득하다.

종이와 함께하는 하루

아침에 눈을 떠서 화장실에 갈 때부터 잠들기 전 일기를 쓰는 순간까지, 우리는 끊임없이 종이를 사용하며 하루를 보낸다. 이제 종이가 없는 생활은 상상할 수도 없다. 종이가 대규모로 생산된 건 150년밖에 되지 않는다. 수만 년 동안 지구에 맑은 공기를 공급해왔던 원시림은 그 사이 2/3나 잘려 나갔다.

2002년 녹색연합이 조사한 바에 따르면 국민 한 사람이 평생 동안 목재로 사용하는 나무는 높이 18m, 지름 22cm의 소나무 150그루 정도인데 그 중 종이로 사용되는 나무만 87그루라고 한다. 우리가 종이 1장, 화장지 1칸을 쓸 때마다 지구 어디선가 나무가 베어지고 숲이 파괴되고 있다.

쓰레기의 절반은 종이

종이 소비가 늘어나면서 전체 쓰레기의 51.9%를 종이류가 차지하고 있다. 일회용 종이컵이 땅에 묻혀 완전히 썩으려면 20년이 걸리고 아기들이 찼던 일회용 종이 기저귀는 썩는데 100년이 걸린다. 아기가 어른이 되어서 죽을 때까지도 다 썩지 않는 셈이다. 이렇듯 우리가 무심코 사용한 일회용품 때문에 지구는 점점 쓰레기로 뒤덮이고 있다.

IPCC에 의하면 기후변화의 요인 가운데 화석연료 다음으로 꼽히는 게 벌목으로 인한 산림 파괴이다. 종이의 원료가 되는 펄프 등을 얻기 위한 벌목은 전체 온실가스 발생량의 17%를 차지한다. 종이를 소각할 때 종이에 들어 있던 이산화탄소가 모두 배출된다. 종이 쓰레기가 썩으면 메테인이 발생하기도 한다.

종이에 대한 불편한 진실

나무
- 종이가 나무펄프로 만들어진 건 1850년대 이후로 150여 년밖에 안 되었다.
- 'Tree-free'는 비목재종이가 아니라 나무 섬유소로 만든 고급종이를 뜻한다. 목재성분인 '리그닌'을 없앴기 때문에 이렇게 표현하는데, 다른 종이를 만들 때보다 목재를 더 많이 소모한다.
- 전 세계에서 상업용 목적으로 자른 나무의 20~40%가 종이에 쓰인다. 나무 한 그루의 50% 정도만이 종이를 만드는 데 필요한 섬유질이다. 이것은 면이나 리넨의 섬유질보다 비율이 훨씬 낮다.
- 제조공정의 효율성을 높이고 기술을 더 개발하고 포장과정을 개선하는 것만으로도 50%의 나무를 살릴 수 있다.

숲
- 제지회사는 베어내는 나무보다 더 많은 양의 나무를 심고 있다고 말한다. 하지만 그렇게 심은 나무의 대부분이 성숙기까지 살아남지 못한다.
- 천연림과 열대림을 벌목한 뒤에는 불로 태우고 제초제를 뿌려서 그 숲에 사는 나무들의 씨앗과 뿌리를 없앤다.
- 인공림은 천연 숲이 가진 다양한 나무들, 관목, 덤불, 그루터기 등과의 조화 없이 단종 재배된다.
- 인공림은 화학비료, 살충제, 제초제 등 석유화학약품을 대량으로 뿌려서 관리한다.
- 인공림에는 새도, 양서류, 야생동물이 살지 않아서 생물 다양성이 없다.
- 종이와 환경문제에서 '나무를 구하는 것'보다 더 중요한 것은 '숲을 구하는 것'이다.

물
- 제지산업은 제조과정에서 엄청나게 많은 물을 사용한다.
- 종이를 하얗게 만드는 표백과정에 쓰이는 염소는 나무와 같은 탄소물질과 결합하면 다이옥신을 함유한 염소유기혼합물이 된다. 이 물질은 제지 공장에서 나오는 폐수에 고스란히 남는다.
- 1000여 가지에 이르는 염소유기혼합물들이 펄프와 제지산업의 염소표백 과정에서 생산된다.
- 지난 수년 동안 미국과 캐나다의 많은 공장들은 염소를 표백에 사용하지 않고 사람과 동물에 해롭지 않은 이산화염소로 교체했다.
- 비양심적인 일부 펄프공장은 환경기준이 높은 유럽에는 무 염소표백 펄프를, 다른 나라에는 염소표백 펄프를 납품한다.
- 1970년대 초에 무 염소표백 기술이 개발되었지만 비용문제로 널리 이용하지 못하고 있다. 하지만 무 염소공정으로 바꾸는 게 전체 비용을 따지면 더 저렴하고 효율적이다.

흙
- 매립되는 쓰레기 가운데 9% 정도가 종이제품이다.
- 종이로 된 생산품의 거의 대부분이 쓰레기로 매립된다.
- 종이를 충분히 재활용하면 펄프를 덜 쓰게 되어 천연림을 보호할 수 있다.
- 백상지는 최고 열두 번까지 재생해서 쓸 수 있다.

● 종이를 태워서 얻는 에너지양보다 재생할 때 얻는 효과와 가치가 훨씬 크다.

● 재생지 제조과정에서 생기는 폐기 슬러지는 천연펄프 종이 과정보다 그 양은 많지만, 잉크나 첨가제와 같은 독성물질을 취급하는 것보다는 환경에 부담이 적다.

(출처 : 월간 「작은것이 아름답다」, 숲을 살리는 재생종이 누리방 www.green-paper.org)

쉽게 할 수 있는 종이 절약법

영국의 환경운동가 맨디 하기스가 쓴 『종이로 사라지는 숲 이야기』에는 일상생활에서 실천할 수 있는 종이 절약법이 소개되어 있다. 주요 내용은 다음과 같다.

● 프린트나 복사를 할 때는 꼭 필요한지 한 번 더 생각해보고 가능하면 이면지를 쓰자.

● 종이로 서류파일을 만드는 습관을 버리자. 전자파일을 잘 분류하고 안전하게 저장하면 찾기도 쉽고 편리하게 이용할 수 있다.

● 수업 발표물이나 과제물을 복사할 때는 몇 장이 필요한지 정확하게 계산해서 실수 없이 복사한다.

● 한 번 쓴 봉투는 다시 쓰자. 주소가 적혀 있거나 구겨져 있어도 충분히 다시 쓸 수 있다.

● 종이나 봉투의 여백을 오려서 메모지로 사용하자.

● 뜯지도 않고 버리게 되는 우편물이 계속 배달되면 보내지 말라고 알리자.

● 티슈 대신 손수건을 쓰자.

● 종이타월 대신 행주를 사용하자.

● 식당이나 카페에서는 되도록 냅킨을 쓰지 말자.

평화롭게 살던 마운틴 고릴라는 사람들이 나무를 베고 숲을 없애서 살 곳이 파괴되어 전 세계에서 650마리정도만 남아 있습니다.

지난 50년간 우리나라 넓이의 6배가 넘는 65만 km²가 사막으로 변했습니다. 땅이 사막이 되어갈수록 황사피해는 더욱 심해집니다.

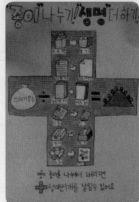

성미산학교 학생들이 그린
종이 절약 포스터

한 뼘 생각 키우기	❋ 내가 하루 동안 쓴 종이의 양과 종류를 기록해보자.
	❋ 종이 소비가 지구 온난화를 가속화시키는 이유가 무엇인지 적어보자.
	❋ 숲의 혜택을 4가지로 정리해보자.
	❋ 종이를 아껴 쓰는 방법을 생각해보자.
	❋ 재생 종이의 좋은 점을 정리해보자.

물건 프로젝트, 종이와 공책

우리는 물건을 사용하는 동시에 쓰레기나 폐기물을 만들어낸다.
물질마다 썩어서 자연으로 돌아가는 시간이 달라서 쓰레기들은 지구 어딘가에 오랫동안 남는다.
주로 땅에 묻거나 바다에 버리거나 불에 태우는 방식으로 쓰레기를 처리하는데,
많은 사람들이 모여 사는 도시에서는 쓰레기 처리시설이 혐오시설로 인식되어 지역 갈등을 유발하기도 한다.
이런 쓰레기가 자원이 된다면 어떨까?
자원 사용에 대한 우리의 모습을 살펴보고, 쉽게 쓰이고 버려지는 종이의 재사용을 고민해보자.

종이와 환경

종이는 나무에서 추출된 천연펄프를 재료로 한다. 30년 된 나무 1그루로 59kg의 종이를 만들 수 있다. 프린터나 복사할 때 많이 쓰는 A4 사이즈 용지 1박스(2,500장)가 14.5kg(종이 재단 시 손실분 포함)이므로, 30년 된 나무 1그루는 A4 용지 4박스(58kg)인 셈이다. 우리 학교에서는 프린트와 복사를 하느라 매일 몇 그루의 나무가 사라지고 있을까?

종이를 만드는 과정에는 많은 에너지가 소모된다. A4 종이 1장을 만들려면 10ℓ의 물이 소비되고 2.88g의 이산화탄소가 배출된다. 나무를 벌목해서 만들어져 쓰이다가 매립지에서 썩을 때까지 종이 1톤이 배출하는 이산화탄소는 6.3톤에 달한다. 매년 전 세계에서 3억 3,500만 톤의 종이가 생산되고 있으므로, 종이 때문에 해마다 21억 톤의 이산화탄소가 배출되고 있는 셈이다.

(출처 : 『종이로 사라지는 숲 이야기』, 맨디 하기스, 2009, '숲을 살리는 재생종이' http://www.green-paper.org/)

종이의 역사

종이(paper)의 어원은 라틴어의 파피루스(papyrus)이다. 파피루스는 4,000년 전 고대 이집트인들이 종이처럼 사용했던 식물로 나일 강변에 자생하는 높이 2.5m의 갈대이다. 지금과 같은 형태의 종이는 2,000년 전 중국에서 채륜이 뽕나무 껍질을 이용해서 처음 만들었다.

종이와 산업

종이 산업은 천연자원인 나무를 재료로 하지만 물과 에너지도 많이 들어가는 산업이다. 우리나라는 종이의 원료인 펄프를 82.9%나 수입하고 있다. 미국, 중국, 일본, 핀란드, 인도네시아 등지에서 종이도 67.6%나 수입한다. 우리가 쉽게 쓰고 버리는 종이로 인해 많은 숲이 훼손되고 있다. 2초마다 지구상에서 축구장 면적의 원시림이 사라지고 있다고 한다.

재생 종이 만들기

폐지를 모아서 새 종이로 만들어보자. 시간, 햇빛과 바람, 사람의 에너지만 있으면 종이를 만들 수 있다. 폐지의 색깔과 질감을 선택하면 세상에서 하나밖에 없는 새로운 종이를 만들 수 있다. 만드는 사람의 정성이 들어가서 더 의미 있고, 지구를 살리는 일이라서 보람도 있는 작업이다.

[준비물]

우유팩, 폐지, 이면지, 신문지 등 펄프를 원료로 한 종이류, 커다란 대야, 밀가루 혹은 도배할 때 쓰는 종이 풀, 잘 구부려지는 옷걸이, 스타킹 혹은 고운 망(모기장, 양파 망, 배추 망), 물 적당량, 원하는 색깔이 있을 경우 염료(치자, 양파, 쑥)

[만드는 방법]

1) 종이를 최대한 잘게 찢는다. 원하는 색깔의 종이를 만들고 싶다면 우유팩이나 하얀색 종이를 사용한다. 그렇지 않으면 다양한 종이를 섞어도 된다. (입자가 고운 종이를 만들고 싶으면 믹서를 사용한다.)

2) 찢은 종이를 물이 담긴 대야에 넣고 불린다. 이때 색깔 종이를 만들고 싶다면 염료를 함께 넣는다.

3) 잘게 찢기고 물에 불어서 결합이 약해진 종이가 잘 붙을 수 있게 밀가루나 종이 풀을 대야에 넣고 잘 섞는다.

4) 옷걸이를 네모 모양이 되도록 구부리고 스타킹이나 모기장 등 망으로 싸서 종이 틀을 만든다.

5) 종이 틀을 대야에 넣고 결합이 약해진 종이가 고르게 퍼지도록 얇게 떠낸다. 두껍게 뜨면 잘 마르지 않으므로 주의한다.

6) 종이 틀을 수평으로 유지한 채 물이 빠질 동안 들고 있는다.

7) 물이 적당히 빠졌으면 바람이 통하는 곳에 걸어놓고 말린다.

8) 잘 마른 종이를 틀에서 떼어낸다. 이때 종이가 울어 있으면 두꺼운 책 사이에 넣고 그 위에 무거운 물건(책, 돌)을 올려서 눌러준다.

9) 완성이 된 종이는 원하는 모양으로 잘라서 사용한다.

종이를 모으기 위해 학교에 설치한 걸개도 다 쓴 현수막으로 만들었다.

학생들이 종이를 재활용해서 만든 공책들

종이 쓰레기 재활용하기

[동기 부여]

내가 쓰는 물건 중에서 많이 버려지는 물건을 찾아본다. 책가방 속, 책상서랍, 책꽂이의 물건들을 꺼내 펼쳐놓으면 의외로 중복되는 게 많다는 걸 발견할 것이다.

학교에서 수업으로 할 경우, 참여하는 학생들이 먼저 자신의 물건을 조사한 뒤 많이 쓰고 버리는 물건에 대해 이야기를 나눈다. 그 다음에는 교실에서 버려지는 물건을 찾아보고 그 중에서 재사용이 가능한 것을 중심으로 찾아보면 자원순환의 의미를 되새길 수 있어서 좋다. (성미산학교에서는 종이로 선택했다.)

[기본계획 세우기]

함께 프로젝트를 해보기로 했다면 먼저 기본계획을 세운다. 기본계획에는 프로젝트의 목적, 목표, 내용, 실행방법, 예측되는 결과 등을 담는다.

[실행하기]

기본계획에서 구상한 방법을 실행한다.

1) 조사하기 : 교실에서 버려지는 쓰레기를 분류하여 어떤 쓰레기가 가장 많이 나오는지 살펴본다.

2) 종이 쓰레기 줄이기 : 가장 많이 버려지는 종이 쓰레기를 줄이는 방법을 토론을 통해 찾아서 실천한다.
● 성미산학교에서는 교내 종이 쓰레기 배출량을 일정 기간 동안 지속적으로 확인해서 게시하고 알리는 캠페인을 진행했다.
● 쓰레기를 줄이는 실험으로 쓰레기통을 줄이거나 위치를 옮겨보기도 했다.

3) 재사용 : 재사용이 쉽게 이루어지도록 폐종이의 형태와 성질을 고려한 방법을 찾고 시도한다.
● 재사용함을 만들어 비치한다.
● 재사용함에서 이면지, 자투리 종이 등만 모아서 사용하기 편하게 묶는다.
● 나만의 디자인을 담아 크기, 모양, 표지 등을 구성하고 공책으로 엮어서 필요한 사람들과 나눈다. 속지는 쓰고 남은 공책이나 이면지를 사용하고 표지는 비교적

단단한 박스종이를 활용한 속지와 표지는 바느질 하거나 송곳으로 구멍을 뚫어 실로 엮는다. 프로젝트의 의미를 설명하고 선물하는 것도 좋다.

[마무리하기]

1) 의견 구하기 : 실행과정에서 방법의 적절함과 유용성 등에 대해 설문이나 교내 설명회 등으로 의견을 구한다. 피드백은 기본계획에서 예측하지 못한 결과가 나타나거나 새로운 방법이 더 효과적이라고 판단될 경우 등에 할 수 있다.

2) 평가하기 : 계획단계와 실행단계, 의견 수렴 과정을 거쳐 프로젝트가 마무리되면 초기 예상과 실제 결과가 어떤 차이점과 공통점이 있는지를 찾아본다. 프로젝트를 진행하면서 느끼고 배운 점을 나누는 평가 과정이 필요하다. 글쓰기와 모둠별 발표 등의 방식으로 평가를 해보는 것도 좋다.

달걀판을 겉표지로 사용한 재사용 공책.
창의적 아이디어가 돋보이는 작품이다.

비둘기 동산을 향해 바삐 다가오는 검은 그림자가 나타났다.
식신이는 숨이 막히는 것 같았다.
검은 그림자는 옷더미 앞에서 걸음을 멈추더니 주위를 살폈다.
꽈리와 식신이가 있는 곳에서는 검은 그림자의 얼굴은 보이지 않았다.
식신이는 두 다리가 오그라붙는 것 같았다.

에너지교실 ⑨
헌 옷 줄게
새 옷 다오

헌 옷 줄게 새 옷 다오

벌써 세 번째다. 꽈리와 꺼실이, 식신이 삼총사의 아지트인 성미산 비둘기 동산에 누군가 헌 옷을 또 버렸다. 정확히 말하면 헌 옷이 아니라 몇 번 입지도 않은 멀쩡한 옷들을 버린 것이다.

'우리의 아지트를 쓰레기, 아니 옷으로 더럽힌 자를 꼭 찾고야 말테다.'

꽈리는 탐정이라도 된 듯 버려진 옷들을 꼼꼼히 살펴보았다. 하지만 누구의 것인지 알 수가 없었다. 성미산학교 학생 중에서 이런 옷을 입고 다니는 아이는 본 적이 없었다. 꽈리는 버려진 청바지를 들고 식신이에게 물었다.

"우리 마을에서 이런 옷 입은 사람 본 적 있어?"

식신이는 고개를 절레절레 흔들며 청바지를 살펴보았다. 그 청바지는 식신이 팔뚝이 겨우 들어갈 정도로 통이 좁았다.

"여자가 버렸나봐. 그것도 아주 날씬한."

"이 티셔츠는 큼직한 게 남자 것 같은데?"

"도대체 이 옷들을 버린 사람이 남자야 여자야?"

꽈리와 식신이가 범인을 찾겠다고 옷을 뒤적이면서 법석을 떨자 벤치에 앉아 책을 읽던 꺼실이가 퉁명스럽게 말했다.

"그만 해. 먼지 날려. 옷들은 되살림 가게에 갖다 주면 되잖아."

"맞다! 되살림 가게가 있었지."

되살림 가게는 '내겐 필요 없는 물건을 기증받아서 필요한 사람에게 전해주는' 재활용품 가게이다. 버려진 옷들은 상태가 괜찮았고 새 거나 마찬가지인 옷도 있으니 되살림 가게에 기증하면 딱이었다. 그래도 꽈리는 기분이 좋지 않았다. 대체 누가 이 옷들을 버렸는지 꼭 밝혀내고 싶었다.

"우리가 범인을 잡자. 여기 잠복해서."

꽈리의 말에 꺼실이는 어이없다는 눈빛으로 쳐다보았다.

"너, 잠복 작전에 너무 맛 들인 거 아냐?"

퉁명스럽게 쏘아붙이고 꺼실이는 비둘기 동산을 내려갔지만 꽈리는 포기하지 않았다.

"식신아, 넌 나랑 같이 잠복할 거지?"

"나도 집에 가봐야 해. 오늘 범인이 나타난다는 보장도 없잖아?"

"다들 꽁무니를 빼겠다 이거지? 좋아, 나 혼자라도 잠복해서 기필코 범인을 잡고 말 거야."

꽈리는 호기롭게 말하며 주먹을 불끈 쥐었다.

* * *

집으로 돌아온 식신이는 마음이 편치 않았다.

'날이 꽤 어두워졌는데 꽈리 혼자 괜찮을까? 저녁밥도 안 먹고 잠복하고 있는 거 아냐?'

걱정이 된 식신이가 전화를 걸자 꽈리는 나지막한 목소리로 받았다.

"왜 전화했어?"

"아직 비둘기 동산에 있는 거야?"

"다시 올 거 아니면 얼른 끊어. 범인에게 잠복하는 걸 들키면 곤란해."

꽈리는 황급히 전화를 끊었다.

'꽈리가 아무리 힘이 세다지만 여자인데⋯⋯.'
결국 식신이는 비둘기 동산으로 향했다.

* * *

다시 비둘기 동산에 온 식신이는 꽈리와 함께
잠복하기로 하고 벤치 뒤에 숨어서 옷이 쌓인 곳을 주시했다. 요 며칠 동안 계속 옷
을 버렸으니 오늘도 범인이 올 게 분명하다고 꽈리가 소곤거렸다.

아니나 다를까, 잠시 후 비둘기 동산을 향해 바삐 다가오는 검은 그림자가 나타났
다. 식신이는 숨이 막히는 것 같았다. 검은 그림자는 옷더미 앞에서 걸음을 멈추더
니 주위를 살폈다. 꽈리와 식신이가 있는 곳에서는 검은 그림자의 얼굴은 보이지 않
았다. 식신이는 두 다리가 오그라붙는 것 같았다. 순간, 곁에 있던 꽈리가 벌떡 일어
나더니 검은 그림자를 향해 다짜고짜 이단옆차기를 날리는 게 아닌가. "으악!" 하는
비명과 함께 검은 그림자가 쓰러졌다.

"너희는 친구도 몰라보냐?"

꽈리에게 차인 옆구리를 부여잡고 일어서는 검은 그림자는 꺼실이었다.

"여긴 웬일이야? 같이 잠복하려고 온 거야?"

꽈리가 물었다. '잠복'이란 말에 꺼실이는 살짝 당황하는 기색이었다.

"달빛이 좋아서 산책 나온 거야."

"산책을 왜 여기서 해? 난 범인인줄 알았잖아. 너 때문에 범인이 눈치 채고 안 나
타나면 어떡해? 다 네 잘못이야."

"그게 왜 내 잘못이야? 멍청하게 날 범인으로 착각한 너희들 탓이지."

그때 식신이가 목소리를 낮추면서 벤치 뒤쪽 나무를 가리켰다.

"저기 좀 봐!"

나무 뒤에서 또 다른 검은 그림자가 보이는가 싶더니 비둘기 동산 아래쪽을 향해
달려가기 시작했다. 꽈리는 검은 그림자가 사라진 쪽을 향해 재빠르게 뛰어갔다. 꺼
실이와 식신이도 뒤를 쫓았다. 고요한 달밤에 때 아닌 추격전이 벌어졌다. 검은 그림
자와 삼총사가 숨바꼭질하듯 쫓고 쫓기는 사이 어느새 마을 골목으로 접어들었다.
검은 그림자와 삼총사 모두 체력이 바닥나서 뜀박질이 차츰 느려질 무렵, 꽈리가 몸

을 날려 검은 그림자의 뒷덜미를 와락 움켜쥐었다.

"드디어 잡았다!"

* * *

"아니, 넌?"

검은 그림자의 주인공은 놀랍게도 성미산학교 6학년생 나나였다. 나나는 얼굴도 예쁘고 옷도 잘 입어서 성미산학교의 패셔니스타로 불리는 아이였다. 삼총사에게 붙잡힌 나나는 눈물을 훌쩍이며 횡설수설 변명을 늘어놓았다.

"엄마가 고등학생 언니가 입던 옷만 주고 새 옷을 안 사줘요. 난 귀여운 스타일의 옷이 좋은데 언니는 남자들이나 입는 헐렁한 옷만 좋아해요. 저번에도 나는 리본 달린 블라우스를 찜해놨는데 엄마는 언니가 입던 티셔츠나 입으라고 하고……."

"그래서 언니가 물려준 옷들을 몰래 버린 거야?"

"꼭 버리려고 한 건 아니에요. 하지만 입기는 싫어서……."

"버린 거 맞네, 뭐!"

"으앙! 다시는 안 그럴게요. 잘못했어요."

나나의 말을 가만히 듣고 있던 꽈리가 물었다.

"나나야, 너 아직 입을 수 있는 옷을 갖다 버린 게 잘못이란 건 알지?"

"네, 알아요."

"네가 진짜로 반성한다면 잘못을 만회할 기회를 줄게."

"정말요?"

"응. 네가 비둘기 동산에 버린 옷들을 되살림 가게에 가져가서 다른 옷으로 바꾸면 돼."

"되살림 가게요? 거기는 헌 물건들 사고파는 곳 아니에요?"

"맞아. 그런데 요즘 유행하는 옷도 꽤 있어. 잘 찾아보면 네가 좋아하는 스타일의 옷도 있을 거야. 내가 되살림 가게 옷을 많이 입어봐서 잘 알거든."

식신이와 꺼실이도 꽈리의 제안에 찬성했다. 나나가 언니에게서 물려받은 옷을 되살림 가게에 가져가서 다른 옷과 교환할 수 있다면 더 이상 비둘기 동산에 옷을 버리지 않아도 될 것이다.

"그렇게 할 거지?"

다짐하듯 꺼실이가 묻자 나나는 큰소리로 "네!" 하고 대답했다.

* * *

며칠 후, 삼총사는 되살림 가게에서 나나를 만났다. 엄마에게 옷을 버렸던 사실을 고백한 나나는 입고 싶지 않은 언니의 옷은 되살림 가게에서 원하는 옷으로 바꾸어도 좋다는 허락을 받았다고 했다. 삼총사는 기쁜 마음으로 나나가 옷을 고르는 걸 도와주었다. 비둘기 동산에서 벌어졌던 헌 옷 무단 투척 사건은 그렇게 해피엔딩으로 막을 내렸다.

소비를
부추기는
패스트 패션 !

날마다 새로운 제품들이 쏟아져 나온다. 사람들은 그때마다 열광한다. 새로운 제품이 나올 때마다 휴대전화와 노트북의 기종을 바꾸는 사람을 '얼리어답터'라고 한다.

계절마다 새 옷을 사 입으면 '패셔니스타'라는 찬사를 듣는다. 이런 식으로 버려지는 1년도 안된 핸드폰과 몇 번 입지도 않은 멀쩡한 옷은 다 어디로 가는 걸까?

우리나라 국민 1명이 70세까지 살면서 배출하는 생활 쓰레기는 무려 55톤이나 된다.

얼리어답터나 패셔니스타라고 자랑을 하는 사이에 자원은 낭비되고 새것이나 다름없는 상품들은 쓰레기가 되고 있다.

쓰레기의 경제학

'쓰레기'를 만들지 않는 게 자꾸 더워지는 지구를 위해서 할 수 있는 가장 손쉬운 방법이다. 즉, 쓰레기로 버려지는 것들을 재활용하거나 재사용하는 일 말이다. 물론 쓰레기를 재사용하고 자원을 재활용한다고 해서 지금 당장 지구의 온도가 내려가지는 않는다. 하지만 온실가스 배출량이 자꾸 늘어만 가는 현실을 개선하는데 영향을 미친다.

이를 적극 권장하기 위해서는 쓰레기를 줄이는 사람들에게 경제적 혜택이 돌아가도록 하는 제도가 필요하다. 쓰레기를 만들어내는 것에 대한 책임도 강화되어야 한다. 쓰레기를 많이 배출하는 기업에게 책임을 묻는 제도가 필요하고, 소비자는 소비자 주권을 발휘하여 기업이 이를 시정하도록 요구해야 한다. 재사용과 재활용에 관련된 다양하고 창조적인 직업도 많이 생겨야 한다.

쓰레기를 줄이려면?

● 헌 옷과 안 쓰는 장난감은 다른 사람에게 물려주자.

● 음식은 먹을 만큼만 덜어서 음식물쓰레기를 줄이자.

● 쓸데없는 포장을 하지 말고 포장지와 포장상자를 낭비하지 말자.

● 종이컵, 일회용 수저, 나무젓가락 등 일회용품 사용을 줄이자.

● 사용하던 용기에 내용물만 바꾸어 담아 쓰는 리필제품을 사용하자.

● 종이는 뒷면까지 사용하자.

● 남이 쓰던 가전제품을 재사용하자.

● 우수재활용인증마크가 찍힌 재활용 표시 제품을 사용하자.

● 병은 병끼리, 음식물쓰레기는 음식물쓰레기끼리, 쓰레기 분리 배출을 잘 하자.

● 한번 쓰고 버리는 비닐봉지나 쇼핑백 대신 장바구니를 사용하자.

매립

쓰레기를 땅에 묻는 방법이다. 2011년 환경부 자료에 따르면 우리나라의 쓰레기 매립시설은 모두 222곳이며 매립지 면적은 31,320,258㎡이다. 쓰레기를 매립하면 발생하는 가스로 발전을 하기도 한다. 그러나 토지를 오염시키고 악취가 발생하고 침출수로 인한 지하수 오염 등의 단점이 있다. 악취는 중화장치로, 침출수는 처리시설로 중화할 수 있지만 이런 시설을 가동하려면 결국 에너지가 소모된다.

소각

쓰레기를 완전히 태우거나, 남은 재를 매립하는 것을 말한다. 완전히 연소되지 않더라도 태우고 나면 쓰레기 부피는 80% 이상 줄어든다. 쓰레기를 연소할 때 발생하는 열로 지역난방을 하거나 증기터빈을 돌려서 전기를 생산하기도 한다. 마포 자원회수시설에서는 연소하고 남은 재로 보도블럭을 만들기도 한다. 쓰레기를 연소할 때 유해물질(다이옥신)이 발생한다는 게 단점이다.

해양 투기

정해진 해역에 산업폐기물과 배설물을 버리는 것이다. 그런데 무분별하고 과다한 폐기물 처리로 바다가 몸살을 앓고 있다. 통계청 자료에 의하면 우리나라는 2013년 한 해 동안 116만㎡, 즉 116만 톤의 해역배출을 했다. 1990년까지는 107만 톤이었는데 최근 15년 동안 993만 톤이나 바다에 버려졌다.

종이 유리 플라스틱

재활용

물건의 에너지를 보존하고 처리과정에서 환경오염이 적다는 점에서 가장 친환경적이다. 재활용이 가능한 쓰레기로는 종이류, 병류, 캔류, 플라스틱류, 고철류, 폐스티로폼 등이 있다. 분리 배출한 재활용품은 중간업체가 수거해서 다시 품목별로 재분류를 한 다음 세척하거나 재가공해서 사용한다.

패스트 패션이 쓰레기를 늘인다

패스트 패션은 빠르게 변하는 유행에 맞추어 새로운 디자인의 옷을 빨리 내놓고 그것을 빨리 소비하는 패션 형태이다. 패스트 패션 업체는 소비자 욕구 파악부터 디자인, 생산, 판매에 이르는 기간을 최소화하여 2주마다 전체 제품의 70%를 교체한다고 한다.

패스트 패션은 지구 환경에 부정적인 영향을 끼치고 있다. 하루가 다르게 바뀌는 유행은 옷을 더 자주 사게 만들고 잠깐 입었다 버리는 옷들은 쓰레기로 쌓인다. 케임브리지 대학이 조사한 결과, 2001년~2005년에 영국 여성복 판매율은 21% 증가했는데 의류 폐기물도 함께 증가한 것으로 나타났다. 현재 영국인 1명이 1년에 버리는 옷은 평균 30kg이다.

우리나라도 패스트 패션 시장 규모가 커지면서 의류 폐기물 발생도 함께 증가하고 있다. 삼성패션연구소에 의하면 2008년 5,000억 원 수준이던 국내 패스트패션 시장 규모는 2009년에 8,000억 원, 2010년에는 1조 2,000억 원으로 급속하게 늘어났다. 환경부에 따르면 의류폐기물 배출량은 2008년 5만 4,677톤, 2009년 5만 8,619톤, 2010년 6만 4,057톤으로 꾸준히 증가하고 있다. 이 통계는 패스트 패션이 성장할수록 더 많은 옷들이 버려지고 있다는 사실을 증명한다. 청바지의 무게를 1kg이라고 했을 때 2010년 한 해 동안 전국에서 6,405만 장의 청바지가 버려진 셈이다. 이는 환경의식이 점차 강화되면서 생활폐기물이 줄어드는 사회적 추세와는 상반되는 현상이다.

학교에서 개최한 벼룩시장에서 학생들이 책과 문구와 옷을 팔고 있다.

한 뼘
생각
키우기

❊ 최근 일주일간 내가 버린 쓰레기의 목록을 작성해보자.
❊ 내가 버린 쓰레기 목록 중에서 재사용할 수 있는 물건이 있었다면 잘 보이도록 표시하거나 잘 보이는 곳에 기록해둔다. (다음에 새 물건을 사거나 쓰레기를 버릴 때 참고가 된다.)
❊ 버려지는 재화를 재활용해서 새로운 물건을 만드는 회사와 제품을 조사해보자.
❊ 내가 가지고 있는 물건 중에 재사용된 게 있다면 무엇인지 찾아보자.

지구를 살리는 슬로 패션

슬로 패션은 환경적·윤리적 의미에서 보다 건강한 방식의 패션산업과 패션 추구 방식을 통칭하는 것이다.
친환경 상품 및 공정무역 상품을 만들고 유통하는 것만이 아니라,
자연 환경이나 사회에 공헌할 수 있는 상품을 구매하는 행동도 포함되어 있다.
따라서 슬로 패션은 공급자와 소비자가 상호 영향을 주고받는 소통의 방식이기도 하다.
광고와 마케팅에 의해 조성된 유행에 휩쓸려 개성을 잃기보다는
나만의 개성이 잘 드러나는 옷을 사 입거나 직접 만들어보는 건 어떨까?

슬로 패션은 지속가능한 패션, 에코(eco) 패션, 기존 제품에 재료나 형태를 수정하고 개량하는 리디자인(Re-Design) 패션, 버려진 소재를 재활용한 리사이클링(Re-Cycling) 패션, 재활용한 재료에 기술이나 디자인 감각을 더해 재생산하는 업사이클링(Up-Cycling) 패션 등을 포함한다.

지속가능성을 추구하는 슬로 패션은 경제적 측면뿐만 아니라 사회 윤리적 경영 및 공정무역 등의 건강한 유통과정을 포함한다. 무엇보다 중요한 것은 생산-소비-재생산이라는 물질의 순환구조가 만들어져야 한다는 점이다.

물질의 풍요로움보다 건강과 자연의 가치를 중요하게 생각하는 사람들이 늘어나고 있다. 섬유·의류업체를 포함한 패션산업도 환경 보호를 위한 새로운 기술 개발 및 쓰레기 매립 문제를 경영과 생산 과정에 반영하기 시작했다.

페트병으로 청바지를 만든다고?

재사용은 수명이 다해 버려지는 제품과, 제품을 만들고 남은 조각 등을 특별한 가공 없이 다시 사용하는 것이다. 재활용에 비해 에너지가 훨씬 적게 들고 버려지는 부분도 많지 않다. 대표적 브랜드로 아름다운 가게의 리사이클링 디자인 브랜드 '에코 파티 메아리(Eco Party Mearry)', 오르그 닷의 캐주얼 브랜드 'A.F.M' 등이 있다.

대형 의류기업인 '리바이스'는 페트병과 맥주병을 재활용해서 만든 '웨이스트리스(Waste Less)' 청바지를 만들기도 했다. 청바지 1벌을 만드는데 20%의 재활용 천과 8개의 페트병이 사용되었다고 한다. 2010년에는 자체 개발한 공법으로 생산과정에서 물 사용을 줄인 '워터리스' 청바지를 만들어서 1억7,200만ℓ의 물을 절약했다고 한다.

다른 사람의 삶에도 기여하는 패션

우리나라의 사회적 패션기업 '페어트레이드코리아'는 네팔, 방글라데시, 인도, 라오스, 베트남 등 5개국 24개 단체에서 가난한 여성들을 고용하여 자연소재 제품 의류, 가방, 머플러, 생활용품 등을 소량 생산한다. 페어트레이드코리아에서 만든 패션 브랜드로는 '그루(g;ru)' 등이 있다.

영국의 '피플 트리(People Tree)'는 환경운동가 사피아 미니가 친환경적이면서 윤리적인 옷을 만들기 위해 설립한 패션 브랜드이다. 화려하게 포장된 결과물보다 인간적인 제작 과정을 추구하는 '피플 트리'는 모든 상품에 유기농 직물과 재활용 소재를 사용하고 있다. 제3세계에 속한 10개국 150단체에서 수작업으로 제작하고 있으며, 노동자들에게는 정당한 대가를 지불하는 공정 거래를 실천하고 있다.

신발회사인 '탐스'는 'One for One' 기부로 유명하다. 소비자가 신발 한 켤레를 사면 제3세계의 어린이들에게 신발 한 켤레가 기부된다.

이밖에도 환경을 중요하게 생각하는 디자이너들이 자연으로 돌아갔을 때 분해기간이 짧은 재질로 작품을 만들기도 하고, 새로운 기술을 개발해서 옥수수 등 식물성 원료로 만든 옷이나 소품이 점차 많아지는 추세이다.

그린 디자인과 에코 디자인

생활에서 쓰이는 물건들이 다양하게 변화하고 있다. 지구 환경 문제의 근본적 해결책으로 제시되는 새로운 방식의 디자인이 들어간 물건들이 우리 생활 속으로 들어오고 있다. 소소한 생활용품부터 먹을거리, 가구, 건축물에 이르기까지 친환경, 생태, 오가닉 등의 단어가 더 이상 낯설지 않게 쓰이고 있다. 물건의 재료, 만들고 쓰이는 과정에서 소모되는 에너지, 만드는 공정, 폐기되는 과정 등에 환경적 요소를 고려하는 새로운 방식의 디자인을 그린 디자인, 에코 디자인이라고 부른다.

그린 디자인(Green Design)은 재활용과 재사용을 위해서 소재의 순수성을 높이는 디자인이다. 에코 디자인(Eco Design)은 제품의 전 과정에서 환경 피해를 줄이고, 제품 수명이 길어서 오랫동안 사용할 수 있고, 사용이 끝나면 재활용과 폐기가 쉽도록 설계하고, 생산단계부터 환경에 미칠 영향을 고려해서 제품과 포장을 설계한 디자인이다.

온실가스 배출이 국제적 관심사가 된 지금, 세계 각국의 환경정책은 산업제품 중심으로 이동하고 있다. 기업들은 제품의 환경적 영향과 비용, 품질, 생산성 등을 고려해서 최적의 제품을 만드는 에코 디자인을 속속 적용하고 있다. 온실가스 배출량을 정량화하는 '탄소 목록(인벤토리) 시스템'을 생산 공장에 도입하는 기업도 생기고 있다. 이러한 변화를 만들어가는 주인공을 에코 디자이너 혹은 에코 크리에이터라고 부른다.

잠자는 옷을 깨우자

주인의 사랑을 잃고 컴컴한 옷장에서 잠자고 있는 옷들에게 새로운 생명을 부여하는 일은 작은 노력만으로도 충분히 가능하다. 우선 내 옷장을 살펴보는 일부터 당장 시작하자.

[옷장 조사]

우리 집 옷장에는 무슨 옷이 있고, 언제 구입했는지, 지금도 사용하고 있는지, 사용하지 않는다면 이유는 무엇인지 등을 기록한다. 정보를 효과적으로 공유하기 위해 사진을 찍어 자료로 남기는 게 좋다.

[조사 내용 발표하기]

수업시간에 조사 내용을 발표하고 의견을 나눈다. 생각보다 훨씬 많은 옷과 물건들이 옷장에서 발견될 것이다. 나에게는 필요 없지만 다른 친구들이 쓰고 싶어 하는 게 나오는 등 주변 사람들과 나눌 수 있는 물건이 꽤 될 것이다. 사진을 보면서 정보를 공유하거나, 직접 물건을 가지고 와서 보여주면 효과적이다.

[교환하기]

즉시 사용할 수 있는 상태의 물건은 아나바다 장터 방식이나 물물교환 방식으로 서로 교환할 수 있다. 이때 경제적, 사회적, 환경적 조건, 개인의 선호 등 몇 가지 기준으로 물건의 가치를 매기는 방식은 옷을 매개로 새로운 공부를 하는 좋은 방법이다.

[수선하기]

당장 사용할 수는 없지만 단추 달기, 지퍼 고치기, 바느질하기 등 간단한 손질만으로도 괜찮은 옷은 즉시 수선한다. 크기나 모양이 맞지 않아서 그대로 쓰기에 무리가 있는 옷은 시간을 들여 수선한다.

[리폼 또는 리 디자인]

인기가 별로 없는 옷들은 모아서 아이디어를 내보자. 새로운 디자인을 구상해서 종이로 본을 만들거나 옷감에 직접 그려 넣는다. 수업시간에 배운 재단과 바느질을 활용해서 천을 이어 붙이거나 주머니와 지퍼를 따로 떼어내는 등 새로운 디자인의 옷을 만들어보자. 티셔츠가 앞치마가 되거나 앙증맞은 학용품 주머니, 그럴듯한 원피스 치마가 탄생하기도 한다.

[재사용 가게 활용하기]

남은 옷들은 세탁을 하거나 수선을 해서 가까운 재사용 가게로 보내거나 의류 재활용함에 넣어도 좋다. 성미산마을의 경우 대부분의 옷이나 물건은 되살림 가게로 보내진다. 우리 마을의 누군가가 예쁘게 입어주겠지?

옷을 새로운 기능과 디자인으로 리폼 하는 수업.
모두 손바느질로 작업했다.

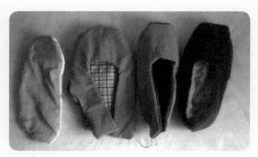

청바지를 활용해서 만든 실내화

현수막 재활용하기

한번 쓰고 버려지는 광고 현수막이 곳곳에 가득하다. 각종 행사에 빠지지 않고 등장하는 안내 현수막은 행사가 끝나면 버려지는 경우가 많다. 새것이나 다름없는 현수막을 일회용으로 사용하고 버리는 일을 반복해야 하는 걸까? 바늘과 실에 약간의 손작업만 보태서 다 쓴 현수막을 멋진 작품으로 재탄생 시켜보자.

[현수막 사용 현황 조사하기]

학교나 지역사회에서 매년 열리는 행사를 알아본다. 입학식, 졸업식, 학기말 발표회, 지역축제 등 각종 행사 중 현수막을 제작하는 행사를 확인한다. 행사 이외에 학교, 학급, 가정에 필요한 정보 알림천이 필요하다면 함께 조사한다.

[현수막 필요성 토론하기]

조사한 내용을 발표 등의 방식으로 공유하고 현수막이 꼭 필요한지에 대해 토론한다. 찬성과 반대로 나누어서 각각의 입장을 대변해보는 것도 좋다. 현수막 말고도 자원을 낭비하지 않고 행사를 알리는 방법이 있는지 아이디어를 모은다.

[현수막 선정 토의하기]

현수막이 꼭 필요한 행사가 있는지 서로 이야기해보고, 직접 만들 현수막을 1~2개 정도로 선정한다.

[행사를 주최 측에 제안하고 도안 만들기]

선정한 행사를 주최 또는 주관하는 측에 학생들이 현수막 제작에 참여할 수 있는지 문의한다. 참여가 결정되면 도안을 만든다. 참여하는 인원이 많으면 여러 행사를 선택해도 좋다. 참여가 불가능하다면 학급의 급훈이나 동아리 정보 알림 등 용도에 맞는 현수막을 자유롭게 만든다.

[자투리 천, 헌 옷, 쓰지 않는 장신구 등을 활용하기]

바탕이 되는 천은 아무것도 인쇄되어 있지 않은 기존 현수막의 뒷부분을 활용하거나 버려진 커튼 등을 재사용한다. 글자마다 자투리 천, 안 쓰는 모자, 단추 등 다양한 재료를 배치하고 손바느질을 시작한다. 현수막이 크면 한두 글자로 나누어 바느질을 한 후 마지막에 이어 붙이면 된다. 우리나라의 조각보나 서양의 퀼트처럼 여럿이 힘을 모아 작품을 완성하는 방식이다. 바느질을 하는 동안은 분위기가 차분해지므로 친구들과 이야기를 나누며 한 땀 한 땀 바느질에 집중한다.

● 시간이 촉박하거나 일감이 많으면 재봉틀을 사용할 수도 있다. 하지만 되도록이면 손바느질을 권한다. 단추 달기나 교복 밑단 꿰매기 등 일상생활에 필요한 간단한 바느질을 익히는데 도움이 된다.

● 바느질은 단단하게 고정될 수 있도록 박음질을 기본으로 하되 천의 두께와 모양, 재료의 특성에 맞게 선택한다.

● 바늘과 가위 등은 잘못하면 다칠 수도 있으므로 안전하게 사용하도록 주의를 기울인다.

2005년 성미산마을 골목길 축제에 걸린 현수막. 생협의 생태마을주민소모임 멋진지렁이팀이 헌옷 등을 모아 꼴라주 형식으로 바느질을 해서 만들었다. 소모임 주민들이 한 글자씩 나누어서 만들었고, 전체 글자를 배경 천에 바느질로 붙이는 작업은 공동으로 했다.

피자의 모든 재료를 합산한 푸드 마일리지는 무려 40,080km로
지구를 1바퀴 도는 거리와 맞먹었고
배출된 이산화탄소의 양은 1,202.4톤이었다.
"피자 1판에 들어가는 재료가 이동한 거리를 다 합하면
지구 1바퀴를 돈다는 거지?"

에너지교실 ⑩

지구를 한 바퀴 돌아서 온 피자 한 판

지구를 한 바퀴 돌아서 온 피자 한 판

생태수업이 끝나자마자 꽈리는 머리를 긁적이면서 꺼실이에게 물었다.

"그러니까 푸드 마일리지라는 게 우리가 먹은 음식하고 그걸 생산한 지역 사이의 거리를 잰 거란 말이지?"

"맞아. 우리가 비행기를 타면 마일리지가 쌓이잖아? 푸드 마일리지도 그런 거야."

꺼실이가 모처럼 상냥하게 설명하자 옆에 있던 식신이도 끼어들었다.

"먹는 음식에 마일리지가 쌓여봤자 얼마나 쌓이겠어? 우리 집에서 먹는 쌀은 경기도 이천에서 온 거라던데, 이천은 서울에서 가깝잖아. 비행기도 타지 않고 자동차로 금방 가는 곳인데."

"음식이 밥밖에 없냐? 고기랑 채소랑 과일도 있잖아."

꺼실이의 핀잔에 식신이가 고개를 갸우뚱거렸다.

"하긴 내가 아침에 먹은 바나나는 필리핀산이었어. 그럼 바나나에도 비행기를 타고 필리핀에 간 것만큼 마일리지가 쌓이는 거야?"

"나도 아침에 뉴질랜드산 수입 치즈를 먹고 왔어. 이런 식이라면 우리가 먹은 음식으로 쌓은 푸드 마일리지만으로도 지구를 몇 바퀴나 여행하겠는 걸."

꽈리가 눈을 똥그랗게 뜨며 말했다.

"에이, 설마!"

식신이는 그렇게 말했지만 꽈리의 눈은 호기심으로 반짝였다.

"정말 지구를 몇 바퀴나 돌 수 있는지 우리가 직접 푸드 마일리지를 재볼까?"

"그걸 확인해서 뭐하게? 푸드 마일리지가 쌓인다고 비행기 마일리지처럼 여행을
갈 수 있는 것도 아니잖아."

"생태수업에 자유 주제 과제로 제출하면 좋잖아. 제목은 '우리가 즐겨 먹는 음식
의 푸드 마일리지', 어때?"

"먹는 게 주제라면 나는 무조건 찬성!"

조금 전까지만 해도 심드렁하던 식신이가 신이 나서 맞장구를 쳤다.

"완전 괜찮지? 그런데 어떤 음식의 마일리지를 재지? 넌 뭐가 좋겠어?"

"당연히 피자지! 아냐, 햄버거도 있지. 아, 핫도그랑 불고기도 있네."

식신이는 푸드 마일리지가 아니라 음식 자체에 더 관심이 많아보였다.

"피자로 해. 토핑이 많아서 조사할 것도 많잖아."

잠자코 있던 꺼실이가 불쑥 끼어들었다. 자유 주제 과제를 고민하고 있던 꺼실이
에게 '마일리지 측정보고서'는 꽤 괜찮은 아이디어였다. 그 모습에 식신이가 은근
히 놀리는 투로 말했다.

"우와, 웬일이니. 꺼실이가 꽈리의 제안을 다 접수하다니."

* * *

三총사는 성미산학교에서 가까운 「오두막 피자」로 갔다.

"무엇을 주문하시겠습니까?"

보조개가 예쁜 점원 언니가 다가와서 물었다.

"저희는 피자를 먹으러온 게 아니고요, 피자의 푸드 마일리
지를 재러 왔어요."

"푸드 마일리지라고요?"

점원이 어리둥절한 표정을 짓자 삼총사는 앞 다투어 푸드 마일리지에 대해 설명

하기 시작했다.

"푸드 마일리지 모르세요? 그게 뭐냐면요…….."

"비행기 마일리지처럼 음식에도 마일리지가 쌓이는 건데요…….."

"얘들아, 잠깐만!"

당황한 점원 언니는 두서없이 떠들어대는 삼총사를 진정시켜야만 했다.

* * *

잠시 후 오두막 피자의 점원들은 모두 모여서 삼총사를 힐끔 힐끔 쳐다보며 수군거렸다. 점원들은 삼총사에게 음식재료 원산지를 공개해도 되는지에 대해 회의를 하는 중이었다. 오두 막 피자에서 일한 지 3년이 넘었다는 남자 점원이 퉁명스럽게 말 했다.

"음식재료 원산지를 알려달라는 손님은 처음 봐요. 게다가 애들이 잖아요. 장난일 수도 있어요."

"맞아요. 피자를 공짜로 얻어먹고 싶어서 저러는 거 아닐까요?"

가만히 듣고 있던 보조개 언니가 입을 열었다.

"제가 보기에 나쁜 애들 같지는 않아요. 학교에 낼 보고서 때문이라잖아요."

생각에 잠겨 있던 지배인 아저씨가 천천히 말했다.

"저는 원칙적으로는 고객들에게 음식물의 원산지를 공개하는 게 옳다고 봅니 다. 푸드 마일리지라는 걸 측정하는 것도 의미가 있을 것 같고요. 애들한테 알려줍 시다."

* * *

마침내 삼총사에게 음식보관실에 들어가서 피자재료들의 원산지를 조사할 기 회가 주어졌다. 보조개 언니가 삼총사와 함께 보관실에 따라 들어와서 조사 를 도와주었다.

"오이는 경기도 양주에서 왔어. 오이상자에 그렇게 적혀 있네."

꽈리가 말했다.

"치즈는 뉴질랜드산이네."

꺼실이는 영어가 적혀 있는 상자를 보며 말했다. 보조개 언니는 꺼실이와 꽈리의 행동을 미소 띤 얼굴로 쳐다보고 있었다. 식신이는 주방에서 풍겨 나오는 피자 냄새 때문에 반쯤 넋이 나간 표정이었다. 결국 식신이는 내버려둔 채 꽈리와 꺼실이가 음식보관실을 돌아다니면서 피자재료들의 원산지를 확인했다.

피자에 들어가는 음식재료와 그것들의 원산지를 모두 확인한 삼총사는 학교로 돌아와서 푸드 마일리지를 측정했다. 서울에서 음식재료 생산지까지의 거리는 인터넷 사이트의 km측정기로 쉽게 알아낼 수 있었다.

- 오두막 피자의 푸드 마일리지 -

소고기 : 호주산(8,100km), 치즈 : 뉴질랜드산(9,993km)

토마토 : 국내산(193km), 오이 : 국내산(150km)…….

결과는 놀라웠다. 피자의 모든 재료를 합산한 푸드 마일리지는 무려 40,080km로 지구를 한 바퀴 도는 거리와 맞먹었고 배출된 이산화탄소의 양은 1,202.4톤이었다.

"피자 1판에 들어가는 재료가 이동한 거리를 다 합하면 지구 1바퀴를 돈다는 거지?"

"그만한 거리를 비행기로 여행했다면 제주도, 아니 미국도 공짜로 다녀올 수 있는 마일리지가 쌓이겠다."

너무나 엄청난 피자의 푸드 마일리지를 믿을 수 없었던 꺼실이는 몇 번이나 계산기를 두드려보았지만 결과는 똑같았다. 꽈리와 꺼실이는 찜찜했다. 모르고 있었다면 좋았을, 아니 모르고 지내야 마음이 편했을 사실을 알아버렸기 때문이었다.

가까운 먹을거리가 좋아

서양 음식인 피자와 햄버거에만 수입재료가 들어가는 게 아니다. 우리 음식인 미역국과 콩자반에도 호주산 쇠고기와 중국산 콩이 재료로 쓰인다. 오렌지, 바나나, 키위 등 평소 먹는 과일도 대부분 수입산이다. 먼 곳에서 온 음식이 토종음식을 밀쳐내고 있는 것이다. 이런 음식들의 푸드 마일리지까지 생각한다면, 우리의 밥상은 이산화탄소 밥상이라고 해도 과언이 아니다.

지금 내가 먹고 있는 것은 음식일까 이산화탄소일까?

음식의 여정, 푸드 마일리지

1994년 영국의 환경운동가 팀 랭이 창안한 푸드 마일리지는 음식재료가 생산, 운송, 소비되는 과정에서 발생하는 환경부담 정도를 나타내는 지표이다.

수입식품의 소비가 일상화되면서 푸드 마일리지도 높아지고 있다. 어떤 음식의 푸드 마일리지가 높다는 건 그 음식의 재료들이 비행기나 배, 자동차로 옮겨지면서 석유를 많이 썼다는 뜻이다. 음식이 이동하는데 석유가 많이 쓰일수록 이산화탄소도 많이 배출되고, 이는 곧 지구 온난화에 영향을 미친다. 먼 곳에서 온 음식을 먹는 건 결국 지구 온난화를 재촉하는 일이다.

푸드 마일리지 측정법

푸드 마일리지는 '식품 수송량(단위:톤)×생산지와 소비자 간의 수송 거리(단위:km)'이다. 호주에서 수입한 쇠고기로 만든 불고기 1톤의 푸드

마일리지를 계산해보자.

① 쇠고기는 호주 다윈에서 배로 6,023km를 이동하여 한국에 도착한다.

② 다시 트럭에 실려 대형 할인마트로 옮겨진다.

③ 사람들이 자동차를 타고 마트에 가서 쇠고기를 구입하다.

④ 구입한 쇠고기에 인도네시아산 후추(5,371km 이동)와 중국산 고춧가루(594km 이동)를 넣어 양념을 한다.

⑤ 쇠고기, 후추, 고춧가루의 이동 거리를 모두 합하면, 불고기의 푸드 마일리지는 1톤당 11,988t-km가 된다. 지구 1바퀴는 4만km이므로 지구를 1/4바퀴 돌아서온 불고기를 먹는 것이다. 우리 식탁에 올라오는 음식재료와 양념이 이동한 거리를 다 합하면, 1끼에 먹는 음식만으로도 지구를 1바퀴 도는 건 어려운 일이 아니다.

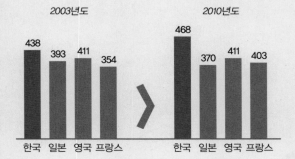

국가별 1인당 식품 수입량 (단위 : kg)

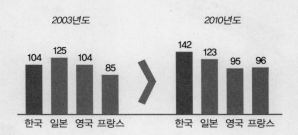

국가별 1인당 CO$_2$ 배출량 (단위 : kgCO$_2$)

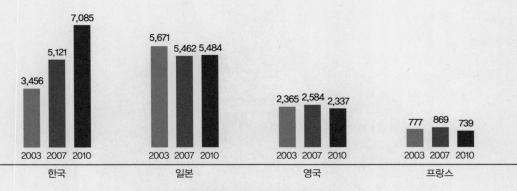

국가별 1인당 푸드 마일리지 (단위 : t·km/인)
출처 : 국립환경과학원

우리나라의
푸드 마일리지는?

환경부 국립환경과학원이 곡물, 유량종자, 축산물, 수산물 등 9개 품목을 대상으로 4개국의 푸드 마일리지를 조사한 자료에 의하면 우리나라 국민 1인당 푸드 마일리지는 7,085t·km로 가까운 일본과 환경선진국인 영국이나 프랑스보다 크게 높은 수준이다. 게다가 2003년 이후 일본, 영국, 프랑스의 푸드 마일리지는 소폭 감소한 것과는 대조적으로 우리나라의 푸드 마일리지는 매년 10%씩 증가하고 있다.

우리나라는 푸드 마일리지에 영향을 미치는 식품 수입량 및 이산화탄소 배출량 비교 대상 국가 중 1위를 차지하고 있다(2010년 기준). 우리나라 국민 1인당 식품 수입량은 468kg/인으로 일본의 1.3배이다. 이산화탄소 배출량은 국민 1인당 142kgCO$_2$/인으로 2003년에 비해 큰 폭(36.5%)으로 증가했다.

로컬 푸드란?

로컬 푸드(local food)는 가까운 지역에서 생산한 농산물을 뜻한다. 거리만이 아니라 생산된 지역의 환경을 고려한 지속가능한 농사법으로 건강한 농산물을 키워서 흙도 살리고 물도 살리는 것까지 포함한다. 일반적으로 반경 50km 이내에서 생산된 농산물을 말하는데, 우리나라는 국내산을 로컬 푸드라고 한다.

로컬 푸드 운동

로컬 푸드 운동은 환경을 살리고 사람들 건강을 지키기 위해 지역에서 생산된 먹을거리를 해당 지역에서 소비하자는 운동이다. 아울러 생산자와 소비자의 사회적 거리를 좁히고 공동체를 일구려는 노력이기도 하다. 지속가능한 농업을 지원하여 농민은 생산 활동을 안정적으로 하고, 소비자는 안전한 먹을거리를 제공받는다는 의미도 포함하고 있다. 로컬 푸드 운동은 지역경제 발전으로 이어져서 일자리를 창출하고 불필요한 유통구조를 없애 사회적 비용을 줄이기도 한다.

그냥 아무생각 없이 먹어서는 안되겠구나. 나도 지구도 더 건강해지는 로컬 푸드를 애용해야겠어!

세계의 로컬 푸드 운동

● 한국

2008년 전북 완주군이 국내 최초로 로컬 푸드 운동을 도입한 이후 점차 확산되고 있다. 주요 활동으로 꾸러미 사업, 지역 직거래장터, 생활협동조합, 농민장터, 지역 급식 운동 등이 있다.

꾸러미 사업
지역에서 생산된 제철 농산물을 도시 소비자에게 공급하는 먹을거리 배송사업(완주 건강한 밥상, 공주 공생공소, 청송 푸른솔, 춘천 봄내살림 등).

지역 직거래 장터
농가가 생산한 신선한 먹을거리를 지역 소비자가 값싸게 구매할 수 있는 '당일 생산 당일 소비'를 원칙으로 하는 매장(2012년 4월 전북 완주군에 전국 최초의 '로컬 푸드 1일 유통 직매장' 개장).

생활협동조합
시장가격의 변동과는 상관없이 조합원들이 공급량과 수요를 기준으로 가격을 결정하고 운영(한살림, 아이쿱생협, 두레생협 등).

친환경 로컬 푸드 레스토랑
로컬 푸드 레스토랑에서는 그 지역의 농민이 재배한 농산물을 재료로 하고 조미료를 쓰지 않는 건강한 조리법으로 만든 음식을 맛 볼 수 있다. 전북 완주군에는 고산면의 채식전문 '아하라', 봉동읍의 한식뷔페 '새참수레', 삼례읍의 어머니 밥상 '비비정' 등 여러 로컬 푸드 레스토랑이 성황리에 운영되고 있다.

● 일본

지역에서 생산한 농산물을 지역에서 소비하는 '지산지소(地産地消)운동'을 1980년대 초에 시작하였으며, 이후 지역생산·지역소비의 차원을 넘어서 지역운동으로 발전했다.

산지 직판장

소규모 상설매장, 부정기 직판장, 아침시장 등 다양한 형태로 운영되고 있다. 소량 다품목 위주로 농축산물 및 가공품을 판매한다.

학교급식

90% 이상의 초중고교가 지역에서 생산된 채소, 쌀, 과일 등으로 급식을 하고 있다. 생산자는 학교에 필요한 품목과 규격의 농축산물을 생산해서 공급한다.

● 미국

공동체 지원 농업(CSA) 프로그램과 농민시장 (farmer's market)이 미국 로컬 푸드 정책의 핵심이다.

1986년에 시작한 공동체 지원 농업 프로그램은 생산자와 소비자가 1년 단위로 계약하는 회원제 직거래 시스템이다. 소비자는 1년 치를 미리 출자해서 신선한 농작물을 장기적으로 공급받고 생산자는 안정적인 판로를 보장받는 구조이다.

농민시장은 1976년에 농무부가 직거래를 인정하는 법을 제정하면서 활기를 띠기 시작했다. 농민시장 지원을 위해 정부 유관부서들이 유기적 협력체계를 구축했다.

● 캐나다

2005년 3월, 밴쿠버의 앨리사와 제임스가 100마일 반경 이내에서 생산된 먹을거리만 섭취하는 '100마일 다이어트' 운동을 전개했다. 2006년에는 지역 먹을거리 운동을 위한 '100마일 다이어트 소사이어티'를 설립했다.

이후 캐나다뿐만 아니라 미국에도 영향을 미쳐서 뉴욕에서는 농산물이 가장 풍성하게 수확되는 9월 한 달 동안은 뉴욕 주에서 생산된 식료품만 이용하자는 운동으로 확산되었다.

(참조 : 로컬 푸드에 대한 이해, 차미경, KB경영연구소, 2012)

	로컬 푸드	글로벌 푸드
생산자	판매 이윤 증가로 농민의 소득 증대 농민과 소비자 간 소통과 거래 증가로 지속적인 영농 가능 농경지의 효율적인 활용	영농 기반 파괴 단작농업으로 농업의 다양성 악화 농민소득 감소
소비자	신선하고 안전한 먹을거리 확보 먹을거리의 생산자 확인에 따른 신뢰 확보 농산물 구입자금을 지역 생산자에게 제공함에 따라 먹을거리의 품질향상	지역 농산물을 접할 기회 감소 약품 처리 등 건강에 부정적 영향
환경	친환경 농업에 의한 영농의 지속 및 생물 다양성의 유지 먹을거리의 이동거리 축소로 이산화탄소 방출량 감소	농약 사용으로 인한 환경 파괴 단작으로 인한 생태계의 불안

(출처 : 완주 로컬 푸드 홈페이지)

얼굴 있는 시장 마르쉐@

파머스 마켓은 생산자인 농민이 스스로 농산물을 판매하는 로컬 푸드 유통공간이다. 파머스 마켓의 먹을거리는 그 어느 로컬 푸드보다 이동 거리가 짧고 충실한 로컬 푸드로서 CSA와 더불어 도시에서의 지속가능한 먹을거리의 핵심적 요소로 전 세계로 확산되고 있다. 미국의 경우 1994년 1,755개소에 불과하던 파머스 마켓은 2012년 7,864개로 4.5배나 늘어났다. 오바마 대통령 부부의 노력으로 2009년 백악관 뒷길에도 파머스 마켓이 들어섰다.

한국의 서울에도 파머스 마켓이 자리 잡고 있다. 2012년 10월부터 대학로 마로니에 공원 일대에서 매월 두 번째 일요일에 열리는 '농부와 요리사와 수공예가가 함께 만드는 도시시장 마르쉐@혜화동'이 그것이다.

마르쉐@은 생산자와 소비자가 직접 만나는 얼굴 있는 시장을 지향한다. 마르쉐@에는 작은 농부들의 텃밭 농산물과, 생태적 삶에 관심 있는 요리사와 수공예가들이 만든 다양한 먹을거리와 부엌살림들이 시민들과 만나고 있다.

(사진 및 자료 제공 : 마르쉐@ 고상석)

'할머니의 밥상' 프로젝트

성미산학교 4, 5학년 통합 학급은 의식주를 주제로 프로젝트를 진행하고 있다. 그 프로젝트 중 하나가 '할머니의 밥상'이다. '할머니의 밥상'은 자기들이 먹고 싶은 것을 요리하던 아이들이 당뇨를 앓으시는 할머니를 알게 되면서 그 분에게 맞는 요리를 해드리고 싶은 마음에서 출발했다. 정성스럽게 만든 음식을 맛있게 드시는 할머니를 보면서 아이들은 '밥'이 돌봄과 소통의 매개가 된다는 것을 경험했다. 건강한 밥상은 지역사회에도 영향을 미친다는 것을 깨닫게 해준 '할머니의 밥상'은, 2013년부터는 부모님들과 함께 동아리를 만들어서 꾸준히 이어가고 있다.

한 뼘 생각 키우기

❈ 푸드 마일리지의 개념을 나의 생활과 연결하여 생각해보자.
❈ 수입식품은 지구 온난화 현상을 부추긴다. 그 이유는 무엇일까?
❈ 푸드 마일리지를 줄이려면 어떤 노력을 해야 하는지 적어보자.
❈ 사는 곳과 가까운 지역에서 생산한 음식을 로컬 푸드라고 한다. 로컬 푸드를 먹으면 좋은 점 3가지를 적어보자.
❈ 우리 집 밥상의 푸드 마일리지를 측정해보자.
❈ 세계 각국에서 하고 있는 로컬 푸드 운동을 조사해보자.

먹을거리와 자원순환

100여 년 전만 해도 우리는 자급자족에 가까운 생활을 했다.
지역에서 나고 자란 제철 채소와 곡물이 늘 밥상에 올랐고, 집에서 키운 돼지와 닭이 소중한 단백질 공급원이었다.
그런데 지금은 어떠한가? 각종 수입 식품과 햄, 소시지 등 가공식품이 밥상을 점령해버렸다.
우리가 수입 식품을 즐겨먹고 가공식품의 달고 짜고 자극적인 맛에 길들여지는 동안
비만과 당뇨병과 고혈압 등 성인병 환자가 점점 늘고 있다.

먹을거리는 살아있는 모든 존재에게 에너지를 공급한다. 인간과 동물은 먹을거리를 통해 생존에 필요한 영양을 공급받고, 그 과정에서 발생하는 쓰레기 또한 다른 생명체(흙에 있는 다양한 미생물)에게 에너지가 된다. 이는 쓰레기가 흙으로 돌아가는 자원의 순환이 이루어질 때의 이야기이다.

과거 전통사회에서는 인분을 가축 먹이나 밭에 주는 퇴비와 거름으로 활용했다. '음식 → 똥 → 거름 → 음식'으로 지구의 자원이 자연스럽게 순환되면서 지금보다 쓰레기를 훨씬 적게 배출했다. 하지만 현대 도시사회에서는 전통사회와 같은 순환 고리를 찾기 힘들다. 많은 현대인들은 똥을 더러운 것, 혐오스러운 쓰레기로 인식하고 있다. 게다가 '음식 → 똥 → 수세식 변기 → 희석수 → 하천 방류'로 처리되면서 자원이 순환되지 못하고 있다.

자원이 순환되지 못하면 쓰레기가 늘어날 수밖에 없다. 쓰레기는 매립하거나 화학처리 또는 방류하는 과정에서 다량의 온실가스를 배출한다. 지구 환경을 살리기 위해 자원의 순환 고리를 다시 잇는 방법은 없을까?

농촌에서는 화학비료가 아닌 자연 퇴비를 사용하고, 도시에서는 가까운 지역의 건강한 식재료로 요리를 하자. 로컬 푸드는 수입 식품과 달리 이동하는 과정에서 에너지를 많이 소비하지 않으므로 온실가스 배출량도 그만큼 줄어든다.

우리 집 밥상은 어떻게 만들어지나?

매일 접하는 우리 집 밥상부터 온실가스를 줄여보자. 되도록이면 제철 농산물을 먹고 가공식품은 적게 먹는 게 중요하다. 가공식품은 만드는 과정에서 많은 에너지를 사용할 뿐만 아니라, 오랜 시간 보관하고 먼 거리를 유통시키기 위해 건강에 해로운 첨가물을 포함한다.

재료를 선별하고, 조리 과정을 탐구하고, 실제 요리 과정을 진행해서 밥상에 올리고, 뒷마무리하는 것까지, 전체 과정을 살펴보면서 음식의 고마움과 소중함을 새삼 느껴보자.

우리 마을 가게 '생협'

생활협동조합(생협)은 소비자가 중심이 되어서 건강한 먹을거리를 생산하고, 유통하고, 소비하고, 폐기하는 과정을 진행하는 곳이다. 2001년 150명의 조합원으로 시작하여 2009년 1,900명으로 성장한 울림두레생협은 건강한 농산물과 공정무역 상품, 친환경 공산품 등을 취급하고 있다.

우리 집 밥상 탐구하기

[식단 조사하기]

밥상을 그림으로 그리거나 식단표로 정리한다. 김치찌개, 된장찌개, 생선구이, 나물반찬 등 일반적인 밥상과 치킨 및 피자 등 배달음식, 외식 상차림까지 조사한다.

[요리재료 원산지 살펴보기]

가공식품은 포장지 뒷면에 원산지가 표기되어 있다. 전통시장에서 판매하는 것도 원산지표기법에 의해 국내외를 구분하여 표기하게 되어 있다. 그래도 원산지를 알 수 없는 재료는 빈칸으로 둔다.

[분석하기]

지도나 거리표 작성하기 방식으로 농산물이 이동한 거리를 표기하고 로컬 푸드가 얼마나 되는지 살펴본다. 로컬 푸드가 아니거나 건강하지 않은 식재료가 포함되어 있으면 원인을 파악하고 대안을 모색한다.

[로컬 푸드를 주제로 한 요리]

로컬 푸드가 아닌 재료가 포함된 음식을 몇 가지 선택하여 로컬 푸드로 요리를 하는 계획을 세운다. 이때 요리의 양은 참여자의 수와 요리도구 등 조건에 따라 달라질 수 있다. 요리할 음식이 정해지면 요리하는 전 과정을 기록할 준비를 한다. 요리법을 적거나 흐름도를 그릴 수도 있다.

[장보기]

전통시장, 가까운 생협매장, 유기농매장 등에서 가까운 지역에서 생산된 건강한 농산물을 구입한다. 주변 지역에서 생산된 것이 없다면 국내산을 구입한다. 가공식품을 멀리하고 되도록 포장이 안 된 걸 고르고 장바구니를 준비하는 것도 잊지 말자.

[장본 재료 살펴보기]

원산지, 성분표, 제조일자, 유통기한 등을 확인한다. 내가 사는 곳에서 얼마나 멀리 떨어진 곳에서 만들어졌는지도 살펴본다.

[요리하기]

만드는 과정이 복잡하지 않고, 에너지를 덜 쓰는 조리 방법을 선택한다. 손쉽게 만들면서 재료가 가진 영양분을 최대한 살리는 게 내 건강을 지키고 지구 환경도 지키는 일이다.

[요리 나누기]

함께 요리한 사람들과 음식이 남지 않도록 고르게 잘 나누어서 먹는다. 정성과 노력을 담은 요리는 만드는 과정도 즐겁지만 나누는 과정은 더욱 즐겁다.

[뒷정리하기]

요리의 완성은 설거지라는 말이있다. 마무리 과정까지 즐거운 마음으로 참여하자. 음식물쓰레기는 소금기와 물기를 최대한 제거하고 음식물쓰레기 종량제 봉투에 담아 지정된 장소에 버린다. 음식물쓰레기는 동물의 사료로 재활용되기도 하므로 다른 이물질이 들어가지 않도록 조심하자.

[평가, 혹은 소감 나누기]

로컬 푸드를 주제로 차린 나의 밥상이 우리 모두의 밥상으로 연결되는 경험을 하면서, 이 모든 게 지구의 환경과 연결되는 일이라는 것을 생각하고 토의해보자.

우리 집 밥상 탐구하기 수업 중 요리하기 단계

'내 자식 같은 토마토랑 고추야, 얼른 얼른 자라다오.
토마토가 열리면 맛있게 먹고, 내 고운 피부를 위해서 팩도 해야지.
풋고추는 아빠께 드리고 빨갛게 익으면
엄마보고 빻아서 고춧가루를 만들라고 해야지.'

에너지교실 ⑪

꺼실이,
도시 농부가 되다

꺼실이,
도시 농부가 되다

꺼실이는 세수를 하고 거울을 보다가 흠칫 놀랐다. 이마에 커다란 여드름이 나 있는 게 아닌가. 금세라도 터질 듯 노랗게 곪은 여드름은 이마 한 가운데에 떡하니 자리 잡고 있었다. 깔끔이 꺼실이에겐 상상도 못할 일이었다. 옆머리는 3cm 이하여야 하고, 가르마 사이로 튀어나온 잔머리는 완벽하게 정리되어 있어야 하는 게 꺼실이였다. 그런 그에게 여드름은 도저히 용납할 수 없었다.

하지만 등교시간이 촉박한 탓에 꺼실이는 이마에 톡 불거진 여드름을 단 채 학교에 갔다. 쉬는 시간에 꺼실이의 여드름을 본 꽈리는 무척 신기해 했다.

"이마에 왕점이 난 것 같네. 많이 부풀어 올랐는데 아프진 않아?"

영어 단어를 외우던 꺼실이는 짜증이 치밀었지만 눈치 없는 꽈리는 여드름 이야기만 계속했다.

"여드름엔 신선한 과일이 좋대. 과일 많이 먹어."

"나도 알고 있거든. 그만 가줄래?"

겉으로는 차분하게 말했지만 꺼실이의 속마음은 폭발하기 직전이었다.

"참, 우리 사촌언니가 뭐더라…… 그 과일을 갈아서 팩을 하니까 여드름이 싹 가라앉았다고 하던데."

"무슨 과일인데?"

꺼실이는 영어 단어장을 슬그머니 덮으며 물었다.

"토마토였나? 아냐, 오렌지라고 했던 것 같아."

"그럼, 그렇지. 네가 뭐하나 제대로 기억하는 게 있니?"

"뭐라고? 괜히 알려줬네, 입만 아프게."

토라진 꽈리는 휭 하니 밖으로 나가버렸다. 꺼실이는 꽈리가 그러든 말든 상관하지 않았다. 꺼실이의 머릿속은 온통 여드름 퇴치 생각뿐이었다.

* * *

집으로 돌아온 꺼실이는 거울부터 보았다. 여드름은 아침보다 더 부풀어 올라서 당장이라도 터질 기세였다. 우울한 생각에 목이나 축이려고 냉장고 문을 열었는데 오렌지가 눈에 띄었다. 순간 여드름에는 오렌지 팩이 좋다던 꽈리의 말이 머리를 스쳤다.

'저걸로 팩을 해볼까? 오렌지에는 비타민 C가 많으니까 피부에 좋겠지?'

꺼실이는 엄마가 낮잠을 주무시는 동안 몰래 오렌지 팩을 하기로 했다. 믹서에 간 오렌지를 얼굴에 바르고 조각낸 껍질도 정성스럽게 붙였다. 대부분의 과일은 껍질에 더 많은 영양분이 있다고 수업시간에 배운 기억이 났기 때문이었다. 과일 껍질의 생생한 영양분을 더 많이 피부에 흡수하기 위해 씻지도 않은 오렌지 껍질을 얼굴에 붙였다. 얼굴이 화끈거렸지만 꾹 참았다.

'과일은 먹는 것보다 피부에 바를 때 효과가 더 클 거야. 이깟 화끈거림 쯤은 꾹 참아야해.'

꺼실이는 오렌지 팩을 떼고 나면 여드름도 가라앉고 광고 속 모델처럼 물광 피부가 되어 있을 거라는 기대감에 젖었다. 그런데…….

"으아악"

안방까지 들려온 꺼실이의 비명소리에 낮잠에서 깬 꺼실이 엄마가 황급히 거실로 나왔다.

"왜 그래, 무슨 일이야?"

비명소리가 들려온 화장실 문을 연 엄마는 꺼실이의 얼굴을 보고 입을 딱 벌리고 말았다. 꺼실이 얼굴에는 당장이라도 폭발할 화산처럼 작은 발진들이 잔뜩 돋아 있었다.

* * *

"오렌지로 팩을 했다고? 그 부작용 같은데."
심각한 표정으로 꺼실이의 얼굴을 살핀 의사 선생님이 그렇게 말했다.
"왜 껍질까지 얼굴에 붙였니? 대부분의 오렌지는 수입산이라서 껍질에 방부제랑 농약이 남아 있어. 그 독 때문에 발진이 생긴 것 같구나."
과일로 만든 팩이면 무조건 피부에 좋을 거라 생각했는데, 오렌지 껍질에 남아 있는 방부제가 부작용을 일으키다니! 상상도 못했던 일이었다.
"제 친구가 오렌지 팩이 여드름에 좋다고 했거든요."
"토마토 팩이겠지. 토마토는 모공의 피지를 씻어주거든. 토마토는 대부분 국내산이라서 방부제도 거의 없어."
'그때 냉장고에 오렌지 대신 토마토가 있었더라면.'
꺼실이는 토마토가 아니라 오렌지를 냉장고에 남겨놓은 엄마가 원망스러웠다.

* * *

꺼실이가 발진으로 울긋불긋한 얼굴을 한 채 등교하자 식신이와 꽈리는 깜짝 놀랐다.
"얼굴이 왜 이래?"
"어제 무슨 일 있었어?"
'으이구, 꽈리 너 때문에!'
당장이라도 꽈리에게 따지고 싶었지만 차마 오렌지 팩을 하다가 이 지경이 됐다는 걸 밝힐 수 없어서 꺼실이는 침만 꿀꺽 삼켰다.
"참, 사촌언니한테 물어보니까 오렌지가 아니라 토마토 팩이 여드름에 좋대."
아무렇지도 않게 말하는 꽈리가 너무 얄미워서 꺼실이는 버럭 소리를 지르고 말았다.

"나도 알고 있거든!"

오렌지 팩 후유증 때문에 꺼실이는 한동안 피부과 치료를 받아야만 했다.

'앞으로 방부제나 농약이 들어간 음식은 절대 먹지 않겠어!'

하지만 그 결심은 도시에 사는 꺼실이가 지키기에는 난관이 많았다. 햄, 소시지, 어묵 등 꺼실이가 좋아하는 대부분의 음식에는 방부제가 들어 있고, 과일과 채소에도 성장 발육을 촉진하기 위한 농약이 뿌려져 있었다.

"남아일언 중천금. 그렇다면 내가 직접 채소와 과일을 기르겠어!"

꺼실이는 깜장콩 샘에게 도움을 요청했다.

"우리 집에서 농사를 지을 방법은 없을까요? 제가 직접 말이에요."

"농사를? 네가?"

깜장콩 샘의 두 눈이 휘둥그레졌다.

"제가 직접 농사를 지으면 방부제나 농약이 전혀 안 들어간 음식을 먹을 수 있잖아요."

"좋은 생각이긴 한데, 도시에서 농사를 짓는 건 쉽지가 않아. 우선 땅도 없고."

깜장콩 샘의 말에 꺼실이는 금세 시무룩해졌다.

"하지만 방법이 아주 없는 건 아냐. 화분에 토마토나 고추를 길러보는 게 어때?"

꺼실이의 얼굴은 다시 환해졌다.

"마침 내가 집에서 토마토랑 고추를 키우고 있는데 씨앗이랑 모종을 좀 줄까?"

그날 꺼실이는 깜장콩 샘에게서 토마토와 고추씨는 물론 화분까지 얻어왔다. 베란다에 화분을 놓고 씨앗을 심자 뿌듯함마저 느껴졌다.

'내 자식 같은 토마토랑 고추야, 얼른 얼른 자라다오. 토마토가 열리면 맛있게 먹고, 내 고운 피부를 위해서 팩도 해야지. 풋고추는 아빠께 드리고 빨갛게 익으면 엄마보고 빻아서 고춧가루를 만드시라고 해야지.'

꺼실이는 토마토와 고추 화분에 물을 듬뿍 주었다. 따뜻한 햇살이 화분 위로 축복처럼 쏟아져 내렸다.

도시 텃밭 이야기 !

피자와 햄버거, 치킨, 콜라를 실컷 먹은 날은 잘 먹은 날일까? '잘 먹고 잘 살기'는 생각처럼 쉽지가 않다. 우리 주변에는 먼 나라에서 오느라 첨가물을 흠뻑 넣은 먹을거리가 넘쳐나고, 공장에서 대량으로 만들어져 식탁에 오르는 식품들이 흔하다. 우리를 둘러싼 먹을거리에 숨겨진 이야기를 들어보자.

점점 낮아지는 식량 자급률

농림수산부 자료에 의하면, 우리나라의 식량 자급률은 2012년 기준으로 23.6%밖에 되지 않는다. 주식인 쌀의 자급률도 2011년 83.2%, 2012년 86.1%로 100%가 안 된다. 쌀을 비롯한 많은 식량을 외국에서 수입하고 있는 실정이다. 수입 농산물은 대부분 장거리 여행을 하므로 썩지 않도록 방부제를 비롯한 각종 약품이 첨가되어 있다.

건강과 환경을 생각한다면 가공식품은 멀리 하는 게 좋다. 만드는 과정에서 에너지가 많이 사용되고, 오래 보관하고 유통하기 위해서 건강에 해로운 첨가물을 포함시키는 경우가 많기 때문이다. 방부제나 화학약품 처리를 하지 않은 수입 유기농식품도 비행기나 배 또는 자동차로 이동하는 동안 이산화탄소를 많이 배출하므로 지구 온난화에 영향을 끼친다.

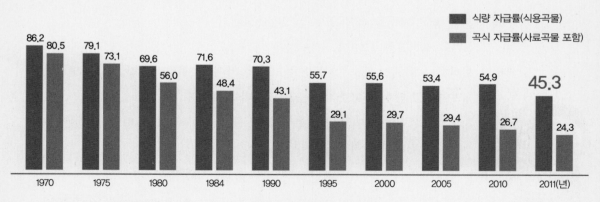

	1970	1975	1980	1984	1990	1995	2000	2005	2010	2011(년)
식량 자급률(식용곡물)	86.2	79.1	69.6	71.6	70.3	55.7	55.6	53.4	54.9	45.3
곡식 자급률(사료곡물 포함)	80.5	73.1	56.0	48.4	43.1	29.1	29.7	29.4	26.7	24.3

식량 자급률과 곡물 자급률 변화 (단위 : %)
출처 : 농림축산식품부

가공식품에 들어간 식품 첨가물

● 합성착색료 타르계 식용색소 청색 제1호, 청색 제2호, 녹색 제3호, 황색 제4호,황색 제5호, 적색 제2호, 적색 제40호, 적색 제102호 등

식품의 색을 내기 위해 첨가하는 식품첨가물 중 화학적 합성품을 가리킨다. 타르계 색소는 알러지성 비염과 결막염, 천식을 일으키고 과다 섭취하면 암을 유발하는 물질이다. 북유럽에서는 타르계 색소의 사용을 전면 금지하고 있다. '적색 2호'는 발암논란 때문에 미국에서는 1970년대부터 사용이 금지되었지만 우리나라에서는 아직 사용되고 있다.

● 산화방지제 차아황산나트륨, 아황산나트륨, 디부틸히드록시톨루엔(BHTA), EDTA2나트륨, EDTA칼슘2나트륨, 디부틸히드록시아니솔(BHA) 등

기름을 사용한 식품이 산패되는 걸 막는 첨가물. BHT와 BHA는 맹독성을 지니고 있는데 칼슘 부족, 뇌 기형, 유전자 손상, 콜레스테롤 상승, 염색체 이상 등을 일으킨다고 알려졌다. 차아황산나트륨은 표백제로 쓰인다.

● 합성보존료 솔빈산, 솔빈산칼륨, 디하이드로초산(DHA), 디하이드로초산나트륨, 안식향산, 안식향산나트륨, 프로피온산, 프로피온산칼슘 등

식품에 미생물이 번식하는 걸 억제하는 첨가제. 주로 음료수에 많이 넣는데 중추신경 마비, 기관지염, 천식, 염색체 이상 등을 일으킨다. 체내에 흡수되면 세포에도 방부 작용을 해서 없어져야 할 세포를 잡아둠으로써 암을 유발하기도 한다.

● 합성착향료 딸기향, 포도향, 레몬향 등

코를 자극하는 향기를 발산하여 식욕을 느끼게 하는 첨가 물질. 향료 성분에 부가적으로 사용되는 용제와 유화제, 안정제, 부형제 등은 안전성이 검증되지 않은 게 대부분이다. EU에서는 2004년부터 착향료 사용을 규제하고 있으며, 미국과 일본도 같은 추세이다. 그런데 우리나라에서는 조미용 향료 사용이 증가하고 있다.

● 합성조미료 OOO맛 씨즈닝, 혼합 OOO분말, L-글루타민산, L-루타민산나트륨 등

인공적인 맛을 위해 화학 물질을 합성한 것. 감칠맛을 내지만 입안 세포의 감각을 마비시키기도 한다. 두뇌 장애, 성장 장애, 대사 장애, 발열, 무력감, 구토를 일으킨다는 조사 결과가 있다.

● 발색제 아질산나트륨, 질산칼륨, 질산나트륨 등

소시지, 햄 등 육류가공품에 색을 내기 위해 사용한다. 구토, 발한, 호흡곤란을 유발하며, 특히 아질산나트륨과 단백질이 만나서 생성되는 니트로사민은 발암물질로 알려져 있다.

가공식품을 포함해서 공산품을 살 때는 뒷면에 적힌 성분표시를 꼼꼼히 살펴보는 습관을 기르자. 지금까지 무심코 먹고, 바르고, 뿌려왔던 공산품에 포함된 유해첨가물이 내 가족과 지구를 아프게 할 수도 있다.

도시의 오아시스로 오세요!

도시를 경작하자

농사는 농촌에서만 짓는 게 아니다. 마당, 공터, 아파트 베란다, 옥상 등 자투리 공간을 잘 이용하면 도시에서도 얼마든지 농사를 지을 수 있다. 자투리 공간에서 일구는 농사라고 우습게 볼 건 아니다. 220만 명이 사는 쿠바의 수도 아바나는 도시 곳곳에서 채소를 키운다. 1990년대 이후 경제 봉쇄로 심각한 식량 부족을 겪게 되자 아바나 시민들은 도시 곳곳의 빈 공간에 농작물을 가꾸기 시작했다. 그 결과 아바나 시의 채소 자급률은 100%가 되었다.이처럼 도시 농업은 식량 자급을 돕는다. 아울러 직접 농사를 지어 먹을거리를 바로바로 얻는다면, 생산물이 이동하는데 드는 에너지를 줄여서 지구 온난화를 막는데 도움이 된다. 농사를 짓고 수확하는 과정을 통해 쌀 한 톨, 콩 한 줌도 귀한 땀방울이 깃들어 있는 소중한 식량이라는 걸 깨닫는 기쁨도 있다.

하늘과 맞닿은 초록 공간, 옥상 텃밭

도시에서는 채소를 기를 텃밭이나 나무와 꽃을 가꿀 공간을 찾기가 쉽지 않다. 마당이 없는 집이 많고 설령 마당이 있다고 해도 식물을 심기에 적합하지 않은 환경인 경우가 대부분이다. 비어 있는 옥상을 이용해서 이런 문제를 해결해보자.

건물 옥상에 텃밭을 가꾸면 조경 효과뿐만 아니라 건물 내의 온도 조절 기능까지 얻을 수 있어서 에너지 절약 효과도 있다. 도시에 사는 사람들에게 텃밭은 신선한 먹을거리와 함께 정서적 여유까지 제공한다. 옥상 텃밭은 콘크리트로 둘러싸인 도심에 초록빛 활력을 불어넣는 소중한 장소인 것이다. 단, 방수에 신경을 써야 한다는 걸 명심하자.

옥상 텃밭, 홍대 텃밭다리

생태적이면서 슬로 라이프를 지향하는 여성환경연대가 도심 속 빌딩 공간을 지역 청년들이 농사를 짓는 공간으로 변신시켰다. 마리 끌레르와 아비노 코리아의 후원과 가톨릭청년회관의 협조로 서울 지하철 2호선 홍대입구역 부근에 있는 가톨릭청년회관 옥상에 텃밭을 개장한 것이다.

2012년 8월 '홍대 텃밭다리'라는 이름으로 탄생한 이 옥상 텃밭은, 농사학교를 수강하는 지역 청년들이 경작하는 '공동텃밭'과, 로컬 채소 브랜드 만들기 및 도시반농 실험장인 '멘토 팀 텃밭'으로 이루어져 있다. 청년들이 농사를 체험하고 농업기술을 학습하는 공간으로 출발한 '홍대 텃밭다리'는, 지역 주민을 위한 공연과 모임을 아우르는 커뮤니티 공간으로 발전했다. 시농제, 옥상농부학교, 김장

축제, 재능기부워크숍, 텃밭다리 사진전 등을 개최하면서 소비주의를 넘어서서 생산하고 배우는 청년문화공간으로 자리를 잡아 가고 있다.

(사진 및 자료 제공 : 여성환경연대)

도시 텃밭, 퍼머컬쳐

모든 생물은 생태계 순환의 흐름에 따라 태어나고 자란다.
도시 속에서 살아가면서 자연과 호흡하고 순환의 흐름을 익힐 수 있는 방법이 있을까?
도시 농업을 시작해보자. 우리가 먹는 채소를 직접 기르면서 자연의 원리를 배우고,
땅의 생명력을 경험하면서 삶의 지속가능성을 일구어 보자.

'영구적인(Permanent)'과 농업(agriculture), 혹은 문화(culture)가 결합해서 탄생한 용어인 퍼머컬쳐(Permaculture)는, 지속가능한 농업과 지속가능한 문명이라는 뜻을 함께 가지고 있다.

퍼머컬쳐는 아파트 베란다에서 농장까지, 거대한 도시에서 야생초지까지, 광범위하게 응용할 수 있는 실제적인 개념이다. 음식, 에너지, 집 등 우리에게 필요한 걸 제공하는 환경뿐만이 아니라, 사회경제적 기반을 만들 수도 있다. 우리에게 필요한 것을 자연환경과 자원에서 어떻게 충족시킬 것인지를 미래를 내다보며 합리적으로 생각하고 실천하는 게 퍼머컬쳐이다.

퍼머컬쳐는 우리 세대와 미래 세대가 어떻게 하면 지속가능한 삶을 함께 이루어갈 수 있는지에 대한 구체적인 계획과 방법이다. 퍼머컬쳐에 관한 교육과정을 만들고 운영했던 임경수 박사는 '자연에서 발견되는 패턴과 관계를 모방해서 지역에 필요한 음식, 섬유, 에너지를 충족시킬 수 있도록 경관을 설계하는 것'이라고 퍼머컬쳐를 정의했다.

1970년대 호주의 생태학자 데이비드 홈그린과 빌 모리슨이 처음 시작한 퍼머컬쳐는, 자연을 있는 그대로 활용하고 자연의 원리를 삶 속에 적용했던 우리나라의 고전적 농사 방식에서 아이디어를 얻었다고 한다. 한때 우리나라는 과거의 농사 방식과 삶의 모습을 비효율적이며 낡은 것으로 치부하고 새로운 방법을 활발히 도입했다. 그로 인한 다양한 문제가 나타나는 오늘날, 이를 해결하기 위해 우리 고유의 방법을 역수입해서 되살리고 있는 셈이다.

뉴욕에는 옥상 텃밭 빌딩이 600개!

뉴욕에서는 1980년대부터 도시 농업에 대한 논의가 활발하게 일어났다. 그 결과 옥상에 텃밭을 가꾼 빌딩이 600개에 이르렀다. 뉴욕의 유니온스퀘어에서는 도시 농업으로 기른 화훼와 농산물을 거래하는 그린마켓이 열려서 많은 사람들의 호응을 얻고 있다. 최근에는 도시 경관을 아름답게 만드는 '텃밭 조성 건축물 콘테스트'가 열리기도 했다.

우리 주변에 텃밭 만들기

가까운 곳에 자투리 공간이 있는지 찾아보자. 늘 쓰레기가 쌓여 있어서 외면했던 곳이나 작은 화분 하나 정도 들어갈 만한 땅, 옥상이나 베란다, 어디라도 좋다. 공간에 따라서 계절마다 다르게 피는 꽃이나 제철 채소를 심으면 죽어 있던 공간에 생명을 불어넣을 수 있다. 늘 쓰레기가 쌓여 있던 곳에 예쁜 꽃이 있다면 누구라도 즐겁지 않을까?

[공간 조사하기]

조사할 지역의 범위를 정하고 구역을 나눈 뒤 구역마다 조사할 사람을 배정한다. 현장조사를 하는 경우 기록을 할 수 있도록 수첩과 필기구, 공간의 너비를 측정할 수 있는 줄자, 공간의 모습을 찍을 사진기를 준비한다.

[농사 계획 짜기]

조사된 공간의 특징에 따라 심을 수 있는 작물을 찾아보고 함께 의논해본다. 햇빛이 잘 드는지, 아니면 그 반대인지, 공간의 너비는 어느 정도인지, 흙이 있는지, 흙이 있으면 깊이가 어느 정도인지 등을 알아야 작물을 정할 수 있다. 공간의 주인이 있으면 허락을 받는 과정도 계획에 포함한다.

[심기]

작물 선정 및 땅 주인과의 협의가 끝났으면 땅을 고르는 일부터 한다. 식물이 잘 자라기 위해서는 땅이 무르고, 지렁이나 작은 곤충, 미생물 등이 잘 자랄 수 있도록 땅속 공극(공기를 머금을 수 있는 공간)이 있는 게 좋다. 땅을 충분히 고르고 나면 바람의 방향과 햇빛이 비치는 방향을 고려하여 식물을 심는다. 식물에 따라 심는 방법이 다르므로 도감이나 씨앗 봉투에 적혀 있는 방법을 잘 살펴본다.

[돌보기]

식물은 심었다고 끝이 아니다. 정성과 관심을 기울여서 잘 돌봐야 한다. 식물의 상태를 꾸준히 기록하고, 자라는 게 시원치 않거나 벌레가 생기는 등 문제가 발생하면 해결책을 함께 찾아본다.

[나누기]

식물을 심을 때와 수확할 때는 이웃과 함께할 수 있는 좋은 기회이다. 식물을 심는 이유, 키우는 과정에서 배운 점, 수확하는 즐거움을 이웃과 나눈다. 식물 안내 표지판 만들기, 우리 마을 자투리 텃밭 투어, 파머스 마켓, 요리 축제 등 다양한 활동을 연계할 수도 있다.

쓰지 않는 장난감 블록으로 학생들이 만든 간판

성미산학교 건물 앞마당에서 텃밭농사를 짓는 아이들

음식물쓰레기로 퇴비 만들기

성미산학교에서는 농사 짓는 방법을 고민하다가 건강한 흙에 대해 생각을 하게 되었다. 건강한 흙을 만드는 조건은 양질의 퇴비이다. 그래서 성미산학교 학생들은 학교에서 나오는 음식물쓰레기로 거름을 만들기로 했다. 발단은 음식물쓰레기 모니터링 과정에서 시작되었다.

음식물쓰레기를 모니터링 하기 위해 급식실에서 나오는 음식물쓰레기를 총 29회 조사한 결과, 음식재료를 손질하는 과정에서 나오는 건 평균 5.89kg, 남은 음식을 후처리 과정에서 나오는 건 평균 7.03kg이었다. 그런데 매번 음식물쓰레기에 밥이 섞여 있었다. 단체급식이라는 한계 때문에 밥의 양을 정확하게 맞추기가 어려웠던 것이다.

급식하고 남은 밥을 버리지 않고 활용하는 방안을 고민하던 끝에 퇴비를 만들기로 했다. 별관 마당 한구석에 주워온 책꽂이를 바닥에 눕히고 낙엽을 깔았다. 그 위에 음식물쓰레기를 놓은 뒤 다시 흙을 얹고 낙엽을 쌓아서 퇴비를 숙성시켰다. 그렇게 음식물쓰레기를 가득 채운 책꽂이 위에 3cm 두께의 나무를 덮고 물건을 얹어서 폐쇄했다.

4개월 후, 배추를 심기 위해 뚜껑을 걷어보니 까맣고 보슬보슬한 퇴비로 변해 있었다. 냄새도 거의 나지 않고 질감은 촉촉했다. 심지어 우리가 넣지 않은 지렁이도 살고 있었다. 양은 76.5kg이었다.

1) 급식실 전처리 및 후처리 음식물 양의 무게를 재고 기록한다.

매일 학교 급식실 요리 전처리 과정에서 나오는 재료의 양과 후처리에서 나오는 음식물의 양을 저울로 잰다. 조금 번거롭긴 하지만, 학교 급식팀의 협조를 구해 전처리와 후처리 음식물을 다른 통에 담는 방식으로 양을 측정할 수 있다. 학교 전체가 어렵다면 한 학급만 진행하거나 가정에서 해볼 수도 있다.

2) 조사 내용을 학교 내 잘 보이는 곳에 게시한다.

일정 기간을 정해 음식물쓰레기를 조사해서 학생들과 선생님들이 볼 수 있도록 게시한다. 문제점과 개선할 점을 토의해서 함께 게시하는 것도 좋다.

3) 퇴비 만들기

전처리한 음식재료는 그대로 땅에 묻어 지렁이 등에 의해 분해과정을 거쳐 퇴비로 만든다. 텃밭 농사와 연계하면 수확물의 질이 좋아지는 걸 경험할 수 있다. 후처리의 경우 반드시 염분을 제거한 후 땅에 묻어 퇴비화해야 한다. 땅에 묻어 퇴비화하기 어려운 경우에는 음식물쓰레기 종량제 봉투에 넣어 버리거나 학교와 연계된 수거업체가 가져가도록 한다. 수분이 많거나 퇴비를 빨리 만들고 싶으면 건조기로 말린 후 땅에 묻어도 된다. 음식물쓰레기 건조기는 적정기술로 만들 수 있다.

4) 순환의 원리

음식물쓰레기가 퇴비가 되어 다시 식물을 키우는 과정으로 이어질 수 있도록 하는 건 자연 순환의 원리에서 가장 중요한 과정이다. 퇴비화 과정과 식물 키우기가 서로 연결될 수 있도록 활동을 계획하자.

음식물 쓰레기로 만든 퇴비를 넣은 옥상 상자텃밭

상자텃밭에서 수확한 감자

'버뮤다삼각텃밭'을
아시나요?

성미산학교는 학교 내 자투리 공간과 옥상에서 상자텃밭 농사를 꾸준히 짓고 있다. 마당이 있는 별관에는 제철 채소나 염색용 식물을 심고, 작은 대야에 벼를 심어보기도 했다. 마을의 단체와 함께 공동주택 앞 자투리 땅, 한평 공원 자투리 땅 등에서도 채소 농사를 지어왔다.

2012년부터 상암동 한 켠에 삼각형 모양의 작은 텃밭을 분양받아서 농사를 짓기 시작했다. '버뮤다삼각텃밭'이라고 이름 붙인 이 텃밭은 성미산학교 중등아이들이 농사도 짓고 화덕도 만들고 벌과 닭도 키우는 등 다양한 활동을 하는 수업 현장이다. 가까이에 있는 어린이집이나 유치원의 아이들이 찾아와서 식물이 자라는 모습을 살펴보며 있는 그대로의 자연을 느끼는 공간이기도 하다.

성미산학교가 있는 마포구 외에도 서울시나 구에서 운영하는 텃밭을 분양받으면 누구든지 텃밭 농사를 지을 수 있다. '도시농업네트워크'에는 수원, 고양, 인천, 천안 등지에서 텃밭 농사를 지을 수 있는 정보가 있다.

버뮤다 삼각텃밭은 어린이 집과 초등학교 학생들이 도시농업을 배우는 장소로 활용되고 있다.

● 중부권 : 용산구 이촌동 노들텃밭(13,200㎡) 등
● 동북권 : 도봉구 도봉동 친환경영농체험장(22,280㎡) 등
● 서북권 : 마포구 상암동 상암두레텃밭(2,342㎡) 등
● 서남권 : 영등포 문래동 공공용지텃밭(3,964㎡) 등
● 동남권 : 강동구 상일동 상일공동체텃밭(8,975㎡) 등

버뮤다 삼각텃밭 프로젝트에 참여한 아이들 가운데 몇은 동식물도감 팀으로 활동했다. 농사일이 없는 자투리 시간에 버뮤다 삼각텃밭에 사는 동식물을 꾸준히 관찰해서 어린이용 도감을 만들었다.

한 뼘
생각
키우기

✿ 햄에 들어간 식품 첨가물의 종류를 조사해보고, 각 식품 첨가물의 역할과 위험성에 대해 알아보자.
✿ 내가 오늘 먹은 음식 중에서 식품 첨가물이 들어간 음식이 몇 가지나 되는지 조사해보자.
✿ 가공식품이 우리에게 미치는 부정적인 영향을 2가지 이상 적어보자.
✿ 도시에서 자투리 공간을 이용해 농사를 지으면 좋은 점을 2가지 이상 적어보자.
✿ 내가 키우고 싶은 작물과 그것을 키우는 방법을 간략하게 적어보자.

"카카오 농장에서 일꾼들이 수확하는데, 그 일꾼들 중에는
너희 또래의 청소년이랑 10살도 안 된 어린이들이 많아.
그 아이들은 하루에 12시간이 넘도록
카카오 열매를 따는 고된 노동을 하고 있어.
그렇게 일하고도 한 달에 받는 돈은 몇 천 원이 안 된단다."

카카오나무를 오르는 아이들

카카오나무를 오르는 아이들

밸런타인데이가 다가왔다. 여자가 좋아하는 남자에게 사랑을 고백해도 되는 날, 성미산학교 소년 소녀들의 마음은 설렌다. '누구에게 밸런타인데이 초콜릿을 주느냐', '누가 초콜릿을 가장 많이 받느냐'는 성미산학교 소년 소녀들의 최대 관심사 중 하나이다.

'1명쯤은 나한테도 초콜릿을 주겠지?'

식신이는 초콜릿 생각에 벌써부터 입맛을 다셨다. 자칭 차도남인 꺼실이는 겉으로는 '뭐가 그리 대단한 날이라고' 하면서 콧방귀를 뀌었지만, 속으로는 '초콜릿 하나도 못 받으면 어쩌지?' 하는 생각뿐이었다.

'가만 있자, 나한테 초콜릿을 줄 여학생은 꽈리밖에 없으려나?'

생각이 거기에 미치자 꺼실이의 뒷목으로 식은땀이 흘렀다.

'근데, 선머슴인 꽈리가 밸런타인데이를 알기나 할까?'

꺼실이는 밸런타인데이 초콜릿을 하나라도 확보해야겠다는 마음에 다짜고짜 꽈리에게 전화를 걸었다.

"너 우리 팀 과제는 잘 하고 있어?"

"내가 잘하는지 잘못하는지 감시하려고 전화했냐?"

"아니면 왜 했겠냐?"

어떻게든 초콜릿을 받으려면 꽈리한테 잘 보여야 할 텐데 말이 자꾸 퉁명스럽게 나왔다.

"힘들면 나에게 넘겨. 내가 검토해서 샘한테 제출할 테니까."

"너 공부 좀 한다고 사람 무시하는 거냐? 나도 나름 열심히 하고 있거든."

한동안 옥신각신 하던 꺼실이와 꽈리는 내일 성미산학교 앞에서 만나기로 했다. 과제를 같이 한 식신이도 함께.

전화를 끊고 난 꺼실이는 기분이 개운하지 않았다. 오늘은 비록 꽈리를 친절하게 대하는데 실패했지만, 내일은 어떻게든 잘 보여서 밸런타인데이 때 꼭 초콜릿을 받아야겠다고 다짐했다.

* * *

약속시간보다 1시간이나 일찍 집을 나선 꺼실이는 꽈리네 집으로 향했다. 꽈리네 집 근처에서 우연히 만난 것처럼 해서 자연스럽게 밸런타인데이 초콜릿을 받으려는 속셈이었다. 그런데 아뿔싸, 식신이가 꽈리네 집 앞을 서성이고 있는 게 아닌가.

"네가 여긴 웬일이냐?"

"그, 그게……."

당황해서 우물쭈물하는 식신이의 주머니에서 쪽지가 툭 떨어졌다. 꺼실이는 얼른 쪽지를 주워서 펴보았다.

밸런타인데이 때 초콜릿 받을 사람
- 여동생, 사촌누나, 꽈리

쪽지를 본 꺼실이는 식신이에게 한 마디 했다.

"너 참 치사하다."

"그러는 너는? 너도 초콜릿 받으려고 일찍 온 거 아냐?"

"난 집에 가던 길이었어."

"너희 집은 꽈리네 집이랑 반대 방향이잖아."

꺼실이가 당황해서 말을 잇지 못하고 있는데 꽈리네 집 문이 덜컹 열리더니 꽈리가 나왔다. 꺼실이와 식신이는 얼른 전봇대 뒤로 몸을 숨겼다.

"다녀올게요."

인사를 하는 꽈리의 등 뒤에서 꽈리 엄마의 목소리가 들렸다.

"초콜릿도 좀 넉넉하게 사와라. 사람들에게 나누어주게."

"네."

꽈리는 씩씩하게 대답하고 성큼성큼 걸어갔다.

"우리 줄 초콜릿 사러 가나 봐."

전봇대 뒤에서 나온 식신이는 꺼실이에게 속삭였다.

"따라 가보자."

꺼실이와 식신이는 몰래 꽈리 뒤를 쫓았다. 초콜릿 받을 생각으로 부푼 가슴을 한 채.

* * *

꽈리가 들어간 곳은 '아름다운 가게'였다.

"아름다운 가게? 초콜릿 파는 곳이 아니잖아?"

"미용실이나 피부마사지 하는 곳 같은데?"

꺼실이와 식신이의 표정은 실망으로 일그러졌다. 힐끗 가게 안을 들여다보니 옷걸이에 걸린 옷과 장난감 따위가 보였다. 정말 초콜릿 가게는 아닌 모양이었다.

"괜히 미행했네. 우리 학교에서 기다리다가 꽈리가 오면 초콜릿 달라고 하자."

"그건 좀 자존심 상하지 않냐?"

"자존심이 초콜릿 주냐?"

그때 꽈리가 가게에서 나오는 바람에 꺼실이와 식신이는 다시 몸을 숨겼다. 밝은

얼굴로 쇼핑백을 들고 가는 걸 보니 무언가 사긴 산 모
양이다. 꽈리가 저만치 가자 숨어 있던 곳에서 나오
다가 전봇대에 붙어 있는 작은 전단지를 본 꺼실이
의 얼굴이 환해졌다.

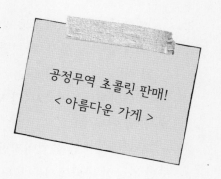

공정무역 초콜릿 판매!
< 아름다운 가게 >

　"꽈리가 초콜릿 산 게 맞나 봐. 우리 주려고."
　"가게에 가서 꽈리가 무슨 초콜릿을 샀는지 물
어보자."

* * *

아름다운 가게는 성미산마을의 되살림 가게 같은 곳이었다. 입던 옷이나 쓰던
장난감과 그릇 같은 걸 기증받아서 파는 곳이었다. 이런 가게에서 초콜릿을 판다고?
초콜릿은 재활용하기 어려운 먹을거리인데? 그런데 가게 한쪽에는 '공정무역 초콜
릿'이라 적혀 있었고 그 아래 포장된 초콜릿이 있었다.
　"공정무역 초콜릿?"
　식신이와 꺼실이가 호기심 어린 눈빛으로 초콜릿을 살펴보고 있는데 점원 누나
가 다가왔다.
　"너희들 공정무역 초콜릿에 관심이 많구나."
　"공정무역 초콜릿이 뭐예요?"
　"그게 뭐냐면…… 너희들 초콜릿 원료가 뭔지 아니?"
　"카카오! 아프리카 같은 열대 지방에서 많이 생산되는 열매잖아요."
　꺼실이가 자신만만하게 대답한다.
　"맞아. 그럼, 그 카카오가 어떻게 수확되는지도 알고 있니?"
　"그건 모르는데요."
　"카카오 농장에서 일꾼들이 수확하는데, 그 일꾼들 중에는 너희 또래의 청소년
이랑 10살도 안 된 어린이들이 많아. 그 아이들은 하루에 12시간이 넘도록 카카오
열매를 따는 고된 노동을 하고 있어. 그렇게 일하고도 한 달에 받는 돈은 몇 천 원이
안 된단다."
　꺼실이와 식신이는 점원 누나의 말에 입을 쩍 벌리고 말았다.

"세상에, 걔들은 학교도 안 가요?"

"학교에 가고 싶지. 하지만 너무 가난해서 학교 갈 돈도 없고 가까운 곳에 학교도 없어."

"어린아이들에게 12시간 넘게 일을 시키고 돈도 조금만 주는 건 나쁜 짓이잖아요. 불법 아니에요?"

"우리나라에선 불법이지만 어린이나 청소년을 보호하는 사회제도가 발달하지 못한 가난한 나라에서는 흔히 있는 일이야."

"지금까지 우리가 먹은 초콜릿이 아프리카에 사는 우리 또래 친구들이 죽어라 일해서 딴 카카오로 만든 거란 말이에요?"

꺼실이가 심각한 표정을 지었다.

"그런 셈이지. 그래서 공정무역 초콜릿이 나온 거야. 아프리카 아이들이 노동의 대가를 제대로 받을 수 있도록 만든 초콜릿이란다."

"그럼, 이 초콜릿은 아이들을 착취하지 않고 재배한 카카오로 만든 거예요?"

"그렇단다."

* * *

아름다운 가게를 나서는 꺼실이와 식신이 손에는 공정무역 초콜릿이 하나씩 들려 있었다.

'어린 나이에 학교도 못 가고 12시간 넘게 일을 하면 얼마나 힘들까?'

꺼실이와 식신이는 아프리카 아이들에게 조금이라도 도움이 되기를 바라는 마음으로 초콜릿을 산 것이었다. 가게를 나선 식신이와 꺼실이는 서둘러 학교로 향했다.

잠시 후, 꽈리를 만난 꺼실이와 식신이는 이제나저제나 초콜릿을 받을까 기대했지만 꽈리는 과제 이야기만 하고 초콜릿에 대해서는 한마디도 하지 않았다. 꽈리가 잠시 화장실 간 사이에 꺼실이와 식

떨어질 것 같아...

신이는 수군거렸다.

"그럼 그렇지. 선머슴 같은 꽈리가 우리한테 초콜릿을 줄 리가 없어."

"완전 실망인 걸. 그래도 나는 꽈리가 베스트 프랜드라고 생각했는데."

꺼실이와 식신이가 열을 올리며 꽈리 흉을 보고 있는데 '딩동' 하고 문자메시지 알림음이 두 사람 핸드폰에서 동시에 울렸다. 꽈리가 보낸 것이었다.

'내 사물함에 과제 한 거 있거든. 그거 가져가. 나 먼저 간다.'

"의리 없는 꽈리!"

"기껏 기다렸더니 혼자 집에 갔다고?"

꺼실이와 식신이는 짜증을 내며 꽈리의 사물함을 열었다. 사물함에는 과제와 함께 알록달록한 리본으로 묶인 공정무역 초콜릿 2개가 들어 있었다. 삐뚤삐뚤한 글씨로 '꺼실이에게' '식신이에게'라고 적힌 카드와 함께.

공평하게 행복해지는 착한 소비 !

초콜릿과 신발을 생산하는 다국적 기업들은 개발도상국의 미성년자를 노예처럼 부린다는 비판을 받아왔다. 2005년 '나이키'는 인도네시아 공장에서 소녀들에게 시간당 15센트를 주고 하루 11시간씩 노동을 시킨 것으로 드러났다.

국제 구호단체인 옥스팜에 따르면 다국적 기업이 제3세계에서 얻는 이익을 1%만 줄여도 1억2,800만 명이 빈곤에서 벗어날 수 있다고 한다. 더 많은 기업이 제3세계에 정당한 비용을 지불하도록 만들려면, 공정한 노동의 대가를 지불하고 만들어진 착한 제품인지 구별하는 노력을 물건을 사는 사람들이 기울여야 한다.

아프리카 서부 기니아 만 연안에 있는 코트디부아르는 지구상에서 코코아를 가장 많이 생산하는 나라이다. 열대우림 기후인 코트디부아르에는 초콜릿 원료인 카카오 농장이 수백 군데나 있다. 26만 명의 어린아이들이 생계를 위해 카카오 농장에서 일하고 있는데 그 모습은 참혹하기 그지없다. 10살도 안 된 아이들이 카카오나무에 올라가서 위험천만한 곡예를 하며 열매를 따고 씨를 빼낸다. 씨를 빼는 아이들의 손은 부르트거나 베이기 일쑤이다. 아이들은 학교도 가지 못한 채 하루 12시간 이상 일을 한다. 하지만 아이들이 받는 월급은 겨우 생계를 잇는 수준에 불과하다.

공정무역은 카카오 농장에서 일하는 아이들과 같은 약자들이 정당한 대가를 받을 수 있도록 합당한 가격을 지불하는 무역 방식이다. 공정무역 품목은 초콜릿, 커피, 설탕, 바나나 등으로 아프리카, 동남아시아, 라틴아메리카 등 개발도상국에서 선진국으로 수출되는 상품이 주를 이룬다.

공정무역이란?

공정무역(Fair Trade)은, 선진국과 개발도상국 간의 불평등 때문에 발생하는 빈곤 문제를 해결하기 위해 개발도상국의 생산자에게 공정한 조건으로 행해지는 무역이다. 어느 한쪽의 이익만 추구하는 전통적 무역의 대안인 공정무역은, 제3세계의 생산자와 노동자에게 합당한 이익과 권리를 보장해줌으로써 인류의 지속가능한 발전에 기여하고 있다.

공정무역은 경제적으로 불이익을 받는 생산자들을 위한 기회 창출, 투명성과 책임성, 생산능력 배양, 공정한 가격 지불, 양성 평등, 합리적인 노동조건, 환경보호 등을 원칙으로 한다. 주요 교역 품목은 수공예품, 커피, 코코아, 차, 바나나, 꿀, 면, 와인, 과일 등이다.

퍼져라, 공정무역

1946년 미국 시민단체 텐사우전드빌리지가 푸

에르토리코의 바느질제품을 구매한 게 공정무역의 시초이다. 1950년대 후반 영국 옥스팜 상점에서는 중국 피난민들이 만든 수공예품을 팔기 시작했다. 1960년대 유엔개발계획(UNDP), 세계은행(IBRD), 국제통화기금(IMF) 등의 국제기구에서 시도한 가난한 나라 돕기 프로젝트가 실패로 끝나자, 전통적인 원조와 개발 방식에 회의를 품은 옥스팜과 네덜란드의 페어 트레이드 오가니사티에 등이 시민운동의 일환으로 공정무역 조직과 단체를 만들어서 본격적인 활동을 시작했다.

공정무역 단체들은 아시아, 아프리카, 남아메리카의 빈곤한 나라로 가서 풀뿌리운동을 전개했다. 가난한 농부와 노동자들이 조합을 만들어 환경 친화적으로 생산물을 만들도록 교육 훈련 및 자금을 지원했다. 1973년 오가니사티에가 과테말라의 협동조합에서 처음으로 공정무역 커피를 수입했으며 이후 차, 카카오, 설탕, 포도주, 과일주스, 견과, 쌀 등으로 품목이 늘어났다.

1997년 17개국이 모여서 공정무역 제품의 표준, 규격 설정, 생산자단체 지원, 검열 등의 활동을 하는 세계공정무역상표기구(FLO)를 발족했다. FLO는 80개국 632곳의 인증생산자 조직과 파트너 관계에 있으며, 전 세계 4,692곳의 수출상, 수입상, 가공업자에게 인증상표를 부여하고 있다. 이러한 인증과정은 제3세계의 생산자들이 합당한 가격을 보장받음으로써 안정된 생활을 하고 지역사회 발전에 도움이 되도록 한다.

우리나라는 2003년 9월부터 '아름다운 가게'가 아시아 지역에서 수입한 수공예품을 판매한 것이 공정무역의 시초이다. 2004년부터 '두레생활협동조합'이 필리핀의 마스코바도 설탕을 수입

·판매하였고, 2005년 11월부터는 한국YMCA가 커피를, 2006년 6월부터는 두레생활협동조합이 팔레스타인의 올리브유를 수입·판매하고 있다. 2007년 4월 포털사이트 네이버에 '한국공정무역연합' 카페가 개설되었으며, 10월에는 서울시에 비영리민간단체로 등록되었고 2008년에는 아시아공정무역포럼(AFTF)에 가입했다. 한국공정무역단체협의회의 자료에 의하면, 2014년 현재 공정무역을 지원하고 참여하는 단체로는 기아대책 행복한 나눔, 두레 APNet, 아름다운커피, 아시아공정무역네트워크, iCOOP(아이쿱) 생협, 페어트레이드코리아 그루, 한국YMCA 피스커피, 더페어스토리, 어스맨, 얼굴있는거래 등이 있다.

공정무역, 무조건 착한가?

공정무역은 생산자와 소비자 사이에 투명한 거래가 이루어지도록 하지만, 제3세계가 선진국에 수출할 작물을 재배하는 무역 방식이라는 점에서 제3세계의 자립과 발전에는 오히려 부정적인 영향을 끼친다는 시각도 있다. 자신들이 먹을 농산물은 재배하지 않고 코코아나 면화 등 수출상품만 재배하기 때문이다. 그러다 보면 가난한 제3세계 농민들의 경제적 자립은 점점 더 어려워질 수도 있다. 제3세계 국가 입장에서는 수출용 농산물을 재배하는 것과 지역 농민을 위한 먹을거리를 생산하는 것 중 무엇이 더 중요할까? 이는 지역경제의 자립, 지역자원의 순환, 지역사회의 건강성, 그리고 그 지역 주민들의 삶의 질 등 다양한 각도에서 고민해야 할 문제이다.

초콜릿

우리나라에서 소비되는 초콜릿의 90%는 아프리카 서부의 농장에서 수확한 코코아로 만든 것이다. 코트디부아르와 가나의 농장에서 가난한 가정이나 나쁜 사람들에 의해 팔려온 어린아이들이 힘들게 노동을 하고 있다.

홍차

차는 강우량의 변화에 영향을 가장 많이 받는 작물이다. 기후변화로 인해 차 생산지의 어려움도 점점 심해지고 있다. 인도, 스리랑카, 케냐 등 차 생산국 노동자들은 건강과 주택, 식수, 자녀 교육과 같은 기본적인 혜택도 받지 못하고 있다.

바나나

전 세계에서 해마다 1억 톤의 바나나가 소비된다. 그 중 1,500만 톤은 생산지에서 다른 나라로 수출된다. 설탕, 커피, 코코아에 이어 네 번째로 이동량이 많은 농산물이다. 현재 바나나 유통의 80%를 5개 기업이 독점하고 있다. 이 기업들은 바나나 값이 하락하면 생산비를 줄이기 위해 농장 노동자들의 근로시간을 14시간까지 늘리고 각종 유해 농약을 무분별하게 살포해서 농작물뿐만 아니라 노동자들의 건강까지 해치고 있다.

축구공

전 세계 축구공의 70%는 파키스탄 시알콧 지방에서 어린아이들의 손으로 만들어진다. 1996년에는 축구공을 꿰매는 어린아이의 모습이 잡지에 실려서 '나이키'가 곤혹을 치르기도 했다. 2002년 한일 월드컵 공인구였던 피버노바도 어린아이들이 만들었다는 게 밝혀져 충격을 주었다.

면화

2006년 한 해 동안 인도에서는 농민 1만 7,000여 명이 스스로 목숨을 끊었다. 이들 중 대부분은 면화를 재배하던 농민이었다. 농업 개방 압력으로 외국의 값싼 면화가 유입되자, 가격 경쟁력을 잃은 농민들이 대출금을 갚지 못하고 궁지에 몰려 자살을 택한 것이다.

커피

전 세계에서 커피 농사를 짓고 있는 사람은 2,500만 명에 달한다. 커피는 손이 많이 가는 작물이라서 상대적으로 수익이 적다. 대부분의 커피는 브라질, 베트남, 콜롬비아, 인도네시아, 멕시코 등 개발도상국에서 생산되어 선진국으로 수출된다. 그러다보니 수량 변화에 신속하게 대응하는데 익숙하지 못한 농부들은 수급 조절을 잘못해서 값이 떨어지면 치명적인 피해를 입는다. 이런 생산 구조를 개선할 방법 중 하나가 공정무역이다. 공정무역으로 생산자와 소비자가 직접 연결되면 커피를 안정적으로 생산할 수 있다.

공정무역, 희망의 무역

생산자·노동자

공정무역은 다국적 기업의 착취를 막고 영세농민과 노동자들에게 최소 가격을 보장해서 불평등한 거래로 피해를 보지 않게 한다.

소비자

소비자는 제3세계 농민들과의 직접적인 연결을 통해 친환경적이고 질 좋은 상품을 구입할 수 있다.

페어트레이드 코리아

'페어트레이드 코리아'는 공정무역 기업으로, 제3세계 여성들이 만든 자연주의 의류와 생활용품을 공정한 가격에 거래하여 그들의 경제적 자립을 지원하고 지속가능한 지구촌을 만들고자 한다.

페어트레이드 코리아의 모든 제품은 생산 과정에서 발생하는 환경 파괴를 최소화하고, 자연에 가까운 전통 기술로 제작하고 있다. 페어트레이드 코리아에서는 공정무역 초콜릿과 커피 등 먹을거리뿐만 아니라 양초와 비누 등 생활용품, 장난감 등 어린이용품과 의류도 구입할 수 있다. 그루는 우리나라 최초의 페어트레이드 패션 브랜드이다.

착한 소비, 윤리적 소비

세상에는 여러 가지 불평등이 존재한다.
사람과 사람, 나라와 나라, 사람과 동물 불평등은 다양한 관계와 형태로 나타난다.
우리 생활의 많은 부분을 차지하는 경제활동이 이러한 불평등과 어떻게 이어져 있는지 알게 된다면,
소비가 단순히 물건을 사는 행위에 그치지 않는다는 걸 깨닫게 될 것이다.
생산자나 생산 현장의 현실을 제대로 알게 된다면 우리의 소비 형태는 이전과는 조금 달라질 것이다.
착한 소비는 착한 생산을 이끌어낸다. 나에게 필요한 무언가를 만들고 있는 다른 사람과
그 사회와 환경을 고려하는 윤리적 소비에 대해 알아보고 실천해보자.

윤리적 소비란?

윤리적 소비(Ethical Consumption)는 '상품이나 서비스를 선택할 때 환경적 또는 윤리적 고려를 하는 소비'*이다. 개인은 자신의 필요에 의해 소비활동을 하지만, 생산자의 삶과 지역을 함께 고려한다면 모두를 위한 소비가 된다. 가격만이 아니라 물건이 담고 있는 가치를 고려한다는 의미에서 가치 우호적 소비이기도 하다.

윤리적 소비는 개인이 물건을 사는 행위만을 의미하는 게 아니다. 불매운동이나 구매운동 등 사회운동으로 나타나기도 하고, 기업의 사회적 책임을 요구하는 소비자 주권 형태로 드러나기도 한다. 재사용과 재활용으로 물건을 나누기도 하고, 도농교류 등 지역과 지역이 연결되어 지역사회의 건강성을 지속 가능하도록 지켜나가는데 기여하기도 한다.

윤리적 소비를 하는 사람, 즉 윤리적 소비자(Ethical Consumer)는 싼 가격에 좋은 물건을 사려는 소비자이자 지구 환경 문제와 다른 생명에 대해 고려할 줄 아는 사람이다. 제3세계에 대한 지원이나 지구 환경을 살리는 일에 적극적으로 참여하지 않더라도, 윤리적 소비를 하는 것만으로도 더 나은 지구를 만드는데 기여할 수 있다.

*
참조 : Who Are the Ethical Consumers? Cowe & Williams, Co-operative Bank, 2001

유형	특징
불매 (Boycotts)	비윤리적인 제품이나 기업의 상품을 구매하지 않는 것
구매 (Positive Buying)	바람직한 윤리적 상품을 구입하는 것
충분한 검증 (Fully Screened)	전체 상품 및 기업에 대해 윤리적 평가 비교에 관한 정보 이용
관계적 구매 (Relationship Purchasing)	생산자와 관계를 형성하는 공동체를 통한 구매
반 소비주의 또는 지속가능한 소비주의 (Sustainable Consumerism)	지속불가능한 상품보다 재활용과 재사용이 가능한 상품 구매

(출처 : Harrison R. 외, 2005)

아나바나 장터 열기

윤리적 소비는 어려운 일이 아니다. 학교에서 해볼 수 있는 좋은 방법이 몇 가지 있다. 제일 간단한 건 물건 나눔인데, 여느 바자회나 아나바다 장터와 다를 바 없다. 다만 목표와 담겨 있는 생각이 다를 뿐이다.

[대상]

학교 전체 구성원, 학생, 학부모, 교사, 지역사회 구성원 등

[누가?]

환경동아리, 환경프로젝트가 있는 수업 구성원 또는 생협에 관심 있는 누구나, 해보고 싶은 사람 누구나

[어떻게?]

1) 참여할 사람을 정하고 역할을 나눈다.

2) 주어진 역할에 따라 기획을 한다. 전체 계획부터 당일 진행과 평가까지 전 과정을 담는다.
● 전체 계획 : 목적, 참여대상, 이윤의 배분과 나눔
● 공부거리 정하기 : 규칙적으로 만나서 공부하면서 준비한다. 공부 과정을 포함한 전체 과정을 기록으로 남긴다.
● 구체적 일정과 방법
● 물건 종류 및 범위와 가격
● 홍보 방법
● 평가 방법 : 평가회의뿐만 아니라 학기말 발표 등을 고려하여 기록과 평가를 잘 해둔다.
● 지역사회와의 교류도 염두에 둔다.

나무 심는 여행

장터를 여는 게 번거롭다면 이산화탄소를 줄이는 소풍이나 여행을 떠나는 건 어떨까? 여행의 전체 과정에서 발생하는 온실가스를 예상하고 여행을 준비하는 과정을 통해 재미와 학습을 함께 얻을 수 있다.

[방법]

1) 우선 지난 소풍이나 여행 과정을 찾아보고 기록한다. 비교 대상이 있으면 여행을 좀 더 재미있게 준비할 수 있다.

2) 교통, 전기, 물, 가스 등 여행 중에 사용하는 에너지로 인해 배출되는 온실가스를 계산한다.

3) 전체 온실가스 배출량을 계산했으면 참여 인원수로 나누어 1인당 배출량을 계산한다(지난 여행 대비 개인별 목표 정하기).

4) 여행지, 교통수단, 전기 사용시간, 물 사용량(식사, 화장실), 가스(조리, 온수) 등을 고려하여 지난 여행보다 이산화탄소 배출량이 낮은 여행방법을 선택한다(개인별 도전도 가능).

5) 여행을 다녀온 후 온실가스 배출량을 나무 그루수로 환산하여 나무 심기 및 녹지 만들기를 실천한다. 계절 때문에 당장 나무 심기가 어려우면 비용을 적립했다가 나중에 심어도 된다.

한 뼘
생각
키우기

✿ 다국적 기업이 제3세계 농민이나 노동자들을 착취한 사례를 더 조사해보자.
✿ 공정무역의 개념을 정리해보자.
✿ 공정무역 단체나 기업에 대해 알아보자.
✿ 일반 제품보다 공정무역 제품을 사면 무엇이 좋은지 생각해보자.
✿ 공정무역 방식이 아닌 다른 방식으로 제3세계 어린이들을 도울 방법이 있는지 생각해보자.

성미산학교에서는 초등부터 고등까지 매학기 한 번 이상 여행을 간다. 학년에 따라 내용과 기간은 다르지만 생태에 대해 보다 생생하고 깊이 있는 배움을 얻는 여행을 한다. 정해진 여행 방법이 있는 건 아니고 그때마다 학생과 교사가 함께 만들어간다. 아래 내용은 2011년에 중등 친구들이 선택했던 저탄소 여행을 참고해서 정리한 것이다.

[준비]

● 교통

이동을 최소화한다. 전세버스 대절보다 대중교통을 이용한다. 다른 사람의 탑승할 권리를 빼앗지 않기 위해 가장 탑승인원이 적은 요일에 이동한다.

● 물

물 사용 역시 이산화탄소를 배출하므로 하루 물 사용량을 정해놓고 매일 사용량을 개인별로 체크한다. "사람은 하루에 물 40ℓ를 공급받을 필요가 있다."는 UN의 물 권리선언을 참고하여 1인당 하루 물 사용량은 40ℓ로 정한다(한국인의 평균 하루 물 사용량은 365ℓ, 출처 : 삼성경제연구소, 2010). 물 사용량을 체크할 수 있도록 개인별로 2ℓ 생수통(또는 페트병)을 필수 준비물로 한다.

● 전기

핸드폰, mp3 등의 전자기기는 여행 중에는 쓰지 않고, 비상연락을 위한 교사들의 핸드폰과 하루 일과를 기록할 노트북만 예외로 한다. 어두워져도 불을 켜지 않고 오직 자연이 주는 빛만으로 생활한다.

● 먹을거리

조리는 나무 장작을 때는 화덕을 이용한다. 나무는 광합성을 통해 이산화탄소를 품고 있으므로 나무를 태워도 이산화탄소 총량은 늘어나지 않는 것으로 간주한다. 음식물찌꺼기를 만들지 않기 위해 재료를 다듬는 과정에서 나오는 부산물은 최소화하고 배식 받은 반찬은 남김없이 먹는다. 각자 집에서 밑반찬을 하나씩 챙겨 휴대용기에 담아오도록 하여 조리과정에서의 부산물도 최소화한다. 가축 사육이 지구 온난화에 절대적인 영향을 미치는 만큼 고기반찬을 최소화하고 생선과 채식 위주로 식단을 짠다.

● 쓰레기

분리수거함을 챙겨서 가서 종이, 비닐, 플라스틱, 일반쓰레기 등으로 구분한다. 통조림, 비닐 포장된 음식물, 일회용품은 사용하지 않는다.

[포인트]

● 여행을 할 때 이산화탄소가 발생하는 분야를 알아본다(교통, 먹을거리 등).

● 각 분야에서 어떻게 이산화탄소가 나오는지, 어떻게 줄일 수 있는지 알아본다.

● 전체 여행자가 함께 실천할 수 있는 방법은 무엇인지 충분히 의논하여 선택한다.

● 탄소발자국을 계산하는 방법과 어떻게 모니터링할 것인지를 결정한다.

● 여행하는 동안 잘 되는 것과 그렇지 않은 것을 모니터링하고 기록으로 남긴다.

● 여행하는 동안 잘 되지 않는 것을 해결하는 효과적인 방법은 무엇인지 의논해서 수정한다.

● 여행을 다녀온 후 여행 중에 나온 탄소발자국을 확인하고 그 의미를 이야기한다.

2011년 가을 전라도 진안으로 첫 저탄소여행을 떠난 중등 학생들은 가을걷이를 도왔고 마을 만들기 사업의 일환으로 벽화도 그렸다.

'마을이 학교이고 학교가 마을이다'

지금으로부터 20여 년 전, 우리의 삶을 개발과 성장 대신 생태와 돌봄 중심으로 바꾸어 보려는 사람들이 도시 속 마을을 일구기 시작했습니다. 서울시 마포구 성미산 아래에 모여 든 사람들은 아이를 함께 키우는 공동육아 어린이집, 건강한 삶을 위한 소비자생활협동조합, 소규모 주민모임, 대안학교, 공동체 라디오, 공동주택 등 다양한 실험을 해왔습니다. 사람들은 이들이 살고 있는 공간을 정해진 행정구역이 아니라 '성미산마을'이라고 부르게 되었습니다. 동네사랑방 역할을 톡톡히 하는 카페 작은나무, 지역사회에 돌봄 시스템을 마련하고 실현하는 마포희망나눔, 지역 내 자원순환을 실현하는 자원활동가 그룹 되살림 가게, 문화와 예술로 지역사회와 시민의 역량을 키워가는 성미산마을극장, 마을의 단체와 주민동아리를 조율하고 연결하는 사람과마을 등, 여러 단체와 기관과 주민들이 함께 어우러져 성미산마을을 이루고 있습니다.

스스로 서서 서로를 살리는 사람

성미산마을에 성미산학교가 등장한 것은 2004년입니다. 성미산학교는 '마을이 학교이고 학교가 마을이다'라는 학습 원형을 현대에 맞게 구성하고, 아이들에게 필요한 것을 새로운 방식으로 실험하는 12년제 비인가 교육기관입니다. 한 학년에 한 반씩 총 12개 반에 학생은 160여 명, 교사를 포함한 교직원은 25명 정도입니다. 강사님까지 포함하면 교사들만 40~50명입니다. 학부모님들은 설립위원이라는 이름의 학교 구성원으로 참여하고 있습니다. 아이들이 졸업을 하면 학부모는 명예설립위원으로 참여할 수 있습니다. 학생, 교사, 학부모님까지 다 포함하면 매년 500여 명 정도가 성미산학교의 구성원인 셈입니다.

성미산학교는 '스스로 서서 서로를 살리는 사람'을 교육 목표로 삼고 있습니다. 스스로 선다는 것은 자기 정체성을 세우고, 자기 삶을 사랑하고, 자기의 삶을 스스로 만들어간다는 뜻입니다. 삶에 대한 관심과 성찰, 그리고 학습은 결국 나로부터 시작한다는 '자기 주도적 학습자가 되는 것'을 의미합니다. 자신에 대해 성찰할수록 사람과 자연과 세상은 서로 연결되어 있다는 걸 깨닫게 됩니다. 이는 다른 존재와 함께 공존하고 협력할 때 비로소 스스로 설 수 있다는 걸 뜻합니다. 이러한 과정을 통해 성미산학교 아이들은 '배려와 돌봄의 능력'을 키우고 있습니다.

도시에서 생태적으로 살아가기

성미산학교에서는 생태교육이 중요한 교육과

정으로 운영되고 있습니다. 초등부터 중등 고학년까지 다양한 방식으로 생태를 접하고 있습니다.

초등 1, 2학년은 '자연놀이'라는 수업으로 1주에 하루 정도 마을 뒷산인 성미산으로 도시락을 싸서 나들이를 갑니다. 놀이를 중심으로 생태감수성을 키우는 과정이지요. 3학년은 놀이에 생태학습이 조금 더 보태어집니다. 초등 고학년부터는 프로젝트학습이 이루어집니다. 4, 5학년은 삶의 기본요소인 의식주를 소재로 다양한 활동을 합니다. 6학년은 초등과정을 마무리하는 시기로 졸업준비와 함께 독립적인 프로젝트를 합니다. 중등학생들은 매학기 조금씩 달라지긴 하지만, 도시농업과 에너지 기후변화를 주제로 프로젝트학습을 진행합니다. 도시에서 생태적으로 살아가는 가능성을 실험해보는 다양한 실험이 본격적으로 이루어지는 과정이지요. 고학년인 10학년부터는 생태철학 등 생태 관련 인문학이 정규교과로 배치되고, 마을에서 함께 살아가는 것을 배우고 익히는 협동조합 등의 프로젝트를 합니다. 성인기를 맞이하기 직전인 11, 12학년 때는 자신의 관심을 심화해서 익히고 경험하는 인턴십 과정에 참여합니다. 마을 안에 있는 단체나 기관에서 일머리를 배우기도 하고, 관심사에 따라 외부에 있는 단체나 기관에서 인턴십의 기회를 얻기도 합니다. 아이들의 개별 특성에 따라 외부 교육기관에서 배움을 이어가기도 합니다.

지속가능한 미래와 배움

지난 10년 동안 성미산학교는 도시 속 대안학교로 존재하면서 스스로 길을 만들고 실현해왔습니다. 삶과 배움이 분리되지 않도록 '삶의 기본기'를 익히는 것을 중요한 학습과정으로 구성하고, 지속가능한 미래와 인간관계를 지향하는 배움이 이루어지도록 실천해왔습니다. 성미산학교는 정규교육과정 안에서 학년 통합을 시도하는 한편, 장애와 비 장애 통합교육을 운영하고 생태교육을 전 학년에 걸쳐 접목하며 이를 중심으로 한 프로젝트 학습과정을 진행하는 등 다양한 교육실험을 계속하고 있습니다. 때로는 시행착오를 겪으며 교육과정을 수정하기도 하고 의외의 성과를 만들어낸 아이들의 경험을 반영하기도 합니다.

성미산학교는 생태 감수성을 키우고 이웃과 더불어 살아가는 법을 배우며 생태적 선순환이 이루어지는 도시 속 공동체 마을을 만들기 위해 지금도 아이들과 학교구성원들이 함께 노력하고 있습니다.

2009년 중학교 개정교육과정 연계

	과목	단원	학습목표
2070년 지구의 날씨가 궁금해 (10p) 지구와 기후변화	과학1	지구계와 지권의 변화	지구계 내에서 물질과 에너지 순환이 일어남을 안다.
		광합성	식물의 호흡과 광합성의 관계를 이해한다.
	과학2	기권과 우리 생활	탄소의 순환 과정을 알고 탄소 순환을 지구 온난화와 관련지어 이해한다.
	사회1	내가 사는 세계	위치를 표현하는 다양한 방법(경위도 좌표, 랜드 마크 활용 등)이 있음을 알고 다양한 공간 규모에 맞게 활용한다.
			일상생활에서 다양한 지리 정보 기술이 활용되고 있음을 이해한다.
		도시 발달과 도시문제	우리나라 혹은 세계 여러 도시를 대상으로 삶의 질을 분석한 후 살기 좋은 도시가 갖추어야 할 조건을 제안한다.
		정치 과정과 시민 참여	지방자치제도의 의미와 특징을 이해하고 지역 사회의 문제를 해결하기 위한 시민 참여 활동을 중심으로 지역 사회의 정치 과정을 탐구한다.
	사회2	환경문제와 지속가능한 환경	전 지구적 차원에서 발생하는 환경문제(지구 온난화 등)의 원인을 알고 지속가능성 측면에서 이를 해결하기 위한 개인과 국가의 노력을 조사한다.
태평양 섬나라 투발루에서 온 편지 (26p) 지구와 기후변화	과학1	수권의 구성과 순환	지구계의 구성 요소인 수권은 담수와 해수, 빙하, 지하수로 이루어짐을 알고 물이 소중한 자원임을 이해한다.
			지구계의 구성 요소로서 빙하를 이해하고 빙하의 형성과 분포, 물리적 특성을 안다. 이를 기후변화 해석 등에 활용할 수 있음을 이해한다.
	과학2	기권과 우리 생활	탄소의 순환 과정을 알고 탄소 순환을 지구 온난화와 관련지어 이해한다.
	사회1	인간 거주에 유리한 지역	인간 거주에 적합한 지역이 거주 부적합 지역으로 변화되거나, 거주 부적합 지역이 거주에 적합한 지역으로 변화된 사례를 살펴보고 그 원인을 조사한다.
		자연재해와 인간 생활	인간에 의해 자연재해 피해가 증가하거나 감소할 수 있음을 사례(홍수, 사막화 등)를 통해 이해한다.
	사회2	환경문제와 지속가능한 환경	전 지구적 차원에서 발생하는 환경문제(지구 온난화 등)의 원인을 알고 지속가능성의 측면에서 이를 해결하기 위한 개인과 국가의 노력을 조사한다.
			이웃 국가에서 발원한 환경문제의 사례를 조사하고 이를 해결하기 위한 국가 간 협력 방안을 제안한다.
		국제 사회와 국제 정치	국제 사회의 특성을 이해하고, 국제 관계에 영향을 미치는 여러 행위 주체(국가, 국제기구, 다국적 기업)에 대해 탐구한다.
		통일 한국과 세계시민의 역할	지구상의 다양한 문제(기아, 난민, 분쟁 등)를 해결하기 위해 개인과 NGO와 국가가 함께 노력하는 사례들을 조사하고 참여할 수 있는 방안을 알아본다.
어느 날 갑자기 전기가 사라진다면! (40p) 기후변화와 에너지	과학2	일과 에너지 전환	일과 일률의 정의를 알고 일과 에너지의 관계를 안다.
	과학3	전기와 자기	저항, 전류, 전압 사이의 관계를 알고 이를 적용하여 저항의 직렬연결과 병렬연결의 특징을 이해한다.
			가정에서 전기 에너지가 다양한 형태의 에너지로 전환되어 사용되고 있음을 알고 이를 전기 소비 전력과 관련지어 이해한다.
	사회1	도시 발달과 도시문제	우리나라 혹은 세계 여러 도시를 대상으로 삶의 질을 분석한 후 살기 좋은 도시가 갖추어야 할 조건을 제안한다.
	사회2	환경문제와 지속가능한 환경	전 지구적 차원에서 발생하는 환경문제(지구 온난화 등)의 원인을 알고 지속가능성 측면에서 이를 해결하기 위한 개인과 국가의 노력을 조사한다.
		자원의 개발과 이용	에너지 자원의 종류를 알고 이용의 특징과 문제점을 지속가능성 측면에서 탐구한다.

	과목	단원	학습목표
	사회2	통일 한국과 세계시민의 역할	지구상의 다양한 문제(기아, 난민, 분쟁 등)를 해결하기 위해 개인과 NGO와 국가가 함께 노력하는 사례들을 조사하고 참여할 수 있는 방안을 알아본다.
에너지 도둑 체포 대작전 (54p) 에너지 진단	과학1	열과 우리 생활	냉난방 기구 사용, 주방 기구 사용, 단열과 폐열의 활용, 지구 온난화 등 일상생활에서 열 에너지와 관련된 사례를 열의 이동 방법과 관련지어 이해한다.
		광합성	식물의 호흡과 광합성의 관계를 이해한다.
	과학2	일과 에너지 전환	간단한 도구를 이용하여 일의 원리를 이해하고 도구를 유용하게 사용하는 예를 안다.
	과학3	전기와 자기	저항, 전류, 전압 사이의 관계를 알고 저항의 직렬연결과 병렬연결의 특징을 이해한다.
			가정에서 전기 에너지가 다양한 형태의 에너지로 전환되어 사용되고 있음을 알고 이를 전기 소비 전력과 관련지어 이해한다.
	사회2	자원의 개발과 이용	에너지 자원의 종류를 알고 이용의 특징과 문제점을 지속가능성 측면에서 탐구한다.
돌아라 씽씽 자전거 발전기 (74p) 기후변화와 재생가능 에너지	과학1	지구계와 지권의 변화	지구계의 정의를 알고 과학 교과에서 다루는 계와 관련된 내용(순환계, 생태계, 소화계 등)을 이해한다.
		기권과 우리생활	탄소의 순환 과정을 알고 탄소 순환을 지구 온난화와 관련지어 이해한다.
	과학2	일과 에너지 전환	일과 일률의 정의를 알고 일과 에너지의 관계를 안다.
			간단한 도구를 이용하여 일의 원리를 이해하고 도구를 유용하게 사용하는 예를 안다.
			운동 에너지와 위치 에너지를 알고 역학적 에너지 보존법칙을 이해한다.
			빛 에너지, 열 에너지, 전기 에너지, 소리 에너지, 신재생 에너지 등 여러 형태의 에너지 종류와 특징을 알고 인류의 미래에서 에너지의 중요한 역할을 이해한다.
			에너지 전환의 예를 일상생활에서 찾고 전환 과정에서 에너지가 보존됨을 이해한다.
	사회2	세계화 시대의 지역화 전략	세계화 시대에 있어 우리나라 전통 마을 및 생태 도시가 지니고 있는 생태적 경쟁력을 파악한다.
		자원의 개발과 이용	자원(물, 석유 등)의 지리적 편재성을 이해하고 자원 확보를 둘러싼 국가 간 경쟁과 갈등을 사례를 중심으로 파악한다.
		환경문제와 지속가능한 환경	전 지구적 차원에서 발생하는 환경문제(지구 온난화 등)의 원인을 알고 지속가능성 측면에서 이를 해결하기 위한 개인과 국가의 노력을 조사한다.
통닭 냄새를 풍기며 달리는 자동차 (86p) 재생가능 에너지	과학1	열과 우리 생활	열의 이동 방법에는 전도, 대류, 복사가 있음을 알고 각각의 특징을 이해한다.
			냉난방 기구 사용, 주방 기구 사용, 단열과 폐열의 활용, 지구 온난화 등 일상생활에서 열에너지와 관련된 사례를 열의 이동 방법과 관련지어 이해한다.
	과학2	기권과 우리 생활	태양이 지구계의 주요한 에너지원이며 위도에 따른 태양 복사 에너지와 지구 복사 에너지의 평형을 이해한다.
		일과 에너지 전환	빛 에너지, 열 에너지, 전기 에너지, 소리 에너지, 신재생 에너지 등 여러 형태의 에너지 종류와 특징을 알고 인류의 미래에서 에너지의 중요한 역할을 이해한다.
			에너지 전환의 예를 일상생활에서 찾고 전환 과정에서 에너지가 보존됨을 이해한다.

	과목	단원	학습목표
통닭 냄새를 풍기며 달리는 자동차 (86p) 재생가능 에너지	사회2	자원의 개발과 이용	신재생 에너지를 성공적으로 활용하고 있는 사례를 조사하고 우리나라의 신재생 에너지 개발 현황 및 방향을 지리적 입지 특성 측면에서 분석한다.
		세계화 시대의 지역화 전략	세계화 시대에 우리나라 전통 마을 및 생태 도시가 지니고 있는 생태적 경쟁력을 파악한다.
	기술 가정2	에너지와 수송 기술	에너지의 생산과 이용, 동력 기관의 기초적 원리를 파악하고 신재생 에너지의 개발 사례를 탐색한다.
			신재생 에너지에 대한 체험 활동 및 수송 기술과 관련된 문제를 창의적으로 해결한다.
초록이는 달리고 싶다 (100p) 기후변화와 교통	과학1	힘과 운동	물체의 운동을 관찰하여 힘의 작용에 대해 알고 힘과 운동의 관계를 이해한다.
	사회1	내가 사는 세계	일상생활에서 다양한 지리 정보 기술이 활용되고 있음을 사례를 통해 이해한다.
	사회2	환경문제와 지속가능한 환경	주변에서 경험 가능한 환경 관련 이슈를 선정하고 이에 대한 자신의 생각을 논의한다.
		현대 사회와 사회문제	사회문제의 의미를 이해하고 현대의 주요한 사회문제(인구문제, 노동문제, 환경문제)의 현황과 특징을 조사한다.
			현대 사회의 주요한 사회문제에 대한 해결 방안을 탐구하고 사회문제 해결을 위해 적극적으로 참여하는 태도를 가진다.
			미래 사회의 과제를 지속가능한 발전이라는 관점에서 탐구하고 이를 실현하기 위한 방안을 제시한다.
나는 하루에 종이를 얼마나 쓸까? (112p) 기후변화와 나무	과학1	광합성	식물의 호흡과 광합성의 관계를 이해한다.
	사회2	자원의 개발과 이용	에너지 자원의 종류를 알고 이용의 특징과 문제점을 지속가능성 측면에서 탐구한다.
		환경문제와 지속가능한 환경	전 지구적 차원에서 발생하는 환경문제(지구 온난화 등)의 원인을 알고 지속가능성 측면에서 이를 해결하기 위한 개인과 국가의 노력을 조사한다.
	기술 가정1	청소년의 자기관리	청소년기의 소비 특성 및 소비 환경을 이해하고 자신의 소비생활과 관련한 문제를 평가하여 해결한다. 이러한 과정을 통해 건강한 소비생활을 실천한다.
헌 옷 줄게 새 옷 다오 (126p) 슬로 패션	사회1	경제생활의 이해	합리적 선택을 위해 비용과 편익을 고려해야 함을 인식하고 재화나 서비스의 가격 이외에 합리적 선택을 위해 참고해야 할 요소들을 탐구한다.
	기술 가정2	녹색 가정생활의 실천	의복 선택 및 구입 방법을 이해하고 옷감의 특성에 따른 세탁과 보관으로 청결한 의생활을 유지한다. 의복 구성의 원리를 이해하여 옷 고쳐 입기와 의복의 재활용으로 친환경적 의생활을 실천한다.
지구를 한 바퀴 돌아서 온 피자 한 판 (140p) 재생가능 에너지	사회2	글로벌 경제와 지역변화	일상의 제품을 소재로 다국적 기업의 개념을 이해하고 다국적 기업이 생산 공간을 어떻게 변화시키고 있는지를 안다.
		환경문제와 지속가능한 환경	전 지구적 차원에서 발생하는 환경문제(지구 온난화 등)의 원인을 알고 지속가능성 측면에서 이를 해결하기 위한 개인과 국가의 노력을 조사한다.
			주변에서 경험 가능한 환경 관련 이슈(GMO, 로컬 푸드 등)를 선정하고 이에 대한 자신의 생각을 논의한다.
	기술 가정1	청소년의 생활	아침 결식, 다이어트, 인스턴트식품 선호, 섭식 장애 등 청소년기 식생활 문제를 인식하고 자신의 식생활을 반성 및 평가해본다. 청소년기의 영양 섭취 기준, 청소년을 위한 식생활 지침 등을 활용하여 균형 잡힌 건강 식생활을 실천한다.
	기술 가정2	녹색 가정생활의 실천	녹색 식생활의 개념과 중요성을 이해하고 식품의 구매부터 소비의 전 과정에서 에너지와 자원의 사용을 줄이는 환경, 건강, 배려의 녹색 식생활을 실천한다. 영양학적으로 우수한 한국형 식생활을 영위하며 음식 만들기를 통해 감사와 배려와 나눔을 실천한다.

	과목	단원	학습목표
꺼실이, 도시농부가 되다 (154p) 도시농업	사회2	환경문제와 지속가능한 환경	전 지구적 차원에서 발생하는 환경문제(지구 온난화 등)의 원인을 알고 지속가능성 측면에서 이를 해결하기 위한 개인과 국가의 노력을 조사한다.
			주변에서 경험 가능한 환경 관련 이슈(GMO, 로컬 푸드 등)를 선정하고 이에 대한 자신의 생각을 논의한다.
		현대 사회와 사회문제	사회문제의 의미를 이해하고 현대의 주요한 사회문제(인구문제, 노동문제, 환경문제)의 현황과 특징을 조사한다.
			현대 사회의 주요한 사회문제에 대한 해결 방안을 탐구하고 사회문제 해결을 위해 적극적으로 참여하는 태도를 가진다.
			미래 사회의 과제를 지속가능한 발전이라는 관점에서 탐구하고 이를 실현하기 위한 방안을 제시한다.
	기술가정1	청소년의 생활	아침 결식, 다이어트, 인스턴트식품 선호, 섭식 장애 등 청소년기 식생활 문제를 인식하고 자신의 식생활을 반성 및 평가해본다. 청소년기의 영양 섭취 기준, 청소년을 위한 식생활 지침 등을 활용하여 균형 잡힌 건강 식생활을 실천한다.
	기술가정2	녹색 가정생활의 실천	녹색 식생활의 개념과 중요성을 이해하고 식품의 구매부터 소비의 전 과정에서 에너지와 자원의 사용을 줄이는 환경, 건강, 배려의 녹색 식생활을 실천한다. 영양학적으로 우수한 한국형 식생활을 영위하며 음식 만들기를 통해 감사와 배려와 나눔을 실천한다.
		진로와 생애 설계	생애 설계의 개념을 이해하고 생애주기 관점과 경제적 자립 관점을 중심으로 자신의 생애를 설계한다. 이를 통해 자신의 적성에 맞는 진로를 탐색하고 설계한다.
카카오나무를 타는 아이들 (168p) 기후변화와 시민의식	과학2	기권과 우리 생활	탄소의 순환 과정을 알고 탄소 순환을 지구 온난화와 관련지어 이해한다.
	사회2	글로벌 경제와 지역변화	일상의 제품을 소재로 다국적 기업의 개념을 이해하고 다국적 기업이 생산 공간을 어떻게 변화시키고 있는지를 안다.
			세계화와 농업 생산의 기업화가 현지의 생산 구조와 토지 이용, 농작물의 소비 특성에 미친 영향을 이해한다.
			세계화에 따른 경제 공간의 불평등 사례를 조사하고 이를 해결하기 위한 방안(공정무역) 및 참여 방법을 알아본다.
		자원의 개발과 이용	자원(물, 석유 등)의 지리적 편재성을 이해하고 자원 확보를 둘러싼 국가 간 경쟁과 갈등을 사례를 중심으로 파악한다.
			자원이 풍부한 국가의 사례로 자원이 그 지역 주민 생활에 어떤 영향을 미쳤는지 파악한다.
		환경문제와 지속가능한 환경	전 지구적 차원에서 발생하는 환경문제(지구 온난화 등)의 원인을 알고 지속가능성 측면에서 이를 해결하기 위한 개인과 국가의 노력을 조사한다.

[스토리 구성]

오윤정

건축공학, 환경교육, 과학교육을 전공했으며 대학에서 과학적 소양, 과학 글쓰기, 과학기술과 사회에 대한 연구를 하고 있다. 『우리 집 구석구석 숨은 과학을 찾아라』, 『천하무적 갑옷 만들기』, 『부모가 꼭 알아야 할 모바일 중독의 예방과 치료』 등을 저술했다.

이윤미

서강대 국어교육대학원을 졸업하고 중고등부 교육출판사 편집자, 청소년 잡지 기자, 방송사 구성작가로 일해 왔다. 제9회 서울시 이야기 영화 시나리오 부문과 제12회 동서문학상 동화 부문을 수상했으며, 번역한 책으로 『유태인의 자녀교육』가 있다.

[수업자료]

김명기

연세대에서 행정학을 전공했다. 녹색연합 에너지기후변화영역 활동가로 일하면서 2008년 16개 광역지자체 기후변화 대응 현황 조사 보고서를 작성했다. 2009년에 성미산학교 에너지 기후변화 수업 강사로 참여했으며, 2011년 하반기부터 길잡이교사로 중등학생들과 함께 하고 있다.

성미산학교 에너지교실

1판 1쇄 인쇄 2014년 11월 21일
1판 1쇄 발행 2014년 11월 29일

지 은 이 정선미
스토리구성 오윤정 · 이윤미
수업자료 김명기
사진제공 성미산학교
펴 낸 이 송주영
펴 낸 곳 북센스
관   리 박은수
그   림 소복이
디 자 인 장지나

출판등록 2004년 10월 12일 제 313-2004-000237호
주   소 서울시 마포구 월드컵북로 502-36, 1011동 301호
전   화 02-3142-3044
팩   스 0303-0956-3044
홈페이지 booksense.co.kr
이 메 일 ibooksense@gmail.com

ISBN 978-89-93746-14-3 (03800)

값 15,000원